乘风

安徽省作协2023年新入会会员作品选

安徽省作家协会 编

北方文艺出版社
哈尔滨

图书在版编目（CIP）数据

乘风：安徽省作协2023年新入会会员作品选／安徽省作家协会编. -- 哈尔滨：北方文艺出版社，2025.4.
ISBN 978-7-5317-6591-2
Ⅰ.I267
中国国家版本馆CIP数据核字第20257H0U18号

乘风：安徽省作协2023年新入会会员作品选
CHENGFENG ANHUI SHENG ZUOXIE 2023NIAN XINRUHUI HUIYUAN ZUOPIN XUAN

编　　者／安徽省作家协会	
责任编辑／赵　芳	装帧设计／书香力扬
出版发行／北方文艺出版社	邮　编／150008
发行电话／（0451）86825533	经　销／新华书店
地　　址／哈尔滨市南岗区宣庆小区1号楼	网　址／www.bfwy.com
印　　刷／四川科德彩色数码科技有限公司	开　本／710mm×1000mm　1/16
字　　数／380千	印　张／20.25
版　　次／2025年4月第1版	印　次／2025年4月第1次印刷
书　　号／ISBN 978-7-5317-6591-2	定　价／88.00元

序

夏日书成,书名《乘风》。

乘风者,是我欲乘风归去,是乘奔御风不以疾也,是御风而行泠然善也,是自由,是冲浪之顺势跌宕,是滑翔之借物抛离,是凌云之小鲁小天下小城郭,是物我同化之浩浩然汤汤然茫茫然。俗语所云"来自生活而高于生活",乘风是也。

文,采自于世而形成于心,以我心之旷野,培之孕之育之。最初只是一念,而用心网捕捉,辨其形识其义,终于从无到有,初具形态,微有波澜,起于青萍之末,袅袅乎旋起,心动神摇,必成文字而心始平。文字,心之风也。

是风也,有微风。

清风徐来,水波不兴。微微风簇浪,散作满河星。是清风之抚慰,是明月之歌诗,是佼人僚兮,是舒忧受兮,是叶间摇晃之光点,是睡前幻梦之迷离。卞小静的《稚语情歌》,以一首清浅的情歌入手,写青春乍惊乍喜的心事,写中年欲说还休的无奈,写辽远的往事。那只是一朵极小极微的风,在作者心上笔下盛开为圈圈波纹,回荡不绝,读者观之,亦必与之共情,为之一叹,因而珍惜每一个光斑般的微小感动,让生命更多幸福的褶皱。曹忠胜的诗歌《它们或他们构成一种秩序》:"一条小径/总比我更先抵达顶峰/四周静寂,我、外来者、求索者……回望山下/没有我的山下,还是那个山下的世界/——灯火次第亮起来。"得有多么安静的心,才能生此心之微风,才能从自身跳出,以平静的语气道出人生的苍凉欢喜,道出人世看似无情而实在多情的生生不息。凡人多细微,微风最动人。

与之相同的还有储晓琴的《春风湖上路》,以湖上春日之景,写山河岁月之迁变,发内心"我的血液里流淌着历史的河流,春天在一万个我身体里复活。作为真实鲜活的生命个体,我们和湖边的绿柳紫荆一样,和湖里的鸳鸯蝌蚪一样,我们来过这人间,真实地存在过,生活过"的顿悟。段佩明的《草木之美》,清淡白描,细细说来,悠悠耐品,有国画之风致,有《诗经》之天真,情韵尽在文字中了。

是风也,有疾风。

劲风知劲草,草低见牛羊。有多少倏忽而逝的美好我们没有关注?有多少弥足珍贵的细节我们曾经忽略?有多少人消失在人海?有多少痛需要正视并抚慰?有多少场景我们依稀熟悉只觉得是在前世或梦中?需要劲风替我们偃伏草原,需要劲风替我们吹散迷雾,让我们看清那些真实和珍贵。文学之有用,或者在此?

高红艳的《场景》给我们带来这样的场景:"水位下降/显露出参差错落的河岸线……曲线显然比直线更具美感/坐在我对面/你的沉默也是曲折的/让我不知该从哪个波段切入/我的沉默,却有着/直线般的执拗/令我更加不敢开口/怕这直线变成刀剑/唯有等待着,我的沉默也/弯曲下来。"这样的场景是不是有些熟悉?有些心痛?是不是让人看清我们自己受伤和伤人的真相?我们的心会不会因此而柔软?我们是不是因此而原谅一些人一些事,让自己也"弯曲下来"?

钱永广的《等二哥归来》,以一个孩子的视角,写对食物的等待,在抒情诗般的广角镜头中,过去的时光斑斑驳驳地呈现,一曲悠远舒缓的田园牧歌成为背景音,在读者的心中静流如水,许多流逝的往事在心中慢慢浮现,就像一片片绿茶在沸水中绽开、旋舞,慢慢沉淀。钱永广的风看似是舒缓的，却又是持久的、强劲的，吹拂掉落在我们心里的、眼里的尘埃，使那些尘封的细节锃亮。

是风也，有大风。

大风起兮云飞扬。大风从北来，汹汹十万军。草木尽偃仆，道路瞑不分。大风之势，势不可当。或以浑然之叙事，或以炽烈之激情，或以厚重之哲思，铺泻而来，滔滔海海，开人胸襟，廓人眼界，动人肺腑，心生大境。

王一珂的《梦归古堆大雁墩》，以雄浑不羁之笔墨，纵横捭阖，为读者展开江淮大平原上古堆大雁墩前世今生的恢宏壮阔，读之满纸风烟，直入胸襟。鲁颖《元素（组诗）》以克制的文字逗蓬勃之情，诗句冷峻，而感情炽热，如阳光中燃烧之炭火，不见其形，唯闻毕剥之声，唯感灼人之炙，在《火》中，他写道："关于祖母的一切，被一把火点燃/在泪水的供养中愈来愈烈/在晨起时分，匆匆赶来的故人和朝阳/以及一团相似的被燃起的云朵/而我夹在其间，无比懊悔……"与之相同的是赵建华的《苏赵梨花》："在春天/你要回到苏赵庄/做一棵梨树/你要把一身的雪/都变成梨花/有人来/就结一个果/无人来/就结一个月亮。"爱之深，才会如此甘于低眉，甘于寂寥，空灵即是大有，静好便是呼号。心中有大风过境，笔下是涧户寂空，纷纷开且落的淡然里，仔细听，定有呼啸，定有高吟，定有长歌。

纵观全书，云屯雾集，泱泱茫茫，遍人世烟火，绘万物苍生。或怀乡，如陈宗英《山水都，诗歌城》、董金虎《童年的河畔》、韦德昭《逝去的老屋》、涂德轩《雪落寿州城》、叶荣荣《心念的故乡》、郑策《渐行渐远的故乡》、毛庆明《远去的江轮》等。

或怀人，如陈太华《修车人生》、方丽敏《种花的男人》、费晓衡《母亲的针线篮子》、梁厚云《爱的轮回》、梁立《我的爷爷》、吴显为《嗣母》、梅永远《不够爱我的妈妈》、牛玉革《忆祖父》等。

或纪游，如施麒麟《灵山奇峰》、胡志和《摸云山上红杜鹃》、何愿斌《蓬蒿断石寨山行》、侯朝晖《多好的一个"坑"》、黄国和《游柯岩》、陶翠霞《我与花台》等。

或摹物，如吕先斌《香樟的樟，香樟的香》、李正江《樟树与松柏》、胡晓斌《江南的雨》、桂人庆《树犹如此，人何以堪》、陈胜利《夏日忆扇》、蔡旭东《幸福的白鹭》、潘帅《黄连木》、朱永宽《铜草花》、李坤龙《犁铧》、刘云花《樱花》等。

风成于世，成于山河，成于草木，成于市井，成于心，成于文字。

愿你我的心永远真诚，永远饱含感动的泪水，愿你我永在风中。

目录
CONTENTS

散文

稚语情歌 /	卞小静	003
幸福的白鹭 /	蔡旭东	006
借一个名头 /	常爱情	008
龙腾狮舞迎新春 /	陈怀	011
英雄难过"美酒关" /	陈琼	013
夏日忆扇 /	陈胜利	016
修车人生 /	陈太华	020
清清临淮岗 /	陈永睿	023
看 海 /	陈远芳	025
山水都，诗歌城 /	陈宗英	027
愁心与明月 /	程庆昌	030
母校，去哪儿了 /	程先畏	032
春风有信 /	程项	036
人是岁月的一部分 /	储刘生	038

春风湖上路 / 储晓琴 040

村庄里的树 / 崔 振 042

渡 口 / 戴树林 044

姜夔与合肥 / 董光巨 047

童年的河畔 / 董金虎 050

草木之美 / 段佩明 052

种花的男人 / 方丽敏 055

母亲的针线篮子 / 费晓衡 058

林逋在安徽 / 高 峰 060

树犹如此，人何以堪 / 桂人庆 064

枕水而眠的烟火人间——记香泉小镇 / 韩 静 069

那年的糖果有点甜 / 何圣林 072

蓬蒿断石寨山行 / 何愿斌 076

多好的一个"坑" / 侯朝晖 078

父亲的执拗 / 胡冠菊 080

一张照片一份情 / 胡若虚 082

江南的雨 / 胡晓斌 084

摸云山上红杜鹃 / 胡志和 086

我们的歌声嘹亮飞扬 / 华黎明 088

游柯岩 / 黄国和 090

半檐梅雨一卷书 / 黄振义 092

一知油坊 / 金 永 095

桃花依旧笑春风 / 李继国 098

樟树与松柏 / 李正江 100

洗 澡 / 李子奎 102

爱的轮回	/ 梁厚云	105
我的爷爷	/ 梁 立	107
在城市的新边疆	/ 刘爱克	110
诗词人的真性情	/ 刘 炜	113
鸟鸣做伴	/ 刘雪芳	117
春节，总是让人心动	/ 鲁 斌	119
鸡之趣	/ 陆 程	122
香樟的樟，香樟的香	/ 吕先斌	125
远去的江轮	/ 毛庆明	127
不够爱我的妈妈	/ 梅永远	130
忆祖父	/ 牛玉革	134
我们家的年	/ 潘 虎	136
黄连木	/ 潘 帅	138
读 书	/ 齐德林	141
流 星	/ 钱社教	144
等二哥归来	/ 钱永广	149
灵山奇峰	/ 施麒麟	153
我和牛牛	/ 施素红	156
我的老家	/ 施训洋	160
那年夏天，我来合肥上班	/ 汤增旭	162
带刺的母爱	/ 唐朝媚	166
我与花台	/ 陶翠霞	168
雪落寿州城	/ 涂德轩	171
潜居拾光	/ 王静雯	173
迎接更加美好的生命时光	/ 王祥龙	176

我的"师傅" / 王晓光　178

春天的思念 / 王晓燕　182

梦归古堆大雁墩 / 王一珂　184

年锅子 / 王　云　188

逝去的老屋 / 韦德昭　191

姑奶奶的拐杖 / 吴家发　194

食花记 / 吴　静　197

嗣母 / 吴显为　199

包河 / 萧　寒　204

柿红寄乡思 / 解　帮　207

阅读白马尖 / 徐　缓　209

写作的意义 / 徐永健　212

家乡的味道 / 鄢钱芳　215

童窖 / 杨维全　217

龙岗路：行走在边缘之间 / 叶　纯　220

春节散记 / 叶礼文　223

心念的故乡 / 叶荣荣　226

情系三角梅 / 于有训　230

老家的炖咸猪蹄 / 俞　亮　232

露天电影 / 俞乃思　235

晨光潋滟 / 张　斌　237

第一笔工资 / 张道勤　239

看好自家门，管好自家狗 / 张桂香　242

趣话庄墓圆的 / 张明虎　245

失落的故乡 / 张培珍　248

渐行渐远的故乡 / 郑策 251
亳州之行 / 周吉富 254
话茶 / 周军 256
山云河 / 周明助 258
自行车上的时光 / 周筱青 260
铜草花 / 朱永宽 262

诗歌

夜半 / 蔡之瑞 267
青海，你不在我梦里 / 曹中遽 268
它们或他们构成一种秩序 / 曹忠胜 269
凌晨的雪 / 曹助林 270
热爱与荒芜 / 陈加正 271
蒲公英的爱情 / 陈丽君 273
石拱桥 / 陈佩杰 274
乡恋有声 / 陈泽亮 276
乌云的嘱托 / 单永帅 277
场景 / 高红艳 278
通往春天的路 / 高明 279
在宽阔的故乡里醒来 / 云友 280
浪淘沙·星 / 李婧慈 281
犁铧 / 李坤龙 282
雪花情缘 / 梁锐 283
水里长出另一片天 / 刘刚 284
三月赋 / 刘鹏礼 285

樱　花（外一首）／ 刘云花　286
长律·自嘲 ／ 刘　政　287
有我在，你们放心 ／ 鲁　猛　288
元　素（组诗）／ 鲁　颖　289
春天，向母亲借菜园子 ／ 陆　翠　291
立　春 ／ 汤　颖　292
赤乌砖记 ／ 王　立　293
晚云如血 ／ 王　庆　295
初　醒 ／ 王伟帆　296
光　阴 ／ 吴海龙　297
渔梁坝 ／ 吴旭春　298
春雨三章 ／ 武永军　299
熔与融 ／ 徐奇超　300
假如我是一棵小草 ／ 杨为红　301
茶　辞 ／ 袁劲松　302
远行断网 ／ 张智学　303
请补一片善念到春天里 ／ 张祝林　304
母亲的霞光 ／ 张　忠　305
苏赵梨花 ／ 赵建华　307
洇河东岸 ／ 赵少刚　308

散文

——安徽省作协 2023 年新入会会员作品选

稚语情歌

卞小静

"昨天我打从你门前过/你正提着水桶往外泼/泼在我的皮鞋上/路上的行人笑呀笑呵呵/你什么话也没有对我说/你只是眯着眼睛望着我。"

三个软萌可爱的小朋友正在舞台上又唱又跳，他们有红苹果一般的脸蛋儿，弯弯的笑眉，眉心贴着一朵红色的小花。中间的男宝儿穿着黑西装，俩女宝儿穿着蓝色和粉色的纱裙子，他们都穿着漂亮的黑色小皮鞋，在唱到"泼在我的皮鞋上"时，他们整齐地弯下腰来，指了指鞋尖，做出一个吃惊又可爱的表情来。唱到"路上的行人笑呀笑呵呵"，他们把小手放在嘴边调皮地偷笑。唱到"你什么话也没有对我说"，他们先摆手，然后将双手抱在胸前噘起了小嘴。唱到"你只是眯着眼睛望着我"，他们稚嫩的手指停留在眼角，笑意盈盈地摇头晃脑起来……

我和台下的观众们一起笑望着，突然有那么一瞬间，眼眶有些发热。

因为我在歌词里看到的却是不一样的场景：一天清晨，热闹的市井，行人来来往往，没人知道一场弥漫着青涩与水气的相遇正在酝酿，"哗"的一声后，男孩躲避不及手足无措，周围看热闹的人阵阵哄笑声让他更有窘意，他低头望了望沾满泥点儿的皮鞋，双目微张皱起眉，很快锁定了水桶的主人，霎时与女孩漫不经心却秋水般明澈的眼神相撞——当两个人的目光交会超过三秒，就会产生一种特殊的情感交流，藏在心里的小鹿可是会乱撞的。

她的眼神穿越人群望向我，于是喧闹人群安静了，时间也静止了，我没有躲闪，怔怔地回望着她，三秒、五秒或是十秒，既短暂又漫长……这场快镜头一样的短暂交会，居然没有一句对白，无言的对视却让人心跳加快……

酸热的眼睛氤氲了雾气，在喜气洋洋的现场未免有些煞风景，前排的一个小姑娘转过身来，乌溜溜的大眼睛盯着我瞧，我和她对视了三秒钟便败下阵来，她还是目不转睛地望着我，好像观察台下的人比台上的表演更有意思……

小朋友真的不好奇，为什么水泼到人不但什么话也不说，还要盯着人家瞧？人无法超越年龄和阅历去领悟人生，多年以后，孩子们会读很多的书，走很多的路，阅很多的人，吃很多的亏，会爱上也会失去，会从懵懂到青涩再到成熟……

曾经的他们，总嚷嚷着不肯睡觉，却能得到无挂无碍的酣眠，直到他们在无数个深夜里辗转无眠时，方知一场安稳觉便是岁月静好；他们不再爱冰激凌的甜，工作日的一杯冰美式却甘之如饴；他们曾是被哄着喂饭的宝宝，却终有一日端起酒杯向人情社会敬上一杯辛辣的白酒……

好比我的泪，一旦在眼眶中蓄满就再也兜不住了，终有一刻要滚落下来，前排的小姑娘又望着我，我抹掉泪，冲她莞尔一笑。

史铁生曾经说过：生命的价值就在于你能够镇静而又激动地欣赏这过程的美丽与悲壮。眼泪，便是对不可逆的人生旅程的敬畏。

它像那个忽然间读懂了《送东阳马生序》的青年一样澄澈，青年拖着沉重的行李和疲惫的身躯回家过年，走过儿时熟悉的街道，望向空无一人的校园时泪流满面；它又像那个为生计奔波而发福的中年人一样滚烫，送孩子远行上学那日，接受了平凡琐碎生活的他忽然闻到《背影》中的橘子香，在喧闹的候车大厅里哽咽落泪，既为自己的父亲，也为自己笨拙远去的背影。

其实《泼水歌》的前身是王洛宾创作于 1949 年的《我不愿擦去鞋上的泥》。1990 年 8 月，台湾女作家三毛为了王洛宾飞往乌鲁木齐，她奔赴山海只为逐爱相守而来。凌晨时分，疲惫的她走下舷梯忽然被一束强光照射在脸上，更有闪光灯"啪啪"地亮个不停。原来前来接机的除了王洛宾还有电视台摄制组、记者和一群手捧鲜花的少男少女。她愤怒地用手挡着脸喊道："我抗议！"

这段旧闻我年少时看过，当时为三毛不值，觉得老爷子未免太世故功利了，辜负了这么真率赤诚的感情，甚至认为这是压倒她的最后一根稻草。转眼二三十年过去了，我终于拥有了得以看透这一切的年龄和阅历。何其遗憾，她遇到的不是吟唱着"我愿做一只小羊，跟在她身旁，我愿她拿着细细的皮鞭，不断轻轻打在我身上"的那个青年。这个青年和她一样爱着沙漠和草原，自由和浪漫，却不似她年少成名，信马由缰。他不断被命运之手拨弄，蹲过旧社会的大牢，受过新时代的改造，几次三番入狱，人生中有整整18年在牢狱中度过，感情也经历过离婚、再婚、丧偶，直到1981年平反后他才重新被社会接纳，鲜花和掌声姗姗来迟，他已是两鬓染霜。1990年，他已经77岁了，在绝大部分的岁月里小心翼翼，如履薄冰。骄傲洒脱的三毛可以赤着双脚浪迹天涯，王洛宾的鞋子上却早已裹满了沉重的泥灰，恍若年轻时的自由浪漫被封印，他步履沉重，踉踉跄跄，所求不过世人的肯定和尊重，他们想要的终归不同罢了。

《我不愿擦去鞋上的泥》后半段的歌词是：

"想要擦掉鞋上的泥/街上的人儿笑嘻嘻/不想擦掉鞋上的泥/那是你亲手泼上的。"

作者简介：

卞小静，芜湖市弋江区作协副主席，发表过多篇散文，已出版长篇小说《水浒系列之阮氏三雄》《红拂》。

幸福的白鹭

蔡旭东

很早就知道白鹭了。童年时很喜欢绘画，无意间在一个发小家看到了清朝时期绘画刻本，那简单明了的线条，惟妙惟肖地传递出山水林木鸟虫的精神，让我一下子就喜欢上了。从这些山水画册中，我认识了白鹭，知道了"两个黄鹂鸣翠柳，一行白鹭上青天""何处飞来双白鹭，如有意，慕娉婷"等诗词。我问家人可曾看到过白鹭，出生于皖北长江边的奶奶，说她小时候偶尔在长江边的芦苇荡里见过，不过现在看不到了。

"人都吃不饱，哪能有它们待的地方。"爷爷沉默了一会儿才轻声地咕噜了一句。

虽然生活在江南水乡，可是少年时期所能见到最大的鸟儿，就是灰喜鹊或乌鸦，偶尔也能在空旷的县城上空看到盘旋的鹰，或者就是春来秋往，只见其形而不知其貌的雁。作为长江边上的江南小县城，原本有两条环城的内外护城河，其间星罗棋布着水塘，水草丰茂，本应是鸟儿的天堂，然而却鲜见鸟类。麻雀倒是常见的，除此之外还有燕子。燕子可是不怕人的，因为我们从小就被告诫勿伤燕子，屋檐下有燕子窝的人家，看到小孩追逐着低飞的燕子，一定会大声地呵斥"那是我家的"。

家乡初现白鹭是二十世纪九十年代中期，那时我还在东北工作。有一年春节探亲回家，我爱人告诉我每到开春时节，都有白鹭在犁开的农田里翩跹，还说在马鞍山市佳山敬老院后山的竹林里，每天早晚都能看到很多白鹭。这让我很是向往，奈何探亲时间不对，一直到二十一世纪转业回家乡工作后，才得以亲身感受到江南水乡白鹭的风采。

  我特地在傍晚时分到了佳山敬老院，果然，竹林上空，隔着很远就能看到如风筝般飘浮在夕阳里的白鹭，在竹梢上如小气球一样也点缀着很多白色的斑点，我当即下车疾行，离竹林很近时，被一位遛弯的老妪拦住，诘问目的，得知后又不以为意："这里总有人白天来探路，晚上就来打鸟。"又正告"要保护鸟"，尚未说完，不远处又有几个老者快速赶来，我只好落荒而逃。

  现在家乡的田野里，白鹭随处可见。我回乡后不久，路过一片农田时，有农人扶犁耕作，七八只白鹭围着他翩翩起舞。他不时大喝一声，耕牛却不以为意，依然不紧不慢，几只白鹭或啄食于刚翻开的犁沟，或盘旋于农人周际，童年时就臆想的画面如今出现在眼前，犹如梦中。

  或许他已经习惯了这样的打扰，当犁到我所站的田埂边时，他停了下来，眯着眼问道："来看白鹭？"我赶紧赔笑递烟，并与他攀谈起来。他说现在鸟儿多了，主要是剧毒农药被禁止使用，都在搞生态养殖，环境越来越好，水干净了，小鱼小虾小泥鳅等鸟儿的食物也多了。他还说现在没人敢打鸟了，连麻雀都是保护动物，何况这些漂亮的鸟，只要发现有人打鸟，肯定会被抓起来坐牢。也就二十多分钟的时间，又有几只白鹭盘旋到我们的头顶，农人看了看对我说："不聊了，要不然一会儿它们要闹了。"

  至于怎么"闹"，农人没有告诉我，我只是看到一人一牛一群白鹭不慌不忙地在水田里来回移动着，这时天很蓝，水碧如镜，远山如黛，四周绿色葱郁，一丝微风轻快地抚摸着田野，那泥土的芳香氤氲着我醉意朦胧。

作者简介：

  蔡旭东，2008年开始文学创作。代表作：中篇小说《老吴上岗记》《梦魇》《牌搭子》；散文《让生活在书香中精彩》《幸福的白鹭》等百余篇；诗歌《秋韵》《爷爷的故事》等七十余篇。

借一个名头

常爱情

　　临到年关，各种宴请邀约多了起来。久蛰于书斋，疏于应答，最近都一股脑补齐：要看望的尊长，要拜访的朋友，要联络的亲戚，要兑现的许诺，一一安排。可仍然有许多人和事耽于备忘录里，不能随心所欲，能力不及或无由头。

　　从孤独到热闹，我向来流转自如，因一颗热切而敏感的心。每一次相聚前的期待，聚中的尽情，聚后的余温，使这寒冷的冬夜变得温情脉脉。生活就因这一场场珍馐美馔和觥筹交错而多彩！尽管虚掷了时光，浪费了精力，却饱含了人间烟火。

　　然而，很多时候，要借一个名头来实现内心的愿望，否则就显得唐突和有失礼貌。上月月底，独自驱车二百多公里，回老家赴母亲的七十大寿宴。

　　母亲生日当天，我身体不适，拨通母亲手机，说要大变天，会起风下雪，身体虚弱，爱人出差半月未回，家务活已累积一周，路面湿滑，一人开车不安全，不能在家多待几天，就不回去了。母亲淡定地说："照哦，照哦，不碍事！"（照，安徽方言，表示"行""好""可以"等意思）我连声说："祝您生日快乐，长命百岁哈！"她很小声地说："好哇，好哇。"

　　我在电话这头突感寡味。一句"生日快乐"能抵个啥？有些仪式，如果不表达出来，则了无生趣。如果晚上的生日聚会少了我，母亲心里是否会失落？我心里是否也难过？七十古来稀，她老人家显然很看重这次生日。何况几周前我已答应她会回家。

　　一个人的午餐吃得不是滋味。心里又反复思量，若不回去，父母还少些麻烦呢。这经年累月的城市生活，已养就了一副城市人的脾气和习性，挑三拣四，美其名曰：品质生活。而在母亲眼里，全是矫情。"怎么就脏？你不是从这个家出去的？""怎么就睡不好？不是有蚊香吗？你小时候，怎么不说蚊香的气味难闻呢？那时睡得像死狗。""怎么就冷呢？给你的被子不要，还自己带被子回来睡！你那被子太薄，不是棉花的，还是家里棉花被暖和，该你冻着！""怎么就咸了？人不吃盐没劲。做事时不吃盐，你看看你能挑得动担子吗？"

每次回老家，我已成为她的负担。可每到逢年过节，母亲总提前问："回来不？"我都有些不耐烦了，她还没烦。

在回不回去之间纠结起来。一想到三个小时的长途车，一想到晚上在家睡不好，第二天要返回，就却步了。但又一想，母亲见我时的愉快，相聚时的拉家常，便重新燃起了勇气。

给母亲一个惊喜吧。

午觉睡不成了！一骨碌爬起来，回家看老娘去。

一路上，怕自己犯困，让百度地图讲笑话听，问它还有多少公里，还要开多久，前方是否堵车。其实，已了如指掌。只是这急切的心，一旦在奔跑，越发如箭。

西边的太阳早不见了踪影，四野只有渐渐黯淡的光，雾气从地面开始升腾。在夜幕还未完全降临之前，我将车子停在家门口时，所有的欢声笑语和嗔怪都化作一道风景。姐姐们备好了丰盛的晚餐，母亲放下手里的面盆，很吃惊，说："你这个精怪，一是这样，二是那样，到底还是回来了！"我知道她会开心，便说："想您呗！"

父亲给母亲买了平生最贵的礼物——价值一万多的金手镯，特意跟我说，他与母亲之间达成了"君子协定"。如果来年她再种菜籽，手镯收回。我不禁笑出泪来。母亲是地道的农民，土地是她曾站立的根基，那是骨子里永不能舍弃的东西。父亲以一个读书人的高姿态要求母亲脱离庄稼地，确乎勉为其难。少年时的贫穷和饿肚子是母亲心底难以抹掉的印记。

我悄悄把母亲拉到房里，将一个红纸包塞到母亲手中。她惊讶地说："这是多少啊？包这么多做什么事？孬子！"

我调皮地回:"不多,没有老五多。"

母亲没有拆开:"孬!包这么多!"

"祝您长命百岁!"这句祝福,当面对她亲口说,分量重多了。

晚上,给母亲第一次戴上生日帽,她乐得像个孩子。花白的头发藏不住岁月的风刀霜剑,通红的脸颊上余存着青春的美丽。我把奶油抹在母亲的眉心,点了一颗"美人痣",和姐姐们一起,为她唱生日歌,她笑得合不拢嘴。

气温骤降十度。我躺在母亲提前为我铺好的床上,静静地聆听疾风拍着窗户,小雨伴着雪下得哗啦哗啦,但没有之前想象中冷。睡不着是肯定的,但也肯定了回来的意义:如果今晚我不在母亲身边,就没有这段美好的记忆。虽然,她已有三个女儿为她庆生,而我的那份,母亲认为不能没有,我也觉得不能落下。

借一个名头,实现一次孝亲。多找些名头,和亲人、和朋友多聚聚,多好!蓦然憬悟,让人们万里奔赴的那些节日,都是美丽的由头啊!

作者简介:

常爱情,安徽省作协会员,有评论、散文等作品见诸报刊。

龙腾狮舞迎新春

陈 怀

光阴荏苒，岁月不居！一转眼，已是兔去龙来，又至年关。

故乡，在"京黄故里，戏曲圣地"的怀宁石牌镇，濒长江，枕皖水。一条蜿蜒的皖河哺育着的鱼米之乡，钟灵毓秀，人文荟萃。淳朴勤劳的乡亲，以特有的热情和生活方式传承发扬已久的年俗文化，说不完的故事，道不尽的风情，如同不会枯竭的皖河水，涓涓流淌……

年味，是农家小院悬挂的腊肉和火红的辣椒，是鲜红的对联，是殷红的窗花，是噼里啪啦的鞭炮声，是孩子们手提的灯笼，也是团圆饭的浓浓情意。而令我记忆犹新和极具震撼力的则是年味里的舞龙舞狮迎新春活动。

皖河大坝下的辽阔空地，似乎是特为舞龙舞狮准备的。每逢春节，总有舞龙舞狮的队伍如期而至。

锣鼓声开道，十条长长的巨龙被舞龙人抬举，游动而来。

十龙九子，领首的黄龙作为母龙，是不参加舞动的，只是在场地边上作壁上观，其他九条龙则在场地中间舞动。随着鼓声的节奏，一条条巨龙在身着色彩鲜艳舞龙服、头戴饰巾的汉子们的号子声中出场，在场上飞舞，辗转腾挪，穿插跃翻……将龙的灵动与威武表现得淋漓尽致，有如真龙下凡。斗舞的场面恰如波涛汹涌的大海，磅礴壮观，让观看的人叹为观止。

龙走狮至，演艺场上又是一番景象，所谓生龙活虎，虎虎生威，而狮威胜虎。只见几只活泼的狮子在提着绣球的引狮郎的逗引下，先是在平地上跳跃，做着各种动作，每一个动作都显示出力量与美而后，工作人员送上几条长板凳，醒狮踩凳子让表演进入高潮，舞狮人亦如狮子般灵动，跳跃、腾空、攀爬、下扑等动作行云流水，精彩的动作层出不穷，惊险而奇绝的狮舞见证着舞狮人高超的技艺与胆魄，每一个动作都让观看表演的人紧张而兴奋。

另一种狮舞，总是在正月里上门，让正在其乐融融度春节的乡亲们喜迎舞狮进家门，小孩们更是兴高采烈，簇拥观看，仿佛这一刻幸运之神降临。这辟邪赶走恶灵的传统民俗——"舞狮进门"，会带来好运，带来吉祥如意、事事平安！而兴趣浓厚的人，不会错过难得的机会，接过狮衣与头套，扮演一下狮子亮相，做一回春节里迎新的狮子，踩着好事者扔下的鞭炮，上蹿下跳，演出狮威，也演出了狮舞的笑场……

舞龙舞狮迎新春的习俗，在家乡一直延续着，在广袤的平原大地上，像一朵灿烂无比的奇葩，传承在皖河边上，传承在乡亲们的骨子里。而每逢新春佳节，我都会打开记忆的大门，任挥不去的乡愁泛滥，充斥在年味里，腾跃在旧梦里。

作者简介：

陈怀，《安徽诗歌》《诗川》等栏目主编，有作品发表在《国家电网报》《江河文学》《诗歌月刊》《诗选刊》《鸭绿江》《辽河》《作家新视野》《中华文学》等，曾获得"左龙右虎"杯国际诗歌大赛优秀奖、短诗原创联盟第六届小诗大赛二等奖等。

英雄难过"美酒关"

陈 琼

俗话说"英雄难过美人关",然而在《三国演义》里面,却没有太多美女的刻画,倒是"美酒"误了不少英雄,真可谓"英雄难过美酒关"。

在众多三国人物中,能被称为"酒鬼级"的头号人物,要数张飞。张飞的一生,就是喝酒的一生,他是不见棺材不离酒。张飞本来一开始就是"卖酒屠猪"的人,他生性喜欢吃肉喝酒。跟着刘备剿灭黄巾军后,他就酒后发怒鞭笞邮督,结果刘备只好挂印辞职,流亡天涯。这一次,最起码还抽打得有道理,不算张飞酒后惹祸吧。第二次就不一样了。刘备在徐州,要奉曹操命令进攻袁术。本来刘备欲留关羽守城,奈何张飞执着自己留守。知张飞者,莫若刘备也。刘备说,你张飞守不得此城,你一者喜欢酒后发疯,鞭挞士兵;二者做事鲁莽草率,不听别人的劝谏。可是张飞信誓旦旦,说绝不饮酒,反责怪刘备太不信任自己。刘备只好留下一个陈元龙提醒张飞守城。

结果,这个张飞喝酒的理由是:"今天喝够,明天戒酒。"喝酒时根本不听陈元龙的话,还硬将酒灌给从不喝酒的曹豹。曹豹在喝第三杯的时候,实在推不了,就说自己是吕布的岳丈。张飞素来不喜欢吕布,借着醉意,一听吕布,格外气愤,就把曹豹打了个半死。曹豹于是就里应外合,让在小沛的吕布赶来一起夺了城池,导致刘备无立锥之地。张飞欲自杀谢罪,刘备说:"兄弟如手足,妻子如衣服。衣服破,尚可缝;手足断,安可续?"

吃一堑,长一智。张飞有了这次酗酒失城的经历,第三次就利用酒，打了一回胜仗。张飞在瓦口隘和曹操爱将张郃僵持了五十多天，张飞使军人百般秽骂，张郃在山上只回骂，就是不下山。张飞于是就在山下佯装每日喝酒。刘备闻讯担心不已，只有诸葛亮知道张飞这次是假装醉饮，还主动送酒慰问。果然，张郃中计下山进攻，被张飞打败。

看到这里，我们肯定觉得张飞应该不会再喝酒误事了吧。没想到，张飞最后还是死在酒上。当然，最后的张飞之死，和关羽的死也是有一定关系的。换句话说，张飞是不想活了，只想报仇雪恨。他听说结拜的关羽被东吴杀害，白天哭，夜里也哭，泪流干了，眼里都流出了血水。大家只好以酒劝解，酒醉后的张飞就经常无故鞭挞他人，而且多有被鞭打致死者。最后，张飞被抽打的两个无名小卒给绑了，丢了性命。

张飞如此，吕布被抓，其实和酒也是有很大关系的。吕布好色，在下邳时，仍每天都与妻妾痛饮美酒。佛家常说，"酒是穿肠毒药，色是刮骨钢刀"，吕布就是因酒色过伤，又瘦又衰。一次照镜子看自己，才说："吾被酒色伤矣！自今日始当戒之。"遂下令全城戒酒，违者必斩。本来这是明智之举，没想到，手下侯成等为了喝点庆功酒，就被吕布要推出去斩了，求情后都被打得半死。侯成等认为吕布眼里只有妻子，视手下性命如同草芥，遂偷取了吕布的赤兔宝马，所以这次吕布想逃都逃不了，最终被擒杀。酒在吕布的死亡反应中，起了催化剂的作用，真是"英雄难过美酒关"啊！

三国里面还有一个英雄，也是死于美酒。说他是英雄，主要是因为他武功高，他就是曹操的爱将典韦。典韦有多厉害呢？一次曹操被围，典韦是带着曹操杀出北门，但回头一看曹操掉队了，他又杀回去，再掩护着曹操杀出了重围。典韦可谓是曹操的贴身保镖。

曹操强行收张绣族叔张济的遗孀为姬妾，张绣听说后大怒："操贼辱我太甚！"便与谋士贾诩等商议谋杀曹操。他们因为害怕典韦的双铁戟，所以决定先请典韦来吃酒，使他尽醉而归，再偷了典韦的兵器。果然，当曹操发现帐外起火，喊典韦时，典韦睡得正香，梦中都醉醺醺的。听到喊杀声，跳起来却找不到兵器，只好抢来一把刀，砍死二十余人。可是马军刚退，步军又来了，典韦身无片甲，只好死战。敌人箭如骤雨，典韦刀都砍缺了口，终寡不敌众，一命呜呼。

一代武将，终因美酒，命丧疆场。曹操逃脱后，大哭："吾折长子、爱侄，俱无深痛；独号泣典韦也！"饮酒丧命，岂不痛哉！

英雄难过美酒关，岂独三国英雄？纵观古今历史，可谓比比皆是。《水浒传》里著名的"智取生辰纲"一段，就是说杨志等人倒在酒桶下。就连美酒造就的诗酒英雄李白，"痛饮狂歌空度日，飞扬跋扈为谁雄？"最后传说也是死于"醉酒捉月"，跌入水中淹死了。

再看今天，许多销售人员，为了更多的业绩、更多的工资、更多的回扣，客户说你喝多少酒我就买多少保险、成交多少楼盘、签多少单子，最后钱是赚了不少，身体却每况愈下。还有一些人，喝点酒开车，因醉驾判刑，甚至出了车祸，丢了性命……这些灾祸，不一而足，无不是美酒惹的祸。

酒可以为你挣得功名利禄，但是，身体健康却是再多的功名利禄也换不回来的。

不管是你主动要喝酒，还是被动要你喝，都要记住：酒只能适可而止，不能喝醉——狂饮并非真英雄，"狗熊"难过美酒关！

作者简介：

陈琼，男，硕士研究生，主编、参编一百余部教育类书籍。现为安徽省赵朴初研究会《赵朴初研究》编辑。

夏日忆扇

陈胜利

七月炎炎，电扇越扇越热，唯空调可安人心。不由想起年轻时的乡下，那时候，我是怎么度夏的呢？记得是白天活照干，晚上纳凉，凭的只是一把蒲扇罢了。从商店里买回来，再用布条缝上一圈，如此便耐用、不破边，也不会刮到人。家里来了客人，都是先递扇子，再送茶水。

那时候，每逢月夜，门前宽大的晒谷场上，一家人吃罢晚饭，摇着蒲扇，坐在板凳上纳凉，远处燃一堆艾蒿熏蚊子，不时有左邻右舍摇着扇子、拉着孩子来串门，大人们吸着旱烟袋，围坐在一起天南地北、家长里短扯闲篇，总有聊不完的话题。月光像一泓清辉，荡漾在门前的小河里，水流淙淙，波光潋滟；屋后树影婆娑，竹林摇曳；田野里青蛙在高歌、蛐蛐在低唱，"呱呱"声、"唧唧"声，伴着蒲扇的"呼呼"声、大人的"哈哈"声、幼儿的"呜呜"声，还有偶尔传来的狗吠声，此起彼伏，响成一片……

那时候不怕热，忙着逮萤火虫，然后放在小玻璃瓶里，拿在手上像一个小灯泡。偶尔，我也会从大人的手里夺过蒲扇，对着别人使劲地扇起来，若是有人故意说："哎呀，你别扇我了，我怕冷啊！"我听了扇得更带劲了，人家装作跑几步，我却在后面追着扇，岂料把自己扇得满头大汗，还以为是占了便宜，却不知是人家在算计小孩，无偿享受了一阵凉风。如今，这温馨、有趣的场景，再也找不回了。

从懂事时起，每逢夏天，我总能看见那些穿戴整齐、有模有样的男人，都喜欢手里拿着一把折扇，扇面是纸质的，骨架是竹子做的,有的还用毛笔在扇面上题了字:"小扇小扇,年年见面,只要有风,不要好看。""炎天五六月,扇子借不得,虽然好朋友,你热我也热。"于是,我用自己的压岁钱,也悄悄地去小商店里买了一把,回到家,想用毛笔写几个字,却怎么也写不上,原来我买的虽是纸质折扇,但两面都涂上了一层桐油,阳光下还散发出一股难闻的味道……

可以说,小时候有一把好看的折扇,就等同今天拥有智能手机一样。因为整个夏天都是扇不离手,手不离扇的。平时出门,将扇子往裤腰里一插,感觉人就要飘起来了,格外精神。好比那个年代有人头上戴一顶黄军帽、裤带前面挂上一串钥匙一样时髦、吸引人。别小看这些装扮,人前一晃,派头十足,有范儿,同那些拿着草帽扇风的庄稼人大有区别。一把小折扇,堪称我小时候的一个"面子工程"。上中学时,我从语文老师那里知道了扇子是一种文化,在中国存在了三千多年,当初并不是用来纳凉的,是凸显身份和地位的,古代皇帝、大臣出行时,都有专人举着仪仗扇来表示权威和高贵。这从后来的影视剧里也得到了佐证。

史书上记载,扇子文化源自农耕时期,在烈日炎炎的夏季,人们用植物树叶或动物羽毛简单编织后,用来扇风遮日。后来随着时代的更迭,扇子才逐步走进平民百姓家,又被人赋予了另一种含义。"扇"与"善"谐音,善良、善行、善念、善心、善始、善终、善语、善言等,都寄寓了无限的美好。过去有人盖房子,曾专门设计带扇形的门窗,意在追求善心,祈求吉祥。扇子也是"散子"的谐音,乡下小伙结婚,床头都要摆上长辈送的扇子,意在"多子多福"。二十世纪,金寨老家有个风俗,每年端午节,婆婆要接未过门的儿媳妇来家里做客,临走时除了送几件花布料,还不忘拿上一把蒲扇。虽说蒲扇并不昂贵,但扇形如满月,代表团圆,所以也称作"团扇"。"端午送扇",送来清凉、吉祥,也属珍贵的礼物。那时候乡下人用的蒲扇,大多以蒲叶制成,因为菖蒲在民间有防病去毒的功效,所以又叫"避瘟扇"。于是,蒲扇便被视为一种吉祥物了。

王昌龄诗句:"奉帚平明金殿开,且将团扇共徘徊。玉颜不及寒鸦色,犹带昭阳日影来。"杜牧诗句:"银烛秋光冷画屏,轻罗小扇

乘风 017

扑流萤。天阶夜色凉如水,卧看牵牛织女星。"班婕妤诗句:"新裂齐纨素,鲜洁如霜雪。裁为合欢扇,团团似明月。"桃叶诗句:"七宝画团扇,灿烂明月光。与郎却暄暑,相忆莫相忘。"李白诗句:"懒摇白羽扇,裸袒青林中。脱巾挂石壁,露顶洒松风。"有人说,女人与扇皆是花。轻移莲步,娉娉袅袅,手执一把小团扇,半遮半掩,秋波盈盈,一回眸,一扬眉,一扭腰,美得不可方物。

《三国演义》里,诸葛亮手持羽毛扇,运筹帷幄;《西游记》里,孙悟空巧借芭蕉扇,铁扇公主以一把扇扬名书中;《红楼梦》里,为博佳人一笑,宝玉撕扇;《水浒传》里,也有"赤日炎炎似火烧,野田禾稻半枯焦。农夫心内如汤煮,公子王孙把扇摇"的诗句。

扇子既美,沾上桃花如何?《桃花扇》写的是国恨,写的是爱情。越剧《沉香扇》,写的也是坚贞的爱情。影视剧里,济公和尚的那把破蒲扇,平时插在后脑勺的衣领里,一旦拿出来扇几下,总是无往不胜,手到擒来。

古人一直有"文不离扇,武不离刀"的说法,扇子当然不是为了纳凉送风。电视访谈栏目里,但凡与国学有关的,嘉宾或主持人一般都得拿一把扇子,以得气定神闲之态。扇子雅称"凉友","净君扫浮尘,凉友招清风",一把竹扇,一摇生风。

扇子的材质有很多种。一年夏天,我在西湖偶遇一家小店,卖的全是扇子,店主六十多岁,他慢条斯理地向顾客介绍各种质地的扇子,有檀香扇、牛骨扇、芭蕉扇、羽毛扇、纱布扇、纸质扇、绫罗扇、丝绸扇、蒲叶扇、丝竹扇、塑料扇等,形状各异,五花八门。尤其是那些折叠纸扇,上面所书所写,皆出自店主之手,真是令人佩服。

自从通电后,家家户户都买了电风扇,如今更是装上了空调。扇子在今天失去了原有的价值,与我们渐行渐远,只在小区的广场上,还能看见老阿姨们跳扇子舞,扇子也只是道具而已。扇子果真与我们彻底告别了吗?却也未必。今年夏天,楼上的老大姐手里赫然握着两把崭新的蒲扇,她告诉我,她特意让人从乡下小镇买回来的,她和老伴经常感冒,反复去医院,总不见好,医生说是患上了"空调病"。开空调怕着凉,吹电扇又担心闹肚子,看来这个夏天只好用扇子借凉风了，用扇子不会落下"扇子病"的。我听了哑然失笑，这真是"无可奈何花落去，似曾相识'扇'归来"啊！

一把小扇，轻摇生风，承载着古往今来多少记忆和情趣，多少诗情和画意。"凡人持扇"，扇执于手中，"善"源自内心，持扇"持善"，念念向"善"；"君子持重"，负重前行，只有手里拿个东西，才能身心不空、脚踏实地。时间倏忽，我已花甲，淡泊身心，唯念"持重""持善"。我想好了，明天去买一把扇子。

作者简介：

陈胜利，男，资深媒体人，祖籍皖西金寨，现居合肥。安徽省作家协会会员、安徽省散文随笔学会会员、安徽省报告文学家协会会员。1987年开始在国家及省、市级报刊发表小说、散文、报告文学等，有多篇作品获奖。

修车人生

陈太华

自行车的轮胎坏了，找遍了整条街，竟没找到一个修自行车的铺子。

儿子曾说，爸，您真老土，看看还有谁骑自行车？这么一辆破旧自行车，搁谁早都扔了。妻子也说，换个电动车吧，方便又快速。可我不舍得。这辆老式永久自行车，跟了我多年。当年为买这辆车，花了我一个月工资。我说，你上小学那会儿，都是靠它接送呢。儿子说，时代变了，该淘汰的东西就得淘汰。不然，哪来的消费？旧的不换，新的不来嘛！儿子讲得有道理。这次车子坏了，我一定要换辆新电动车，周末就买。

周五下班，一眼瞥见院子里泄了气的自行车，不由心中一软。它多像一头老牛啊，干不动了，就要被抛弃了。情不自禁走到了自行车旁，轻抚起车把来，万千往事涌上心头，决定不换了，明天找个地方修理。

夜里，我突然想起十多年前在一处街角的老郭修车铺，它还在吗？想了一个晚上，第二天一早去了那条街。街角处，褪了色的"老郭修车铺"几个大字还在，一种故旧重逢的喜悦涌上心头。十多年前的一幕，仿佛浮现在眼前。

郭师傅手艺好，收费不高，十多年前，他的修车铺等修车的人总是排着长长的队伍。郭师傅忙得连抬头的空闲都没有。每天都是这样，一个接着一个人，一辆接过一辆车。郭师傅每天不知要送走多少人，修理多少辆车。

我认识郭师傅，是一个偶然的机缘。那天送孩子上学，出门不一会儿，车胎没气了，车子一颠一颠的。我停下来，用手捏捏车胎，气量不足了。孩子着急上学，若是推车走，孩子肯定迟到。怎么办？只能硬骑。一路上，摇摇晃晃，终于费力骑到了学校门口。等孩子进了校园，再一看，车胎早已贴到轮毂上，粘到一起了。我慌忙去找修车铺，走了几条街，不见一个。遇人就问，见人就打听。一位老人告诉我，说是在他家对面的那条街，有一个叫"老郭修车铺"的，郭师傅修车不错。经老人指点，左拐右拐，几道弯一过，便见到了"老郭修车铺"的门牌。匆匆地把车推到修车铺门前。只见一个中等个头，黑黝黝的皮肤，长方脸，全身一套蓝色帆布工作服的男子正在弯腰收拾，见我来，抬眼笑问："车坏了？"我还没回答，他伸出手来，那双手粗糙，油乎乎的，龇着口子。这就是郭师傅了。他没多问，弯下腰，麻利地将自行车翻过身，车轮朝上，又迅速地扒掉外胎。仔细查看一番，郭师傅对我说："内胎爆了，不能再用。换胎吧。"我点点头。郭师傅三下五除二，说话的工夫就换了新的内胎。打上气，摇了摇前后轮子，又给车头上了机油，晃了晃脚蹬。只要有不灵活、不顺滑的地方，他都给修理了。一番折腾下来，我看了下时间，正好十五分钟。不禁感慨郭师傅办事真快！我问多少钱，郭师傅说："给三块五毛钱吧。"我心里一惊，怎么这么少？莫不是听错了？再问，依然是三块五。我心想：不对啊。前胎才换了没几天，光胎就五块了，修理费两块，总共给了七块钱。我说："郭师傅，你咋就收这点钱？肯定没拿够本钱。"郭师傅说："拿够了。三块是车胎的成本价，五毛是我赚你的修车费。"原来如此。谢过郭师傅，我骑上车高兴地离开了。

　　这就是我第一次在"老郭修车铺"修车的经历。

　　郭师傅的修车铺虽然位置不显眼，在孩子小学不远处，拐几道弯便到。孩子上学那会儿，只要车坏了，肯定是第一时间上"老郭修车铺"修车。

　　一次，我问他："你手上的油渍咋不清除掉？"郭师傅说："时间长了，长肉里了。"从每天的忙碌来看，估计郭师傅没有时间打理自己。他家住大郭村，父母早亡，跟着二叔过日子。二叔子女多，哪里照顾得过来？郭师傅从小不喜欢读书，二叔就同意他不念。十三

乘风　021

岁时，他就跟村里人来到城里打零工，十五岁开始学修车，十八岁自立门户。一开始，只是一个修车摊子，早出摊，晚归家。后来遇到同样打工的四川女子，两人结婚了，恩爱有加，育有一对儿女。我孩子上学那会儿，郭师傅的孩子也在上小学。

　　正想着，郭师傅看见我了，向我伸手打招呼。我赶忙走过去，同郭师傅握手。修车铺的门面，已不见昔日景象，只有一两辆车子等着修理。郭师傅只用了一会儿工夫就把车修好了。有了空闲，他便和我聊了起来。

　　郭师傅说他现在常回村里，孩子们都不赞同他再修车了，让他歇一歇，都累了一辈子。郭师傅也说到他跟不上时代，感叹没读多少书，电动车的电路看不懂，修不了电动车。但我分明看到，郭师傅的脸上依然笑意满满。我想，郭师傅一定是一个幸福的人。

作者简介：

　　陈太华，中学语文高级教师。作品发表于《安徽日报》《安徽商报》《作家报》等报刊。另有作品收录于《大湖春潮》《不能忘却的技艺》等图书。

清清临淮岗

陈永睿

阳春三月，我们再次来到临淮岗大坝时，不禁惊诧于它的清秀之美。

车行坝上，就宛如跃上彩色的五线谱，旋律在心中响起。最先遇到治水工程的"序曲"——城西湖船闸，接着是治水工程的"开端"——过船闸，再接下来就是枢纽工程的"发展"了——12孔深孔闸，它建在淮河主航道上，负责调控水流。继续前行，便是大坝的核心拦水闸——49孔浅孔闸。它是临淮岗枢纽工程的"高潮"，是工程最长最大的建筑，长约1000米，主要功能是蓄洪、控泄洪水，是大坝的"硬核"所在。车行其中，它们纷纷奔赴而至，就像一列列火车轰隆隆地开过一样，一节一节地后退。汽车在姜唐湖进洪闸前停下了，定睛一看，这里有14孔深孔闸，"一定要把淮河修好"赫然入目。这座闸在遭遇百年一遇的大洪水时才会启用。

加上南北的副坝，全长78公里，真可谓"世界第一坝，淮河第一闸"。但它的长，是雄伟而不是畏途，是豪情而不是忧戚。20世纪80年代，我取道周集经南照至阜阳上学，如果衔接顺畅，一天时间可达，否则需要两天以上。周集汽车站距淮河岸有20多里，只有一条两三米宽的土路，我们坐上手扶拖拉机或"蹦蹦车"，颠簸着摇晃着前行，遇到阴雨天，浑身都溅满烂泥巴。过河后，又必须步行数公里至南照，真是苦不堪言。一座大桥，一座大坝，天堑变通途。这大坝，是一条穿越时空的长长的清秀的丝线。

依偎在姜唐湖进洪闸旁边的栏杆上，举目四望，《岳阳楼记》描绘的景致宛若在前。特别是河水清清，好似碧玉，纯粹温厚，令人意欲跃入其中。这样的清清河水，印象中我只在长江小三峡里见过，而淮河水始终是浑黄的。"黄河清，圣人出"，淮河也是一样。这清清河水，是澄去了贫穷的乱泥，澄去了落后的浮沙后的静水流深，倒映着天蓝云白，国泰民安。

回程，且行且息，不急不躁。漫步大坝，我们眺望远山近水。但见14孔姜唐湖进洪闸、49孔浅孔闸、12孔深孔闸、临淮岗船闸、城西湖退水闸等大型建筑物，一字排开，气势磅礴，如一条巨龙将千里淮河水牢牢锁住。这些闸建设时间不一，与时代鼓与呼。49孔浅孔闸，始建于20世纪50年代，完工坚固于21世纪；姜唐湖进洪闸则是21世纪初新修建的。缓步公园，我们领略淮河风情。只见土地平旷，满目春色，丰碑广场、农民公园、柳编大市场、淮河风情文化园、田园度假村等景点，俨然交错于河洲或岸上，有的以"治淮丰碑"为中心，湿地片片，绿树茵茵，玉兰飞白，杞柳泛青，构成绚丽多姿的水彩画；有的以"淮河风情"为核心，介绍农耕民俗、泥塑艺术、柳编文化等，展示淮河两岸农民战天斗地的不屈精神。

临淮岗洪水控制工程地跨豫皖两省，涉及固始、霍邱、颍上、阜南四县，千里淮河在此被裁弯取直，拦腰截断，集水面积达到了4.2万平方公里，几乎控制了正阳关以上的全部来水，工程之大，堪称淮河上的"小浪底"和"三峡"，从根本上改变了淮河干流洪水长驱直入的被动局面。这里的人民，心灵更宽广。在工程建设过程中，豫皖两省以治淮大局和沿淮人民根本利益为重，始终相互理解支持；各级政府精心组织实施移民安置工程，积极配合主体工程建设；广大人民群众更是舍小家、顾大家，为工程的顺利实施，做出了难能可贵的贡献。可以说，政府和人民的"双向奔赴"，共同唱响了一曲团结治水的赞歌。

作者简介：

陈永睿，正高级教师，特级教师，全国"学术先锋人物"，安徽省作协会员、"江淮好学科名师"，享受六安市政府特殊津贴，系六安市首批学科带头人、模范教师、皖西名师、拔尖人才。有专著四部，编著教材等五十余部，各类文章四百余篇，主持省市课题四项。

看 海

陈远芳

看海后,心底的那抹深蓝便浸染了梦。

那年九月中旬,我和朋友去青岛办事,我特意选了一个临海的酒店,它背靠黑松林,阳光、大海、沙滩、松林,水清滩平,是天然的海水浴场,沙质细腻均匀,太阳下银光四射,宛若镶嵌在蓝色丝绸上的银盘……

海,近在咫尺。

可我没有着急去海边,慢慢拉开窗帘,远远地一瞥,一望无际的海,朵朵白云,水天一色。翻腾的海浪,湿湿的沙滩,海边嬉闹的人群,就像一只只翩翩飞舞的蝶,在我柔软的心房里泛起涟漪……那夜,我是枕着海浪入眠的。

第二天傍晚,我和朋友办完事就迫不及待地奔向海边。近距离地看海,心潮汹涌,就像翻腾的海浪……我不停拍照,想带走所有的美好。站在礁石上,看海浪一波波涌来,看鸥鸟翔集,看海天一色,心中也有了一片小小的海。

海就在我的脚下。面朝大海,春暖花开。海纳百川。海阔天空。沧海桑田。记忆里的海在心中轻轻呢喃。忍不住摸了摸脚下的海水,温暖柔和;忍不住尝了一口海水,咸咸的,就像眼泪。很想变成一尾鱼,从此委身于海,生也浩瀚,死也辽阔。

海风吹,海浪涌,礁上谁人初见海?海水何时初湿人?多少年过去了,海吸纳了多少的时间?但凡看过太多的变化,就会睿智起来,海当然如此。海水泡软了所有人的坚硬,每个人都是海的孩子。夜渐渐深了,离别时,心底划过一丝忧伤,我知道,海一直都在,而我，不过是一个匆匆过客，如此而已。

第三天，凌晨五点多我们就起床了，相约去银沙滩看日出。天光未亮，海面深蓝近黑。光脚踩在柔软光滑的沙滩上，泥沙轻轻漫过脚趾，心也跟着柔软起来，这种美妙只可意会不可言传。卷起裤腿走向了大海，去迎接我生命里第一个清晨的海浪，看浪花絮语翻腾。闻着咸咸的海水味道，我仿佛顺着脐带，走向母亲的子宫，安宁，平和，内心温软。

清晨微冷，海水却是暖的，麻酥酥的沙子调皮地揉搓着皮肤，带来孩子钻进怀里般的轻微颤抖。浪花一阵一阵，像恋人的手，温柔地拂过脚背、脚心、小腿，心，也渐渐酥软。

静立水中，面对亘古的静，辽阔的蓝，感觉自己变得轻盈许多，仿佛胳下正在长出翅膀，扑啦啦振翅，我就可以飞过沧海，飞过辽阔，飞过人世的羁绊，飞向自由的时空。海风吹醒了我的梦，抬头仰望，蓝蓝的天，朵朵的白云，如此恬静美好，低头，回眸，海，还在纷纷私语，就在我身边。

晨曦微露，海风微咸，踩着海水，慢慢地走着，似乎在远离自己，又似乎在走近自己。海浪打湿了我的裤子，脚底的沙子，温暖了我的身心，海水一次次泡软了我的情思。我将自己所有的心事交付给大海，让波涛汹涌的海水带走生活中所有的烦恼、不如意。曾经的工作和生活中，我迷茫过，也惆怅过，但我终究没有颓废，如同眼前的海，一直都在勇往直前，无论温柔、粗犷，还是淡淡的平静。

因为天气的原因，最终没有看到日出，但没有什么遗憾的，因为哪有没有遗憾的人生呢？只因为有了遗憾，人才会一次次奔赴吧。

作者简介：

陈远芳，女，网名橘子红了，郎溪县飞鲤镇政府党委委员。作品散见于《宣城日报》《新安晚报》《微型小说月报》等，多篇作品获奖。

山水都，诗歌城

陈宗英

  "一山四水五分田，一城山水半城诗"。家乡当涂，长江下游南岸的一座历史文化名城，有着2200多年的置县史，这座独具魅力的滨江小城，山水相间，诗意浸染，历代文人墨客留下了灿若繁星的无数诗篇，大诗人李白更是倾情于此，写下了《望天门山》的壮丽诗篇。

  钟情于小城山水的，又何止李白。翻开历史，李之仪、苏东坡、曾巩、萧云从……数不清的文人墨客纷至沓来，还有生长于此、曾一夜著成《千字文》的蒙学始祖周兴嗣等，共同为小城打造了一张张亮丽的文化名片，积淀了它丰厚的文化底蕴。

  李之仪那阕深情温婉的《卜算子·我住长江头》，便创作于此。那一年，官场失意的词人自千里之外而来，当涂的青山碧水、淳朴民风，美丽女子杨姝的才艺温情，化解了远方才子的忧愁。悠悠江水，传递绵绵相思；万般柔情，化作行行诗词。从此这首千古绝唱，引发多少青春少年的遐想。

  长江之水自上游浩浩荡荡而来，流经小城，蓦然向东转了个弯儿，流出一条美丽的姑溪河（古称姑孰溪）。一段浣纱女的历史传说，给这条古老的河流披上神秘的面纱。李白曾泛舟于此，写下"爱此溪水闲，乘流兴无极"的优美诗句。

  姑溪河位于小城之南，像一条长长的飘带，装点着小城。河上有浮桥，两岸百姓繁衍生息。河水清清，似少女般婉约柔美，引得文人雅士为之沉醉。明开国重臣、学者，当涂人陶安的那首《姑孰溪》，描摹极美，最后，诗人叹道："钓鱼台下鸥如雪，我已忘机似渔翁。"任何人见此山水，都会浑然忘机吧？

　　河水浇灌着两岸万亩良田，为小城带来丰厚的粮食、水产、瓜果。最有名的当属体大肉嫩、脂肥膏满、肉味鲜美的"姑溪河大闸蟹"。清乾隆皇帝下江南时，偶食其味，御封其为蟹之王。

　　姑溪河还孕育出一首首婉转动听的当涂民歌。2006年，当涂民歌被列入第一批国家级非物质文化遗产名录，走进大学音乐殿堂，亮相上海世博会。2023年，当涂民歌唱响中国，参加了中国民间文艺山花奖的角逐。

　　如果说姑溪河是小城的母亲河，那么清澈明丽的千年护城河，则像一条明丽的腰带，陪伴着站立了千年的古城墙，一起诉说着曾经的金戈铁马与岁月沧桑，也见证了小城的发展变化。

　　一抹晚霞里，登上城墙，看城市高楼林立，人来车往，一派现代繁华景象。观远处小桥流水，波光粼粼，尽显诗情画意。若是夜幕降临，穿过古城墙下的清源门，便来到一条步行街，两旁商铺饭庄里，人头攒动，古装旗袍与现代时尚碰撞，说话声里夹杂着南腔北调。沿着一条人工打造的水系再往里走，是一处宽敞的广场，中间建有舞台，文艺演出队着盛装而来，本地黄梅小戏、民歌轮番登场，琴声阵阵，歌声飞扬，给小城夜生活增添了十足的文化味。

　　傍晚来护城河边闲走，最能感受和谐之美。水清岸绿，一步一景。我喜欢从青莲桥东端南侧而下，走近护城河。折过一个网球场，河水映着夜幕湛蓝的天光，一跃眼前。晚风吹拂，音乐四起，和着欢快的节奏，一起动起来，一起舞起来，成百上千人沿着河岸闲庭信步。一段一处健身区域，网球、篮球、足球；一段一个舞蹈场地，健美操、广场舞、交谊舞，快的、慢的、古典的、现代的。景灯绚烂、灯带穿梭，喷泉遄飞、九龙戏珠。大屏幕播放着小城的美丽景致，以及经济社会发展成果，渲染着热闹的气氛。一排飞檐六角亭上的彩灯装饰，如古代城楼华丽庄严，古诗词、千字文的诵读声吸引行人不由驻足——那是县诗词爱好者们在交流。尤其是两岸的灯带梦幻典雅，宛如一串璀璨的项链，将灯光作为主要艺术元素，展现了小城时尚之美。

　　每年端午，一场龙舟大赛盛宴就在这里上演。百舸争流、气势磅礴的场面，吸引近万名观战的男女老幼，有人甚至从数千里外赶回小城，只为一睹赛事精彩。

曾巩曾赞叹当涂为"江山之胜，天下之奇处"。如果说，水似小城的血脉，山则赋予了它天然的诗意与文化意蕴。当涂自古有"姑孰八景""丹湖八景""横山四景""灵墟四景"。这里的景，大多指山中美景，如"姑孰八景"：牛渚春涛、龙山秋色、白纻松风、尼坡梅月、丹灶寒烟、凌歊夕照、玄晖古井、太白遗祠，每一处都与一座山有关，最著名的是大青山。南朝大诗人谢朓在《游山诗》中写道："幸莅山水都，复值冬清缅。"此乃当涂"山水都"称谓的由来。这山便是米芾笔下的"第一山"。当年米芾十分仰慕大诗人李白，他登上青山顶，极目远眺，姑溪河宛如锦带环山而去，阡陌纵横，绿意青青，山脚下十里桃林争奇斗艳。米芾连声说："真乃江东胜地，难怪乎谢朓称之为'山水都'也。"遂挥毫写下了"第一山"三个字。

公元495年秋，时任宣城太守的谢朓首次来到青山，面对泉流奇石，林立苍松，赞之为"山水都"，后筑室于青山之南。为追寻谢朓，李白一生七次游历当涂，晚年在青山落脚度过，终老青山。为纪念诗人，青山脚下建起一座李白文化园。谷氏后人千年一诺守护着诗仙李白，每年吟诗节，海内外诗歌爱好者云集于此，在这一片古朴而肃穆的"诗仙圣境"吟诗作赋。

从县城往东南眺望，青山蜿蜒起伏清晰可见。近年来，乡村振兴给千年诗山注入新的活力，姑溪河上架起一座彩虹大桥，旅游大道打通了山里山外。一年一度的桃花节，让旅游火了起来，每年春天，漫山遍野的桃花争奇斗艳，青山被点缀成一片红艳的花海。十里桃花浩荡，游人如织，络绎不绝。站在山腰抬眼望去，天空纯净如洗，山下村庄树木花朵，好似一幅彩色风景画，令人宛如置身仙境。

作者简介：

陈宗英，现任当涂县文联主席，在《新安晚报》等报刊发表报告文学和散文，多次获奖。

愁心与明月

程庆昌

　　忽然想起那个夜晚。母亲过世满"七七"的那个夜晚,我躲进小巷子里,号啕大哭。月明在天,不远不近地望着我。那个时候,我们刚到江南不久,租住在古镇边上。

　　父亲先走的,不到十年,母亲也一语未留地离开了。虽有兄弟,虽有妻儿,但我到底成了孤儿。

　　母亲是在端午节后一周去世的。端午节前几天,我给母亲汇了款,胞兄代收。下班后,和妻一道给母亲打了电话,那时家里没有装电话,接电话要到屋场湾里的堂叔家,总是麻烦堂叔家人通知母亲。那天打电话的人应该不少,电话一直占线,拨了好多次才拨通。

　　听到我们的声音,母亲很高兴,仿佛我们就在身边,一句一句唠起了家常。母亲说,寄的钱收到了,她称了肉,还买了化肥,就算不种田,蔬菜还是要种的,庄户人家没有蔬菜哪行。

　　我说,不要操劳太多。母亲说,闲下来三天就会浑身不舒服,能动是好事,再说,在外赚点钱也不容易,能不花的就不花。妻说,能花多少钱?首先要把身体保养好了,我们不在家,真要是有个三病两痛,就麻烦了。母亲说,放心,放心,我会照顾好自己的,你们在外面,也要照顾好自己,特别是还要上夜班,千万小心,不能大意。

　　堂叔在一边插话,放心好了,你母亲身体好着呢,几天前还从我家扛了一包尿素回家。一包尿素四十公斤,听得我又担忧又生气,母亲咋就不心疼自己呢?

　　母亲听出了我语气中的恼意,忙笑着说,活一日就要吃一日,有田有地，种点蔬菜没问题，庄户人家，不能蔬菜都要花钱买。七老八十的老人都没闲着，做这些事情，不碍事。就这样，母子俩你一句我一句，聊到堂叔来催，才挂了电话。没想到，端午节后仅仅一个星期，早晨要上班时，接到堂叔的电话，母亲走了。

妻的眼泪霎时漫了出来，我顿时如坠深渊。辗转千里，回家奔丧，母亲躺在冰棺里，面容慈祥，如同睡着一般，可是任凭我们大声呼喊，母亲都不会再睁开眼了。她不会再爬起来，没等我们屁股坐热，就张罗着抓鸡捉鸭，做一锅美味了。

料理完母亲的丧事，又得赶回工厂上班。只能记着斋七的日子，在千里之外向家的方向张望。七七四十九，母亲应该完全与人世间撇清了关系，完全踏上了另外一个世界。我祈愿有来世，来世还能做父亲母亲的儿女，经此一世的磨砺，我们肯定会更听话，让他们少操心，快快活活地做一世父母。

母亲满"七七"那天，晚上给胞兄打电话。从电话中听得出家里很热闹，家族里的叔伯哥兄都在。这样的热闹却让我生出一阵又一阵莫名的痛。哥在安慰我，有他在家，啥也不用担心，把自己照顾好就是，孩子们也不用担心，他和嫂子会罩着。母亲说的话，就这样从他的口里出来了。那天妻上夜班，我承受不住那种彻骨的孤寂，从出租屋出来，走进夜色笼罩的古镇，一路走一路流泪，终于难以控制自己，折进一条小巷子，号啕大哭。

也不知道过了多久，终于平静下来，眼泪也流干了，眼睛火辣辣地疼。望望天，窄窄的巷子上空，明月高悬。它就这么晃着亮光，好像没有看见一个情难自已的俗子凡夫。

作者简介：

程庆昌，中国散文学会会员，中国报告文学学会会员，多次在全国诗文大赛中获奖。出版散文集《家在苏州》（与李建荣合著），纪实文学《乡村匠人》（2017年苏州市作协重点作家扶持作品，获得2020年江苏省报告文学优秀报告文学奖），革命历史题材长篇小说《北桐星火》（与李登求合著，入选2019年安庆市长篇精品工程）、《北桐风云》。

母校，去哪儿了

程先畏

每次回乡下，我都要去母校看看。

说是母校，其实早已"物非人非"。当年的霍山县和平畈小学所在村已变更，学校也已迁址新建，校名已改成石羊河小学。

记忆中的和平畈小学建在山坎下大路旁一处高墩之上的古庙中。这并不稀奇，二十世纪五六十年代，很多农村学校都是在庙宇或祠堂里开办的。和平畈小学所在之处，就是我妈常念叨的"小诸佛庵庙"。为什么叫"小诸佛庵"？是相对霍山县诸佛庵镇而言的吗？我无从考证，不得而知。

小诸佛庵庙改建成小学后，天井两边的厢房和正对大门的六间正房是教室，偏房就作为老师的宿舍，也是他们的办公室，还有两间厨房，一间柴房，正房左侧小门外的一大片空地自然就是操场，除了上体育课以外，这里是学生们课间玩耍的唯一去处，旁边的升旗台也是石头的，雕琢得还很讲究，那是庙里的老物件，旗杆是用毛竹做成的。

二十世纪七十年代，孩子们一般都是七岁入学，因为家里兄弟姐妹多，小的在家没人带，就跟大的一起到学校去混时间了。三哥就这样带着我一起上了小学。记得毕业那年是最后一次推荐升学，除了政审必须合格外，一家不能同时推荐两个孩子上初中。在父母的劝说下，我把升学的机会让给了三哥，自己留下来再读一次五年级。可这一读，不是一年，而是一年半啊！因为那一年正赶上全国学校"春改秋"，所有学段延长半年，就这样，我在和平畈小学一共上了六年半。

第二年秋学期，推荐升学终于画上句号，我以几乎满分的成绩考上了石羊河初中。说是初中，其实是一所开设刚满一年的"戴帽子"学校。所谓"戴帽子"，就是为了解决农民子女就近读中学的问题，而在小学的基础上增设初中班，有点类似给人戴了个帽子，所以人们都习惯地这样叫它。这也是"文革"之后广大农村所特有的一种教育现象。

为了解决校舍不足的问题，学校租用了附近几家居民空闲的住房用来办公，然后又在靠河沿一片较为空旷的沙地上盖起了几间用篱笆做墙壁、用毛竹搭起来做屋顶的茅草房——这就是我们的教室——虫鸟乱飞是常态，冬冷夏热是自然。课堂上，老师在讲台上侃侃而谈，吐沫飞溅，麻雀们在头顶上叽叽喳喳，叫个不停。现在想起来，既有趣又可笑。

比我高一届的三哥上的也是这所学校，一个年级就一个班。我读初一，他读初二。时隔一年，我们兄弟俩又一次成了同学校友。

"茅草棚里出秀才。"这是我在石羊河初中上学时听到的最多也最鼓舞人心、令人振奋的话。可不，就在那一帮以下放学生、回乡青年为主，七拼八凑起来的老师的呵护下，第一届毕业生顺利走出校门，他们大多考上了高中，有的还被重点中学录取，后来上大学分配在外地工作的、自主创业成功者，比比皆是。

那时，我们都希望自己成为"茅草棚里的秀才"，可是好景不长，送走第一届也是唯一一届毕业生后，石羊河初中这顶"帽子"就被摘掉了。新的学期，我们和教物理的饶老师、教英语的余老师一起被撤并到大化坪中学。

这是一所县属完全中学，当时高中部也只剩最后一届了。独立完整的校园，排列齐整的瓦房，宽敞明亮的教室，深深地吸引着我，而给我印象最深的还是那棵大松树，高大粗壮的树干至少要两人合抱，向四周散开的虬枝一半伸到了围墙外边，一半贴近教室屋檐，半隐半露的树根盘结起伏交叉凸凹。那里可是同学们课间娱乐的最好去处，特别是每天傍晚，我都要依偎在大树身旁，听完大喇叭里传来的"评书"后才回教室上自习。大松树成了大化坪中学的标志，也是学校的象征。

一晃一年过去了，我仅以一分之差与县一中擦肩而过，来到佛子岭中学，再一次与我三哥同校读书。说起佛子岭，那可是我此生不能忘怀的一个痛点。也许是因为水土不服，第一周没过完，我就生病了，上吐下泻，昼夜难眠，校医看了，药也吃了，病情却不见好转，我只好请假回家了。这一回，差不多就是二十天，过完国庆节再回学校时，我得到的消息是被除名了！在"求救无门"的无奈情况下，三哥含泪把我送到佛子岭坝上，坐上回家的班船，这一次，我是彻彻底底地回老家了。

缘分使然，无谓对错。多年过后，那个"狠心"抛弃我的佛子岭中学也不复存在了，取而代之的是迎驾酒文化博物馆。

1981年中考，我如愿以偿地考上了霍山师范学校，成为村里第一个跳出"农门"的人。师范学校位于著名的佛子岭水库下游、淠河东岸的迎驾厂。二十世纪六十年代末，为响应伟大领袖毛主席的"五七指示"，"霍山县五七大学"在这原本一片荒凉的沙滩上应运而生。改革开放后，在这里设立了霍山师范学校，到九十年代初改制成职业高中。学校为原六安地区，特别是霍山县培养了一大批中小学教师、教育管理干部。

1984年，师范毕业，我被分派到舞旗河初中任教。五年后的1989年，经过多方争取，没有上过大学的我，通过成人高考，进入期待已久的合肥教育学院，成为一个名副其实的"大学生"。与其他同学相比，我是非常幸运的。

2001年秋学期，我有幸回到已经改制为霍山县高级职业中学的"老师范"工作，有机会与"母校"重温过往，再续前缘。

历经二十多年的接续奋斗，学校从"省重"到"国重"，从"省特色"到"国示范"，从"职业高中"到"职业中专"，办学条件全面改善，办学内涵大幅提升，办学层次逐年提高。

2015年11月，更名后的"霍山职业学校"从迎驾厂整体搬迁至高桥湾新校区。老师范老职高老迎驾厂易主迎驾集团，转眼间，一座崭新的迎驾春风营地、皖西太古里小镇神话般地呈现在世人面前，所谓凤凰涅槃，旧貌新颜，实不为过。

无论是易地新建，还是改名换姓；不管是合并升格，还是销声匿迹，荡然无存——我的小学、我的初中、我的师范、我的教院——时光不老，容颜不变。

作者简介：

程先畏，笔名三畏，霍山职业学校高级讲师，霍山县作协常务副主席，出版教育专著《中等职业教育研究概论》、诗文集《透过生命的裂缝》等。

春风有信

程 项

"春天来了!"听见有人在街上叫喊,出门望去,是一群赶早上学的孩子,在路上嘻嘻哈哈地吵闹着。

是的,春天来了,从孩子们嘴里脱口而出,总觉得比从大人口中说出更别致,可是春是什么时候来的呢?

立春当天还下了场雪,飞雪之中丝毫未能感受到春的暖意,倒是寒冬的大门在北风的猛攻之下,被撕开一处缺角,呜咽如鸣的低吼在漫漫长夜中破门而入,那冒着寒气的手一下子就伸到后背,还未来得及收缩脑袋,它便又似嘲笑般破窗而遁,只能无奈地抱怨一句,这该死的鬼天气,然后悻悻地钻进已经加热好的被窝里,感受人造的春暖。

整个冬天都是在这种低沉的氛围里度过的,气温也是不冷不热,世界是灰的。元宵节当天,大雪依旧飘落,整个村子都静谧下来了,唯有偶尔发出的几声狗叫,像是在拍电报,用摩斯密码交流着人们听不懂的秘密。

春雪的到来对孩子们来说是稀奇事,虽然冷,但是玩雪的乐趣完全让他们忽略了寒气。堆雪人,打雪仗,或是静静地看狗子在户外的雪地里奔跑,偶尔还会惊出几只野鸡扑棱着翅膀尖叫着飞向远方……这一切都会让人产生一种错觉,如果时间可以停止,四季不再轮回,孩子不用长大,父母也不再老去……那该是多么幸福的事情。

雪不是春的孩子,却滋润了春天。田里的麦苗,屋前的大榆树,墙角的花草,还有妈妈种植的果蔬都在这最后一场雪里复苏了,这一刻我才感受到春来了，她来得悄悄然，若不是孩子们说出来，很有可能我也没意识到她是什么时候来的。

阳和启蛰。包裹在水泥钢筋里的赶路人，早已忽略了纯粹的自然之声，譬如惊蛰之后的蛙唱，乡间田野里的野鸡打鸣，枝头叽叽喳喳做窝的喜鹊，嘎嘎下水的鸭子，水塘里扑腾打挺的鲫鱼……一切都像是搭乘春的列车在不停向前奔跑。而他们听到的大多是行驶在高架上汽车的嘶鸣，围建处机器叮叮咚咚的敲打声，或是夜幕下广场上传来的歌舞伴奏。生活的方式也改变了人们的生活节奏。春的模样在渐渐变化，从自然到人工，我们在逐渐丧失最初的春之记忆。

春江水暖鸭先知，池塘已少，鸭子难寻，春来的消息朦胧不明。最明显的感知，还是身上的衣服由厚到薄，由多到少，用了一冬的电热毯也收置起来了。田里的麦苗在噌噌地生长，一天一个长势。院外的那棵大榆树似乎在一夜之间蔚然如盖，新抽的嫩芽还带有毛茸茸的尖毫，不久之后就可以吃到鲜嫩的春芽了。

来到院角处，看那破土而出的花芽，只要给她点春光，她便会在往后的日子里给你一整墙的回报，红的，粉的，黄的，蓝的，各色蔷薇花从春末绽放到寒秋，空气中弥漫着扑鼻的花香，微淡且馥郁，每每有路人经过都会停下脚步夸赞几句，或拿出手机拍上几张美美的照片。

我们依旧不问春是何时到来，只是通过感知天冷添衣，天热脱衣。而世间所有的事物都不是空穴来风，如这四季交替，都会有相应的规律，无论是天气、饮食、着装都会给我们以线索找寻。

孩子们脱口而出的春天到了，是他们看到了春在长成的样子。坐在公园的椅子上，我听到了树枝上山雀的欢歌合唱，还看到了成群的孩子在欢快地奔跑，此刻我闻到了风中已经有春的味道。

作者简介：

程项，笔名弘谦，安徽淮南人，擅长散文、诗歌创作，作品散见于《安徽作家》《安徽文旅》《安徽群众文艺》《铜陵日报》等刊物以及网络文学平台。

人是岁月的一部分

储刘生

　　岁月浩茫，万物生息。人这一辈子只为干一件事，就是活着。活着消磨掉人的一辈子。

　　人在活着的这条路上奔跑，循着岁月追赶。岁月太古老，太漫长，太沧桑，固执地依循着时序向前，总会把人弄丢。

　　不经意间，它就从春走到夏，从秋走到冬；从人的牙牙学语走到中年、老年。岁月成为这条路上人生里程的标记，清晰地记载着人生的轨迹，镌刻着年岁，把风霜刻在人的脸上，把沧桑刻在人的心里。

　　岁月太滑溜，人世间太过复杂，人太过自我，人与岁月很难相互信任。岁月有了烦恼：人太随意了，到底是谁弄丢了谁？对于人来说，不花钱买来的都无所谓，不心疼。

　　人徒增了伤悲，附在岁月里谁也不比谁幸运多少，岁月催人老，谁都会被岁月左右。

　　人过得好，岁月也轻飘。人经历苦难，岁月变得沉重。年少时虚度了光阴。到了中年，才发现岁月总叫人莫名伤心，仿佛转眼就会看到岁月的尽头，黑漆漆的一片冰凉。

　　岁月是有颜色的，它的颜色取决于人的心态。消极的人把岁月过成了灰色，生活茫然，黯淡无光。乐观的人总会把生活酿成蜜。岁月里阳光明媚，绿树成荫，小桥流水，鸟语花香，所有的底色都明艳，上孝下贤，家庭和睦。

　　岁月不居，时节如流，潺潺有声。人在岁月里被消磨，有失意，有如意。人试图探听找到它，想寻得一种强大的力量让它停留，想跟它谈谈心，就像和亲人那样说说心里话，多些坦诚和真情，有什么说什么，没有芥蒂。想问问它去哪儿了？藏在何处？为何一去不复返？为何感觉它还在？流逝的难道只是一部分？是心理，还是身体？为何撩拨人的情感生活？为何留下长长的阴影反复折腾？到底要带走什么，让回忆消磨成一根骨头？

岁月沉默不语，回答自己的只有日后的自己。

岁月即过去与未来，它伴随着人的一生。相见于江湖，相忘于江湖。

"一寸光阴一寸金，寸金难买寸光阴。"人到中年，看岁月的目光里藏着温情，更多的是唏嘘。蓦然回首，发现一个关于人与岁月的秘密——人是岁月的一部分。

作者简介：

储刘生，安徽岳西人，宿松县作家协会副秘书长，有文学作品在《今古传奇》《中国应急管理报》《安徽工人日报》等报刊，以及人民网、中国作家网、中工网、安徽网等网络平台发表。

春风湖上路

储晓琴

又逢周末。出门去看睽违一冬的湖，只一眼，我就知道春风来过。

柳芽初爆，如一粒粒绿色的鞭炮，等着更暖的春风把它们点燃，燃出绿烟绿雾，燃出杨柳堆烟，帘幕无重数。而近水朝阳处，柳条已展，一片片眉也似的柳叶，嫩绿，鹅黄，簇新。二月春风一定是个温情的男子，不然何以画出这万千温柔的柳眉？风过，柳腰随风，描摹出风的形象。风停，临湖照影，湖也倾心，颤颤不止，那影儿如绿烟，在水里升腾缭绕。

柳惹风，还是风恋柳？谁人能知。梨花雨，杨柳风，都带着鹅黄色的淡愁。拂堤杨柳醉春烟，小舟已解，罗带轻分，手中握着折柳，却终于留不住流水送行舟。柳，留，一个谐音，婉约了多少江南的心思，忧伤了多少春日的佳句。

那排红叶李，枝条上缀满了浅紫浅粉的花，恰似一群玉树临风、身披华丽宫袍的锦衣卫，紧紧守护着一湖碧水。红叶李的花一朵朵看来，花形普通，相貌平平，但一树树看来却是紫气氤氲，水雾蒸腾，如霞似锦，鲜妍明丽，难描其色，让人想起贾母让人拿给林黛玉糊纱窗的"软烟罗""霞影纱"。连成一片的花树，显示出春天茁壮的一面，光辉灿烂，春色无边。迎春花青翠的藤蔓上，绽开着一张张灿胜春阳的明黄笑脸。紫荆也开了，美丽，热烈，矜持，决绝，是穿着紫衣的红拂，在春风沉醉的白昼宣示着自己果决的爱情。还有桃花，杏花，樱花，在春天的大观园里，或娇俏，或薄嗔，或大方，织着春天五彩缤纷的梦。

池塘生春草，湖水尚盈盈。湖水涨了，水涨石没，它们将成为鱼蟹的栖息处，不用多久，就会长满青苔，成为一个绿色的舞台。湖边的芦苇，上半部仍旧枯黄，底部却现出了柔嫩的绿色。那是新长出的芦苇分蘖，是春天的号角，是生命的气息。青蛙将水晶似的卵一大串一大串地产在芦苇青处，过几天，这些孩子就会在湖水里给春天不分行的诗篇句读了。小鱼高兴了，离开湖底的淤泥，细小的身体在春天的柔波中四处游荡。鸳鸯也高兴了，一会儿浮上湖面劈波斩浪，一会儿潜入水底捕捉小鱼，一会儿钻进岸边的草丛里梳理自己的羽毛。

春风是贵客，一到便繁华。即便是湖畔这一块石头，也萌发了旖旎的心思。苔痕微微，是春天细小的注脚吧。我知道，不用太多日子，就会有绿茵茵的一片柔毯，等着春风下榻。许多树依然故作矜持，其实心里早已写满对春风的爱慕，不信，你轻轻刮开一层薄薄的皮，就可以看到它们不动声色地绿着。地上布满了各种小孔，蚂蚁的，蚯蚓的，各种大地的孩子，都已经感受到春风的呼唤，都在纷纷醒来，在无人时，在月光下，漫步它们的世界。

春天是极易沧桑的啊。人面不知何处去，那只是痴男怨女的个人日记，而旧时王谢堂前燕，飞过了隋唐，飞过宋元明清，飞到我眼前，它们衔着的春泥，依然来自这片土地，它们剪过的天空，依然取自这个时空。我在春风里，我在时间里，我的血液里流淌着历史的河流，春天在一万个我身体里复活。作为真实鲜活的生命个体，我们和湖边的绿柳紫荆一样，和湖里的鸳鸯蝌蚪一样，我们来过这人间，真实地存在过，生活过。我们无法延展生命的长度，但我们可以以己身为渡，为桥，引渡生命走向无穷。那么，就让我们珍惜当下，心怀感恩，尽情享受春风的照拂，认真努力地过好每一天！

作者简介：

储晓琴，中学历史教师，九三学社社员。从事文学创作近20年，2023年出版散文集《快阁东西倚晚晴》。

村庄里的树

崔 振

每次回到村庄，喜欢串门到八十多岁的大娘家，门口空着呢。上了六七十岁的老人喜欢聚在这里，太阳暖暖地照着，墙根下烂木头上坐一溜，女人们一堆，男人们一堆，孩童一群一队地在旁边玩耍。家长里短，国际大事，有人喜欢说，有人喜欢听，坐冷了起来走走，话语绵绵，笑语盈盈。太阳升得更高，人晒久了，身上暖烘烘的。话说得投机，趣味盎然，心里暖洋洋的。循着时光，我晓得声若洪钟的建军娘不会来了，修自行车的白大爷来不了了，不胜枚举，人如草木一秋，一茬茬地老去。连同他们老去的，还有村里无用的老树，被填埋的沟塘，浮沉的往事。这世界脚步太快，村里年轻人务工在外，有的外地安家；孩子们到城里读书，有的陪读进城落户。只有他们初心如磐，成了村庄不老的卫士。只是他们的记忆力越来越差，能记住的越来越少，陪伴他们的越来越少，村庄的故事将要失传……

有时想想，我自村庄走出，又置村庄于何处呢？有时又庆幸自己，还有处老屋守着村庄。面对年久失修的三十岁老瓦房，不住，也刚翻修过，只想留下我在村庄的影子。除了老屋，人们记得村庄，还有默守百年千年的老树。树比人更长寿，比人更能守住村庄。于是，在这个春天，我打算扛起锹锨在老宅的周围挖下树坑，恭恭敬敬地种几棵杂树，扎根在村庄。

种棵洋槐树，开在春天。洋槐花盛开的时候，像下了一场香雪，耀眼芬芳，绣成村庄的壮锦。老人总会想起儿孙执竿勾枝采槐花来，嚷着扳得太多，生怕槐树疼；不小心扎到孩子的手指头，疼得龇牙咧嘴，自己也心疼。拾掇拾掇上锅，蒸晾冻藏，吃得忒香，是人间美味，更是大自然的馈赠，必当虔诚以待。洋槐花，不仅是一道美食，还是一种风景，始终萦绕在村庄老人与孩子的心头。

种棵桑树，熟在夏天。桑葚成熟的时候，果繁而叶稀，一簇青，一簇红，一簇黑，在风中摇曳着，在阳光下横斜。桑树并不高，孩子们猴一般噌噌爬上了树，摘一颗，不甜，再摘一颗，不住嘴，直吃得满嘴黑灰。一旁的老人瞧见，免不了要讥笑几句"肯吃嘴""花狗脸"，又哈哈大笑起来。接下来，要给孩子们再讲讲咋用桑叶养蚕，蚕咋吐丝收丝……

种棵枣树，红在秋天。桃三杏四梨五年，枣树当年就卖钱。枣花开了，嫩黄而淡绿，小而密，神秘着呢！每一朵小小的枣花，露出尖尖的小脑袋，蜕变成小小的青枣。待到八九月，满树的枣儿，便在阳光婆娑的绿叶间闪烁起来，格外耀眼迷人。孩子们早猴急了，执竿、拉弹弓、扔坷垃，红彤彤的枣，嚼上一颗，皮薄肉脆，分外甜呢！送几颗给老人尝尝，嚼不动的煮熟制成枣泥，简直像吃了一兜儿蜜，心甜！

种棵椿树，长寿在冬天。在家乡，椿树寓意着健康、长寿，生命力旺盛。树形优美，树干高大繁茂，因其味稍臭，鸟兽虫子不栖不毁，赢得"树王""永寿"的美誉。寒冬袭来，椿树叶落，老人们聚拢在其周围晒暖，受其滋润，以期增福添寿。

忽然，那些粗壮的老树在我眼前枝繁叶茂起来，巍然屹立着，栉风沐雨。围坐在树下的老人和老了的我们，有一搭没一搭地唠着村庄一代代的故事，唠着唠着，忽又精神矍铄，神采飞扬，将几根手杖甩出老远。转身瞧见，不远处晃动着三三两两的人影，上上下下打量着我们，旋即，喜出望外，原来他们也是村庄的游子，记得这棵树，便找到了回家的路，看见了满是树的村庄葳蕤苍翠。

作者简介：

崔振，在省市级报刊发表小小说、散文百余篇。

渡　口

戴树林

夕阳还有一拃高就要沉入涡河,远处一叶小舟若隐若现,沙沙的桨声撕破河面的沉寂。夕阳照在我的脸上,我眯缝着眼睛。

十年来,我一直没有勇气在村头这个渡口逗留,因为福民就在对岸。

十年前,福民考上了大学,毕业后进入了很多人羡慕的银行上班。我高考落榜,回到农村与父亲相依为命。我很自卑,不愿再和他来往。

从此,他忙他的事业,我忙我的营生,渐渐陌生起来。

天有不测风云。两年后,父亲生了重病,住院费需要两万多块钱,我四处借钱勉强凑了一万多。被逼无奈,我不情愿地托人捎信给福民,希望在渡口见上一面。

那一天,乌云压着河面,空气让人窒息。傍晚,福民下班后急匆匆地从城里赶到他父母家,又乘着夜色划船把钱给我送过来,还带来一些水果看望我父亲。

"听说叔叔病了,我手头也没有钱,从父母那周转了一万块钱,你先拿着用吧,我马上要赶回去,明天还要上班。"沙沙的桨声和今天非常相像,从远处飘来又在黑夜中远去。我当时握着那一沓钱,泪水夺眶而出。

涡河岸边的柳树绿了几次,桃花红了几次,我盼着父亲的病早日痊愈。每天照顾父亲的生活起居,不能外出打工,我精神颓废,地里的收成也一年不如一年。

福民买房子的时候,曾开口和我商议还钱的事。脆弱的自尊心让我爽快地答应在渡口等他。当福民出现的时候，我却躲进了玉米地不敢见他，因为我根本没有。渡口边再也没有我们欣喜相见的场景。

这几年，渡口旁边的村庄发生了很大的变化。邻居们先后搬离河坝，去外面建起了小洋楼，只有我和父亲的三间瓦屋，孤零零地站在逐渐废弃的村庄里。

麦收过后，我躺在家里睡觉。"大白天的，睡啥觉啊！"熟悉的声音在我耳边响起，是福民！我慌忙下床，往外一看，福民已经进到我的屋里。我一时手足无措，面红耳赤地说："那个钱……钱，我等几天就给你送去。"福民笑着说："我不是来要钱的，我是你的扶贫联系人，今天来走访了解你家的情况，往后我们不仅是朋友，也是'亲戚'。"

福民真把我家当成了亲戚，每个月都来三两次。福民说："叔叔现在康复得不错，你应该找点事做。"我一脸茫然，没资金没技术，我能做什么呢？福民说："养羊吧，坝子上草多，地里的秸秆也多，我去跟村支书说说，给你申请小额贴息贷款。"

每天带着父亲扬鞭放歌，我是一个快乐的牧羊人。涡河岸边再次柳绿桃红的时候，我的三十多只山羊已经膘肥体壮，点缀在河坝绿草丛中。我打算卖掉二十只还清贷款和福民的借款，留下十只作为种羊饲养。福民急了，说："现在山羊的市场行情比较稳定，养殖效益不错，应该多贷点款，扩大养殖规模。"我有点心动，但一想到钱从哪儿来，我的心又凉了半截。福民看出了我的难处，他笑着说："那一万块钱算我投资入股你的养羊场，等你有钱了给我分红。另外，我们行推出了助农贷款，明天你到行里找我，我联系人给你办理。场地也不用愁，我跟村支书说好了，他家废弃的院子借给你养羊。"

贷款发放到位一个月后，我的养羊场正式建成了，存栏一百多只羊。福民每个月定期来我的养羊场问我有没有困难，还给我带来了山羊养殖方面的书籍。他说，现在羊的数量多，要注意科学养殖，他和畜牧部门联系了，下个月让我到镇里接受山羊养殖培训。

功夫不负有心人。临近春节的时候，我的养羊场出栏山羊五十多只。福民的钱再也不能拖着了。下午,我打电话给福民,约他来我家聊聊,我打算建一个正规的养羊场,让他给我提提建议,顺便把借的钱还给他。

作者简介:
　　戴树林,亳州寓言文学研究会理事、蒙城县作家协会理事,曾在《安徽日报》《小说月刊》《天池小小说》《亳州晚报》等报刊发表作品多篇。

姜夔与合肥

董光巨

近读宋词，无意间了解到南宋著名词人姜夔与合肥还有一段深厚的情缘。

姜夔所处的年代，淮河以北被金国占领，南宋王朝偏安江南一隅。姜夔在江南一带游历，看到了老百姓陷于饥寒交迫、水深火热之中，曾感伤地吟道："天边有饼不可食，闻说饥民满淮北。"姜夔到过江西、湖北、湖南、浙江等地，他在合肥住的时间虽不长，但有五首诗词是为怀念合肥而作。

姜夔在赤阑桥住过。他在七绝组诗《送范仲讷往合肥》中写道："我家曾住赤阑桥，邻里相过不寂寥。"这是四十一岁的姜夔送别友人范仲讷去合肥时写的。彼时，姜夔已离开合肥多年，眼看朋友前往故地，自己却不能相随，恐怕是感慨良多吧。他殷殷嘱托，"君若到时秋已半，西风门巷柳萧萧。"范兄替我去看看，故人可曾安好？西风门巷，在赤阑桥之西，如今的合肥四十五中所在地。

从姜夔的诗词中，可以看出他当年曾住在合肥城南赤阑桥之西。在合肥，他曾两次泛舟巢湖，在舟中作《满江红》词一首，并将此词刻在当年巢湖神姥祠的石柱上。

姜夔的词，记录着彼时合肥的情况："绿杨巷陌，秋风起，边城一片离索。马嘶渐远，人归何处，戍楼吹角。情怀正恶。更衰草寒烟淡薄。似当时，将军部曲，迤逦度沙漠。"此诗写成的年月，距金国的皇帝完颜亮打到长江边，已过去三十年了。

姜夔对合肥一往情深，即使在外地游历，也不能忘怀。他在诗中写道："壮志只便鞍马上，客梦长到江淮间。""未老刘郎定重到，烦君说与故人知。"姜夔对合肥情有独钟。"淮南好,甚时重到,陌上生青草。""歌罢淮南青草赋,又萋萋。漂零客,泪满衣。"淮南即合肥,这距他二十二三岁初游历合肥,已有七八年了。

宋绍熙元年(1190)初春,三十六岁的姜夔从湖州前往合肥,住到次年正月二十四,这是姜夔寓居合肥时间比较长的一次。寒食节前夕,姜夔填了一首《淡黄柳》:

空城晓角,吹入垂杨陌。马上单衣寒恻恻,看尽鹅黄嫩绿,都是江南旧相识。

正岑寂,明朝又寒食。强携酒,小桥宅,怕梨花落尽成秋色。燕燕飞来,问春何在,唯有池塘自碧。

词人写到客居合肥时的心灵感悟。从中可以看出赤阑桥一带的风景还是很美的。不过好景不长,第二年,姜夔与合肥女子之间发生了频繁的聚散离合。这一年的正月二十四,三十七岁的姜夔离开合肥,女子为他送行,姜夔写了一首《浣溪沙》。这是一首与情人依依惜别的词,主要描写了一个足不出户的女子的内心世界,从而表现古代女子对感情的专一。词作读来略带一点儿感伤的情怀,但是它在刻画人物心理方面确实很细腻,读来也朗朗上口:

钗燕笼云晚不忺,拟将裙带系郎船。别离滋味又今年。

杨柳夜寒犹自舞,鸳鸯风急不成眠。些儿闲事莫萦牵。

此一别,很可能就是姜夔与合肥女子最后之别。此后,姜夔陷入"天不老,情难绝"。

下面这首作于宋庆元三年(1197)元宵节的《鹧鸪天·元夕有所梦》,也是一首相思之作:

肥水东流无尽期,当初不合种相思。梦中未比丹青见,暗里忽惊山鸟啼。

春未绿,鬓先丝,人间别久不成悲。谁教岁岁红莲夜,两处沉吟各自知。

词人因思成梦,梦中又见到了旧日的情人,梦醒后写下这首缠绵悱恻的情词。

在姜夔心中,合肥赤阑桥是一个令他难以忘怀的地方。天涯羁旅,漂泊江湖,以卖字为生的姜夔,无法对恋人践诺。尽管如此,这一对多才多艺、能歌善舞的合肥姐妹因仰慕他的人品才学,陪同他游巢湖、登姥山,演唱他的词曲,他们在一起度过了难以忘怀的美好时光。可惜无果而终,成了姜夔一生的遗憾。

当代词学大家夏承焘先生研究姜夔多年,著有《唐宋词人年谱》,认为姜夔之所以不能忘怀合肥,可能正是因为这段情感。合肥予姜夔慰藉,姜夔留给合肥的,是一个具体的、鲜活的、永远也不会被时间之风风干的城市记忆。

作者简介:

董光巨,安徽肥西人。作品散见于《散文选刊》《青春》《散文百家》《人民日报》《安徽日报》等多家报刊及网络平台,著有散文集《桐花烂漫》。

童年的河畔

董金虎

记得村边有一条河,蜿蜒而过。童年时不清楚它的源头和归向,只觉着遥不可及。后来才晓得它身躯逾百里,越八乡四野,经湖泊,入长江,归大海。经历和阅历不可谓不广。河畔的名胜较多,如天鹅嘴、老龙窝、小龙窝、乌龙岗、天牛墩等。每一处,少不得都有一个传说。

春水清,柳树碧,浅草绿绿向天际。掬水浅尝,微甜。若是夏季,河水会露出桀骜的一面,一路高歌猛进。遇有弯处,夺隘急湍。行至宽阔处,奔涌浩荡,令人为之目眩神迷。有一年盛夏,我曾因此被卷入河中,幸得赵大伯相救才脱险。后来有一老者说:"你家小孩有野性,为长远计,该拜赵大伯为干大,赵者,'罩'也,平安无虞。"此后,我又多了一个爱我的人。干大经常撑小船过河接我。春天接我去尝荠菜饺子,夏天吃手擀面,秋天品藕夹,冬天则在暖暖的牛房里,一边烤火,一边在火盆里炸玉米花,也是很美的光景。

夏秋时节,河上又是一番景象了。男人们高举着篾制的稻囤形的鱼罩,从四面八方齐聚过来,小孩跟着像风筝似的在河堤上飘忽。男人们打着赤膊,露出发达的肌肉,领头的首先跨入河中,发出"逮"的号令,众人俱应和。号子声震得河川回响,鸟儿穿梭鸣飞。水中的队伍呈若干排,不停地向前闯着。罩和水碰撞发出整齐的"唰唰"声,似金戈铁马的军队,简直是铜墙铁壁——这是在抓鱼。

每次大规模的捕鱼活动,均有代号。先委托几位经验丰富的"鱼精"做侦察,取得不同鱼种在不同的时节里活动的情报,便有"围黑鱼""夹青混""撞黄鲫"的行动代号。"撞黄鲫"尤其需谨慎、周密，因此鱼种性急，横冲直撞，易伤人，也有危及性命的。于是身高马大、身体强健的一众人主动挡在前面，毫不犹豫地护着后面的人。如此，即便侥幸逃脱前阵的黄鲫，愈到后阵，力气愈衰，难过罗网。见此情形，我也跃跃欲试，父亲说，要过十岁才能下河。

在这热闹而又欢乐的河畔，有一座小学堂。老师姓秦，不惧偏僻，是从镇子上自愿下来的。秦老师还真勤快，每天早早地从镇子来到乡下，立在校园门口，哪位学生迟到了，少不得要与鸡毛掸子亲密接触几次。我喜欢秦老师的作文课，他要我们写作文，先带我们去实地观察、体验。最初一次，牵着我们去河边春游了一番，回来在黑板上出了一题"春天的河畔"。初学作文，不知如何下笔，待学生把题目抄好，秦老师用他带有磁性的声音朗读道：春天到了，燕子飞回来了；河水清清，岸边柳枝上冒出了鹅黄色的嫩芽……

我家住在河畔，院子外有一棵大乌桕树，爷爷常常坐在树下，我们常常围坐在他身边，缠着他讲故事。爷爷是故事大王，什么瓦岗寨英雄，水泊梁山，岳飞传，三侠五义等，可多了。比如梁山好汉"浪里白条"张顺水性极好，潜在水里七天七夜不冒头，又能走四五十里……爷爷的故事有趣，听得过瘾。有一次，我依偎着爷爷坐在高高的河堤上，爷爷指着不远处的乌龙岗说："那里发生过一场恶战，新四军老八团阻击日本鬼子扫荡。老八团可厉害了，是罗炳辉司令的部属，小鬼子数次冲锋未能突破防线。乌龙岗上到处是烟熏火烤，新四军阵地岿然不动。"爷爷说他当年是村里的民兵队长，负责担架和后勤，反扫荡结束后，爷爷还得了罗司令奖励的一支步枪呢。

故乡的故事多了，就像那长长的，曲曲的，经年流淌不尽的河水；童年的河畔，常常萦绕在心间，实在难以忘怀啊！

作者简介：

董金虎，男，天长人，主编《闪亮人生》《乡贤故事》《千秋人物》等文集，出版抗日题材长篇小说《沂水枪林》《烽火鲤鱼图》《突破封锁》。百余篇散文随笔见诸报刊，作品获滁州市多项文学奖。

草木之美

段佩明

艾草

翻开《诗经》，艾草在先秦的野风里摇曳，弥漫着淡淡的清香。

艾草是古老的植物，着一袭青衣，从远古款款走来，田埂上，荒地里，河滩边，乃至断垣废墟间，都能见到艾草纤纤身影在蓝天白云下与阳光相拥，与风起舞，曳出万千风情，把自己修炼成一味清香的良药，香自己，也香他人。艾草的香，清透悠远，入脑又入心。

端午时节，天气湿热，五毒出没，病菌瘟疫滋生。艾草的清芬，可驱蚊蝇虫蚁，净化空气，提神通窍，还能祛病防疾。老祖宗传下"清明插柳，端午挂艾"的千年习俗，成了端午永恒不变的主题。吾乡清明未必插柳，端午却一定插艾草于门楣，以应佳节。童蒙时，祖母用艾叶、丁香、薄荷、冰片诸物缝制香囊，系在我胸前，香随人走，人过留香，让我很是得意，常于人前献宝，不能自已。

"家有三年艾，郎中不用来。"母亲总是把这句话挂在嘴边。家里门前菜地埂上有野生艾草，蓬勃一丛，她岁岁都要割一捆回家，悬于房椽之下风干，留着煮水洗澡泡脚、焚烟驱蚊虫及其他不时之需。"七年之病，求三年之艾。"艾草，味辛、苦，性温，有温经止血、散寒止痛的作用。

我初遇艾草，是出生后第三天。吾乡皖西南，吴风楚俗，新生儿出生第三天用艾水洗澡是少不了的。乡人为讨吉利，在澡盆里放入葱和铜钱，取孩子聪明伶俐、前程似锦的寓意，满满都是大人对孩子的爱。那天，肉嘟嘟的我，在澡盆里手舞足蹈，快活得很。也是从那天起，艾草的清香就流淌在我的血液里，以至闻到艾香，心里有一种温暖而亲切的感觉。

端午又至，念起艾草。艾者，有德之嘉禾。

菖蒲

农历五月，旧称蒲月。

蒲和艾是端午的一对金童玉女，吾乡俗语"男是菖蒲女是艾"为证。旧时，端午节悬菖蒲和艾草于门楣，以驱邪避灾，庇护安康。

城西二郎河水阔草丰，我常常缘水而行，看晚霞，看飞鸟，看杨柳，看远山近水，看得最多的还是河边一片绿意盎然的菖蒲。一丛菖蒲长在卵石罅隙里，尤其茁壮，细长的叶片，如青锋出鞘，泛着幽幽的凛然之气，在风中舞动，在水上挥斩。每次经过，总想拔得一两枝，学着古代侠义之士，仗剑走天涯。心念往往一闪，自己又觉得好笑，现在是法治社会，不再是打打杀杀的时代，何不学文人雅士，养一盆石菖蒲于案头。

菖蒲形俗而质雅，有一股仙气，与兰花、菊花、水仙并称"花草四雅"，无须寸土，傍幽涧而生，俊秀挺拔的自然属性，颇受历代文人雅士所钟情。唐宋时期，养菖蒲成为一件风雅之事，是少数文士茶余饭后的闲情逸致。至明清，菖蒲作为书斋几案的清供，已蔚然成风，甚至到了"无菖蒲不文人"的地步。

菖蒲入药入诗也入画。《本草纲目》有载：菖蒲根辛、温、无毒。可以治疗癫痫风疾、痈疽、热毒、湿疮、喉咙肿痛。千百年来，菖蒲一直被民间视为神草。菖蒲入诗，《诗经》为先，"彼泽之陂，有蒲有荷"，荷出淤泥而不染，濯清涟而不妖；蒲不资寸土，耐苦寒，安淡泊。二者的秉性，正是世人推崇的澄明境界，故让人心生喜爱。从《诗经》发轫，不起眼的菖蒲，无论是外貌还是内涵，都寄予了文人雅士高洁淡泊的风骨与审美情趣，被他们赞颂，留下了许多绚丽的诗篇。

画菖蒲见长的名家颇多，郑板桥、八大山人、吴昌硕、齐白石等人常以菖蒲入画，尽显清幽雅趣。"石女嫁得蒲家郎，朝朝饮水还休粮。曾享尧年千万寿，一生绿发无秋霜。"这是金农在《菖蒲图》

上的题跋，三只蒲盆朴拙高古，盆中菖蒲短而细密，构思奇妙，颇具禅家静寂之气。

箬竹

　　端午将至，箬叶飘香，人们又开始忙着包粽子。在吾乡皖西南，粽子是用箬叶包裹的。

　　说起箬叶，吾乡流传着一个趣闻。相传，晚唐罗隐先生隐居宿松凿山，一位远道而来的朋友与他争辩竹子的大小，生性诙谐的罗隐先生，不慌不忙摘下头上的斗笠，抽出一张箬叶说，宿松山里的竹叶就这么大，不妨想这竹该有多大。他的那位朋友顿时瞠目结舌。其实，在竹子家族里，箬叶竹是侏儒，又细又矮，一副弱不禁风的身子。若不是丛生，彼此相互扶持，早已被风吹倒，一蹶不振。

　　印象中，端午节的前一天，母亲便到菜园埂上摘箬叶。她经验丰富，专挑叶面宽阔，青翠欲滴，柔性好的箬叶采摘。摘回家后，剪除箬嘴，洗净，焯水消毒，沥水晾干就可以派上用场了。包粽子时，母亲取出一片箬叶，卷成尖筒，舀入配好的糯米，用筷子捣实包好，细麻绳扎紧，一个个漂亮的尖筒粽子，就在母亲灵巧的手里成型。用箬叶包的粽子，有一股淡淡的清香。

　　吃着味美的粽子，徜徉在唐诗宋词里，寻觅箬叶的踪迹。

　　"青箬笠，绿蓑衣，斜风细雨不须归。"唐代张志和词里的"箬笠"，又叫斗笠，就是用竹篾夹箬叶编织而成的，能遮阳挡雨。

　　记忆中，我的祖父不是雨天戴着斗笠在田地劳作，就是烈日下戴着斗笠去田地劳作的路上，一生辛劳。如今，祖父早已故去，斗笠也彻底退出了城市，也逐渐退出了村庄，箬叶的用途也就自然而然地少了。今后的孩子，大抵只能通过读"孤舟蓑笠翁，独钓寒江雪"这样的诗句，去想象斗笠的模样了。

作者简介：

　　段佩明，2018年11月开始业余写作，文字散见于《参花》《大江文艺》《躬耕》等刊物，以及《光明日报》《中国电视报》《安徽日报》等数十家报纸副刊，有散文入编教材。

种花的男人

方丽敏

入住小区的第二年,某个夏日上午,穿过第二排楼房过道,我被一条红色花带惊艳了。

这是爆竹花。通红通红的,从楼西一直延伸到东头,两百多米,真个鲜花着锦,红光泻地。小区里的花,能开成这阵势,令人惊叹不已。

种花的是个男人。黑、瘦、小,塑料白框眼镜,六十岁左右年纪,居然穿着早已过时的的确良衬衫,民工模样。他正蹲着修剪花草,混在爆竹花丛里,不仔细看不到。

从此就经常看到他,骑辆破旧女式自行车,"吱呀"着来,"吱呀"着走远,听着都替他吃力。自行车后座篓子里,或是一块砖,或是一个塑料车胎,几乎不空着。他面无表情,目不斜视,像个拾荒人,在做一件非常需要用心的事。

又一年初夏的一个周六,他的绣球"花展"开幕了。没有仪式,但发自内心的赞叹,肯定比形式化的掌声更让人欢喜。说花展,一点儿不夸张,满过道全部都是绣球花,你会直观地感受到"怒放"的含义。那是炸裂开来的,是凝固的烟花,是凝固的惊涛拍岸。一株一株,一蓬一蓬,粉色、大红、绿色、白色,高高低低,参差错落,色彩斑斓,百态千姿。主角是冰蓝绣球,高过人头,立在一尺高的水泥台里,数不清的花株上顶着数不清的绣球。这绣球花朵真大,像冰蓝色的小排球,在阳光辉映下,挤挤挨挨,灼灼晃眼。

种花的男人就站在一旁,笑着看他的花,看着看花的人,回答着看花人的问题。今天他是这里的主角,他是最受关注的一株花。

他微笑着，就像看着自己最美丽的小女儿在被大家轻捏脸蛋，他说："大家选好时间，上午九十点钟，下午四五点钟，拍照光线最好，拍出来最好看。"

花事一了，他就从我们的视线中淡出，若不是路上常常相遇，我们几乎都要忘记他了，忘记他曾是那个站在花丛里微笑的人，那个语带骄傲的种花人。他似乎和民工的身份更匹配。

听一楼吴妈说，男人是原化工厂的退休职工，五十岁时，唯一的儿子得癌症去世，老伴老年痴呆，他一下就垮了。"他住三楼，根本没地种花。社区知道他爱好种花，跟物业打了招呼，跟楼内居民打了招呼，这条小区过道，就让他随意种了。"

我不由心头一震。用鲜花来遮掩生命里的废墟，用美好贴住身体的伤口，用众乐消释个人的悲苦，种花的男人用一种浪漫的方式，完成了对自己的疗伤。社区、物业和小区居民，用宽容、同情和爱给予了他难得浪漫的条件，令所有人都没想到的是，收获更多的竟然是我们，是施予者。

爆竹花惊艳一次，绣球花轰动一回，种花男人沉寂下去。依然会在路上遇见，我会主动打招呼，有时间会说上两句，但大多时候都是错身而过，余光瞥见他忙忙碌碌地来回，有时骑着破自行车，有时推着小推斗，似乎带回了塑料大袋子，一些高壮的东西，一些树桩苗木，来不及细看，便匆匆擦肩而过了。

时间之河匆匆向前流淌，转眼就到了年底。办好了年货，信步闲走时，忽然发觉他的花圃变了。地上堆了好多白云石块，一座假山已可见雏形。水泥、石头、老桩，都是他想方设法搬到这里的。一株蜡梅摇着满身香气，蜡蕊金黄，疏影横斜，老桩盘曲遒劲。几块苍褐大石，就那么随性却独具匠心地卧在它们该在的位置上。

"哇，花园变这么高大上了！这园艺、水工、砖工、美工都是你？"

他还在忙着。老伴坐在石头上，笑眯眯地看着他剪枝、堆石头，忙得浑身大汗。她脸上的笑容比蜡梅还要纯粹。她果真是痴呆吗？不，她一定是感到了浓郁的幸福，要不一个人怎么能绽开这么灿烂的笑容？

见我看着他们,他停了下来,走过来向我打招呼。又弯腰把老伴抱起,拿起她屁股下的垫子,跟随日光的脚步,让她坐在另一块石头上。一边抱着一边笑着说:"老伴,我们现在也是身价上亿的人,这些石头都是和田玉呢,价值连城的宝物呢。"我不由得笑出声来。

还有什么比乐观、开心更宝贵的财富呢?还有什么比自乐且能乐人更幸福的宝藏呢?还有什么比不离不弃的陪伴更温暖的拥有呢?还有什么比永不放弃、永不沉沦更坚强的生活态度呢?我为他高兴,为他们高兴。

"草本花花期短,费时费力,格调不高。我准备改种木本花卉,辛苦一次,以后每年都有花开。假山叠石是打造园林风格,让树木与山石互相衬托,让高树与矮树互相搭配,四时不同的树木互相搭配。现在,我要让这里风景如画,一年四季花开不断。将来我死了,这些宝贝也还在小区开着。"

我没有矫情地打断他。生死,他看开了。能让自己永生的,岂不正是在于我们留给了世界什么吗?

作者简介:

方丽敏,高级初中语文教师,在《池州日报》《九华》等发表作品数十篇。

母亲的针线篮子

费晓衡

牛房里,母亲静静地坐在矮脚板凳上,低声细语地教姑姑做针线活,一只把手上盖着红头巾的竹篮子静静地卧在母亲的脚跟前。

贫瘠的岁月里,到了冬天农闲,妇女们选择晴好的冬日,将一些碎布条或一些实在不能再穿的破衣烂衫收集起来,打糨糊、糊骨子,晒过至少一周时间后,再根据家庭成员的鞋码裁剪,层层粘贴,制成鞋底。雨天就窝在牛房里纳鞋底、做针线活。那时我大姑已经十六岁,二姑也有十四岁了,母亲就领着大姑和二姑在牛房里做一家人的过年新鞋,或者缝补衣服。

爷爷奶奶去世得早,留下三个孩子给我的父母抚养,最大的大姑也才十六岁,再加上自己的三个孩子,一共六个,我的父母居然将六个都抚养成人了,艰辛可想而知。

大哥去学校读书后,家中剩下老姑、我和二哥这三个最小的孩子,母亲和两个姑姑在牛房做针线活,屋外就成了我们三个孩子的天堂。先是其乐融融,不多久,"三国演义"就开始轮番上演,母亲端坐牛房里,兼听则明地受理着哭诉和告状。断案完毕,母亲或呵斥,或安抚,总会弯腰从身边的针线篮子里摸索几下,掏出几块虾牙酥饼、一小把金果等,有时候竟会出现一小块冰糖,"受害者"的心灵立刻得到抚慰,挨训者也早已忘记心中的愤愤然,顿时既慈且孝,一片恬然美好。

母亲的针线篮子里藏着取之不尽的各式吃食,可想而知,在那个物资匮乏的年代,它对我们有着怎样的诱惑力。我是六个孩子中最小的,被欺负被打哭的时候最多,我去牛房告状的次数也就最多,得到零食的次数当然也是最多的。我对母亲脚边的针线篮子里到底藏了多少零食充满了好奇与渴盼，总想着趁母亲不注意，偷偷掀开搭在针线篮子上的那块红头巾一探究竟。

有一次，我差点就掀开母亲的针线篮子了。那天大姑和二姑吵架，大姑拿着剪刀要刺二姑，我惊慌失措地跑到牛房向母亲报告，母亲赶忙丢下针线活跑出去，她的针线篮子就静静地卧在那儿。我心怦怦跳，馋嘴又胆小，既想掀开母亲的针线篮子偷拿零食，又怕被母亲发现。我向针线篮子慢慢地靠近，离它只有几步之遥的时候，母亲已经带着大姑返回牛房了。

事情起因很简单，大姑一直打不过二姑，心中十分恼火。那天，二姑淘好米准备做饭，大姑趁二姑不注意，偷偷从塘里挖了一把稀泥扔进二姑已经淘好米的米箩里。二姑虽比大姑小两岁，力气和身高都比大姑胜一筹，反身就将大姑推进冰冷的水塘里，大姑又气又恼，爬上岸后找出剪刀要杀了二姑。

捋清了事情的原委后，母亲叫大姑赶紧到牛房把湿透的衣服换了，又叫二姑把米重新淘洗干净。母亲三言两语调解好了大姑和二姑之间的纠纷，带着大姑返回了牛房。那一天，谁也没有得到针线篮子里的食物。我看着离自己只有几步之遥的针线篮子，极不情愿地离开了牛房。

母亲是有大智慧的，包括孩子之间的吵架，她也从不偏袒自己的三个孩子而轻慢了公婆留下的三个孩子，她像一个掌舵人，以她长嫂为母的大智慧领航着全家人清贫但幸福的生活。

母亲的针线篮子伴随着我们一起成长，直到姑姑和哥哥们先后长大，我们六个孩子出嫁的出嫁，成家的成家，拖拉机、收割机等现代农业机械逐步进入农村取代了老牛，牛房拆除了，暖融融的牛房和母亲的针线篮子成了我儿时最美好的记忆。

作者简介：

　　费晓衡，女，安徽省天长市人，曾用笔名费小珊。有小小说、散文随笔等习作散见于《中国文化报》《漯河内陆特区报》《江淮风纪》《新安晚报》《安徽日报·农村版》《醉翁亭文学》《新滁周报》《滁州日报》《天长文艺》等。

林逋在安徽

高　峰

　　林逋（968—1028），字君复。中国历史上最著名的隐士之一。宋仁宗赐谥"和靖先生"，世称"林和靖"。林逋性孤高自好，布衣终身。后隐居西湖孤山，终身不娶，唯喜植梅养鹤，自谓"以梅为妻，以鹤为子"，人称"梅妻鹤子"。"疏影横斜水清浅，暗香浮动月黄昏"是林逋流传千古的名句。

　　宋真宗天禧五年（1021），文坛领袖刘筠自二月上任庐州已有数月，处理公务之余，刘筠时常探访隐居于肥的林逋，两位品性特立的君子十分投契。刘筠听闻林逋西水闸门外原本破旧不堪的屋舍已重建完工，便带领州署的僚佐及包拯、李先、胥沆等才俊前去相贺。

　　新宅临市河（即淝河），屋数间，遍栽翠竹，正值绿莲清露，荷花烂漫，好一派夏日娇艳的景象。知己相见，不须寒暄，林逋已备好酒，品酒之余，众人恭请刘筠为林逋新居题诗。刘筠本是大手笔，自然推辞不得，于是《题林处士肥上新屋壁》须臾即出，诗云："久厌侯鲭静室来，卜居邻近钓鱼台。旧山鹤怨无钱买，新竹僧同借宅栽。斗酒谁从杨子学，扁舟空访戴逵回。抽毫有污东阳望，但惜明时老涧才。"此诗立意博雅，用了王献之雪夜访戴的典故，赞叹林逋品行高洁，气度不凡。

　　林逋移步私语："恭喜大人，为朝廷觅得贤才，今日所遇这几位庐州士子，以鄙夫愚见，均才学上佳，未来可期。尤其包拯沉谨有度，怀瑾握瑜，有'公辅之器'。"刘筠颔首道："先生所言极是，此子将来成就必在老夫之上。"林逋和刘筠没有看错，包拯等人后来都次第登科，包拯、李先为名臣，传载《宋史》。刘筠赏拔包拯，他的身后事也得到包拯襄助。刘筠卒后，其子早逝，田地房舍被官府没收，是包拯上奏才得以归还其族人。

林逋一生行迹虽不能确考，却可知其青年时曾在曹州（今山东菏泽），后漫游江淮，远至汴梁，又客临江（今属江西），遍及今浙、苏、皖、鲁、豫、赣六省。林逋存诗312首。据考，与安徽相关的诗作可明确的有43首，是浙江外最多的。

林逋到过合肥、舒城、无为、寿阳、芜湖、历阳、舒州、当涂、池州、含山等地，除李仲宣、刘筠外，合肥马亮、宣城梅尧臣、当涂朱仲敏、历阳马仲文等人与林逋亦有交谊。

《宋史》载："初，（林逋）放游江淮间，久之，归杭州，结庐西湖之孤山，二十年足不及城市。"这段记载被演绎成林逋最后二十年始终居住在孤山，即大中祥符元年（1008）起未再出外远游。然据《续资治通鉴长编》及《宋史·刘筠传》印证，刘筠最早在天禧五年（1021）才知庐州，不可能早于此时作《题林处士肥上新屋壁》，也就是说刘筠不可能早于此时与林逋在合肥相会，林逋晚年仍在合肥生活。

大中祥符九年（1016）三月，处州人祝坦由军巡判官贬为濠州司户参军，林逋为这位乡友写了《寄祝长官坦》，诗云："怀想与君劳，区区未剧曹。深心赖黄卷，垂老愧青袍。临事终存道，为诗转近骚。庐江五亩宅，归去亦蓬蒿。"

"区区未剧曹"表明祝坦是个政务烦琐的曹吏，"临事终存道"是寄语祝坦，希望其遵照规章和事理处置公务。宋代，庐江常代指庐州一郡之称，庐州为淮南西路治所，濠州隶淮西，祝坦与林逋当在淮西交游。故祝坦贬官之年，也就是林逋作《寄祝长官坦》之时，有理由推断林逋依旧在合肥居住。如果林逋在大中祥符元年之后已在孤山隐居，他又何必再写出"归去亦蓬蒿"的感怀。

马亮（959—1031），字叔明。天圣初年（1023），拜尚书右丞，天圣五年（1027），知江宁府，林逋有《寄上金陵马右丞》诗三首，当作于此时。诗句"专席顷尝居宪府"是指马亮曾在官署单独款待林逋，"神明佳政蔼余杭"是称赞马亮在杭州治绩显著，惠泽百姓。

马亮还曾在景德元年（1004）九月至四年（1007）十月，大中祥符八年（1015）七月至九年（1016）九月知升州（即江宁），大中祥符九年九月至天禧元年（1017）知杭州，天禧元年至天禧四年（1020）知庐州。林逋诗云"分野三回见福星"，指林逋曾在三个州郡遇到马亮这个福星，因此这三个州郡分别是升州、杭州和庐州。林逋的肥上新居是天禧五年（1021）建成，此前数年马亮知庐州时，岂能不与林逋"谈笑风生坐，淹留月满筵"。《寄上金陵马右丞》再次印证了大中祥符元年之后、天禧五年之前，林逋曾在合肥生活，与《宋史》相悖。

马亮年长林逋九岁，作为同时代人，一个身处官场，扶摇直上，生活优越；一位隐身乡野，不慕名利，洁身自爱。生活环境不同，却相互青眼有加。"尽道次公当入相，江湖那肯久迟徊。西湖春物空凝意，犹望方舟赏胜来。"林逋预祝马亮能够更上一层楼，入朝拜相，也期待再与马亮乘船游览西湖美景。

景德元年至景德三年（1006），阆中人陈尧佐知庐州，陈尧佐的哥哥陈尧叟是马亮女婿。大中祥符五年（1012），陈尧佐任两浙转运副使。陈尧佐在庐州和杭州都可能与林逋产生交集，其《林处士水亭》朗朗上口，诗云："城外逋翁宅，开亭野水寒。冷光浮荇叶，静影浸鱼竿。吠犬时迎客，饥禽忽上阑。疏篱僧舍近，嘉树鹤庭宽。拂砌烟丝袅，侵窗笋戟攒。小桥横落日，幽径转层峦。好景吟何极，清欢尽亦难。怜君留我意，重叠取琴弹。"人以为该诗作于杭州，笔者以为未必不是作于庐州。

林逋在曹州长居十年，与当地望族任氏相识相交。大中祥符九年二月，任氏家族的任中正知开封府。林逋有《淮甸城居寄任刺史》诗，当在该年寄予任中正，诗云："扰扰非吾事，深居断俗情。石莎无雨瘦，秋竹共蝉清。剑在慵闲拂，诗难忆细评。寥然独攲枕，淮月上山城。"秋夜寂寥，林逋在合肥西水关门外远眺蜀山新月。值得再表的是，《宋史》有传的合肥人钟离瑾是任中正的侄女婿。钟离瑾母丧居家守孝期间，与林逋必有一番值得探究的交往。

林逋在江淮长期游历，前后跨度二十余年，并不短于在孤山隐居的时间。合肥处金陵、寿阳、舒州、芜湖等地中心位置，距各地路程大致相同，林逋在合肥建宅，说明合肥是其主要居住地，方便短途游历返回后休憩。除了方便休整，合肥肯定还有能够吸引林逋之处，是人还是物？即使林逋在大中祥符元年隐居孤山后，也必定怀念合肥友朋及风物，中途折返合肥居住过。如果这样，那一切都能解释通畅了。

"扰扰非吾事，深居断俗情"是林逋在合肥时希望祛除凡事牵绊的心声，"幽胜程程拟遍寻，不妨淮楚入搜吟"是林逋对淮西这片热土的深爱与留恋。除南宋词人姜夔之外，林逋是已知的又一个与合肥特别亲密的大咖，加上庐州教授周邦彦、江湖诗派领军人物戴复古等，他们共同为合肥厚重的历史和文化增添了更加多彩的亮点，值得我们追忆。

作者简介：

高峰，安徽合肥人，安徽省档案文化研究委员会副秘书长、安徽省民俗协会理事。自20世纪90年代开始地方文史暨科举文化的探索和研究工作，发表有《北宋合肥名人家族》《二十五史中的合肥人》等系列文章，著有《合肥历代进士》《合肥四朝文徵》。

树犹如此，人何以堪

桂人庆

一

夜雨骤然催开了杏花，是在昨夜。

早记不得有多少个这样的清晨，雨声自廊外传来，我醒了，舍不得睁开眼睛，总想着你就要自外间进来，喊我起来陪你去看看初开的杏花。可那么多年过去了，我终于明白，此生是再也等不到你来喊我了。

这些年，身侧睡着别的女子，她们也如水一般温柔，她们为我生儿育女，辛苦操持着家务，我知道她们的好。也许我们都明白，感激从来不是爱，她们什么都好，唯独不是你，不是我初初赋予真心的女子。

我始终觉得，我的妻子只有你，此生也只有你，魏氏。你走的那一年，把我的三魂七魄也带走了，从此活在世上的，只是一个叫作归有光的躯壳，他日复一日地读书，一年又一年地参加科考，他努力做一个宗族期望的孩子，努力做一个好丈夫、一个好父亲。他可以是任何一个人，一个落魄的士子、一颗江南陨落的星星、一个失去儿女的父亲，但这些都不是他全部的样子，真正的他，早就在二十七岁那一年，和你一起被埋葬在江南的烟雨里了。此后的岁月，每逢下雨的日子，我总觉是你回来看我了。

可我的记忆，似乎被永远留在了那年的雨夜，你最后闭上眼睛的样子，仿佛就在昨天。你知道吗，我一直都记得初见你的样子，那个一脸羞涩还要强装镇定的女子，你挑起红盖头看我的时候，我就记住了那双眼睛,刹那间,满世界的红色在我眼里静止了,我记得你的狡黠,记得你红烛映照下的脸颊,那一天,是我一生最幸福的时刻。

我想告诉母亲,她的孩子长大了,巨大的欢喜袭来,就想大哭一场。归氏一族的没落,始终是我心里的隐痛,而遇见你,让我觉得一切都是新的开始,连命运都变成了崭新的。我要努力科考,我要振兴家族,我要给你一切女子的荣耀,我们要一起生儿育女,一起携手到老。

我在心里许下这些宏愿的时候,一定遭到了神明的嫉妒,归有光,你凭什么满腹才华?你凭什么有圆满的一生?你以为一切都该如你所愿要风得风要雨得雨?如果我知道我们的相遇会是如此结局,我情愿从来都不曾走近你,哪怕心里被惊涛般的思念淹没。只要你还好好地活着,我就能面对世上所有的风雨。

"世事无常"这四个字,不该用母亲和你的生命来教我领会。

二

人生是否尽是苦痛?我还没有想到答案,第二次至痛的告别就悄然来到了。

初次提笔写《项脊轩志》,是十八岁,那时感慨家中诸人,感怀岁月倏忽,而再次提笔,人生已然过半,心中悲痛,已如刀刻。

自你来家,我们朝夕相对,琴瑟和鸣,我本以为这是上天的厚爱,我们要一起好好看着儿女长大,看着他们读书中榜,然后变成一对可亲的老头子和老婆子。可命运竟然残酷如斯,相伴不过五年,一双儿女年幼就失去了母亲,而我呢,三魂七魄里的精魂也跟着你去了。

那一天,我好像又回到了八岁那年,悲痛得甚至不能放声大哭一场。长相思,摧心肝,阴阳两隔,我要怎么在这世上走下去呢?

时光真是无情啊,见证着这世间所有的悲欢离合,人会老,会死,屋宇会破败,一如归氏宗族,一如项脊轩。日月永恒,花开年年,似乎一切都没有变,只有人不复当初了,就连这江南的雨,也还如当年一般。

自此,项脊轩成了伤心之地,你离开之后,我已不敢轻易涉足,好像我不去,你就还在那里,如往日一般,读书添茶,在默默候着我回去。

而我总不愿去想,有些事,该放下了,所有人都在如此劝我。

罢了,不过是潦草一生,有何不可,何必拂逆了长辈的好意。

于是,纳寒花为妾,再娶王氏为妻,儿女绕膝,在世人眼里未尝不是一种圆满。可是啊,午夜梦回,我常常梦到你,你还是那个样子,浅浅笑着,问我古人的逸事,我说了什么,定是故意要惹你发笑,你笑着笑着,忽然就流了满脸的泪:"你早就忘了我吧!"心下一痛,正要与你解释,刹那间醒了过来。

原来是南柯一梦。原来你一直都在。

光阴是如此残忍,树木繁茂,人却日渐凋零,我已不是你认识的少年郎了,两鬓染了白霜,皱纹爬满了眼角。而那棵枇杷树,早已茂盛如斯,它总是在提醒我,时间过去了多久,树犹如此,人何以堪!如果你见到现在的我,一定会大吃一惊吧。时间啊,它把你永远留在了盛年,把一生的悲痛绵绵不断地留给我来承受。

这些年,你知道我有多么思念你啊,我们的孩子都长大了,女儿很乖巧,像你。寒花也长大了,她为我生了女儿。可她们都走了,现在想起来的,还是寒花十几岁时候,跟在你身后,怯生生笑着的样子,是我没有照顾好她。

我失去了女儿,又失去了寒花,痛苦到极致的时候,我就会想你,你在的话,一切都会好的。我总是想你,想母亲,她的面容早已经模糊,只有一个隐隐约约的影子来到我梦中。

世上的事,竟满是遗憾,你们都走了,只有我苦苦熬着。

很多时候,我看着项脊轩衰败的模样,都会觉得他像一个老者,静静立在此处,见证人间的生离死别,我想与他交谈一二,或许可以解我心中的痛苦疑惑。

昨夜月圆,庭中草木萧萧,一时间甚是凄凉,一些难以示人的情绪再难压抑,思绪万千,只好诉诸笔尖,我终于还是提起笔,将心事从头说起,是对项脊轩说的,也是对你说的,更是对世人说的。

我把我的回忆、我的成长、我的幸福与快乐一一写了下来,连同我最痛苦的记忆。当我停笔时，月上西楼，华光照着这世间，照着衰朽的我，照着世上万千的生离死别。眼睛有些酸涩，一抬头，窗外的枇杷树正在风中摇曳，亭亭如盖矣。

把所有的回忆诉诸笔端，是在回忆里走了一遭，而今忽然回神，恍如再世为人一般。物是人非事事休，欲语泪先流。一副残躯寄托世间，我还要照顾家中的长辈，担起身为男子的责任，做好一个丈夫、父亲该做的事。我还要参加科考，一年又一年，一次又一次落榜，直到两鬓斑白。

这世上的事哪有那么多缘由呢，我不知道，也不愿深思，在世上一日，就要去做些什么。如果一切都可以重新来过，归有光，你还会选择这样的一生吗？这样满是艰难和泪水的一生？冥冥中像是有个声音在追问着什么，我茫然四顾，只觉得满心凄惶，一时竟不知道答案。

三

夜里忽然起了风，我起身关了窗，将深冬的寒意隔在窗外。眼前一本书久久未翻动，茶早就凉了。思绪飘了很远很远，第一次看到归有光这个名字，是在高中课堂上，那时还是不解世事的少年，而今满心风霜，再读当年的文章，一颗心要滴出血来，我被他的笔触打动，他的悲哀、喜悦好像也成了我的。隔着数百年的光阴，隔着那么沉重的历史，我在为他难过。

这种感觉很奇妙，异代同悲，大抵就是如此。而人类的悲欢，在某种意义上，是会相通的。

《项脊轩志》不只是一篇文章，更像是一个符号，让我们在浩如烟海的典籍里，得以窥见人性最本真的东西。原来历史并不只是王侯将相的故事，每个时代都有站在风浪最高处的人，他们的文章与人生固然值得被看到，但一个普通人最真挚的感情，隔了数百年的光阴，最能打动人心。

透过那些文字，我看到他真实的痛苦。"庭有枇杷树，吾妻死之年所手植也，今已亭亭如盖矣。"不言痛苦、想念，只是一棵树，就把所有的心事都写尽了。

在这些文字之外，我始终觉得真实的归有光，一定有着难与人言的伤痛，那痛甚至多过仕途不顺。壮年丧妻、丧子，他一直在失去，他的希望连同他的生命一般日渐衰朽，这些文字看着就要让人为他难过了。

就在这样一个夜晚，我任由思绪飘散，透过那些文字，我仿佛看见了他的一生，青丝到白发，不过数十年，昨日到今天，不过一场雨。

忽有故人心上过，回首山河已是秋。

作者简介：

桂人庆，笔名明月满长安，喜好散文，在报刊发表文章二十余万字。

枕水而眠的烟火人间
——记香泉小镇

韩 静

自古以来，香泉小镇便沉浸在浓郁的故事氛围中。传说在南梁时期，昭明太子萧统曾身患疥癣之苦，在这神秘的香泉之中沐浴后，疾病竟奇迹般地痊愈了。太子感激之余，将此泉赐名为"太子汤"，并挥毫泼墨，题下了"天下第一汤"五个遒劲有力的大字。时光荏苒，一千多年的光阴里，香泉的传奇故事在民间口耳相传、历久弥新。如今香泉的故事更是翻开了新的篇章，愈发精彩纷呈，吸引着无数人的目光与探寻。

我作为一名香泉的外乡人，对它的认知一步步深入，也是源于那独特的温泉。香泉人的幸福指数很高，老百姓生活安逸，他们的日常消遣简单而纯粹——"剃个头，泡个澡，羊肉面，锅贴饺"。香泉的老街狭窄而古朴，仿佛一条时光隧道。一碗羊肉面的香味便能将街头巷尾的人聚集在一起。老街呈南北走向，最南边就是在号称"天下第一汤"的遗址上，为老百姓修建的免费公共温泉浴池，男池叫"洗沁池"，女池叫"馨香池"。每当夜幕降临，池水氤氲，人们在此洗去一身疲惫，享受温泉带来的舒适与宁静。这"洗沁池"和"馨香池"不仅是沐浴的场所，更是香泉人情感的寄托，是他们生活的一部分。

出于好奇，我踏入了"馨香池"的门，却被那浓郁的澡堂气味瞬间逼退，更别提真正沉浸其中了。因此我们往往选择前往度假村，享受那价格不菲但环境宜人的露天温泉。有人将度假村温泉和"老澡堂"比作阳春白雪和下里巴人，然而温泉之水却是没有世故和偏见的，它平等而温柔地拥抱着每一个人，无论他们的身份、外貌或才智如何。

前几日，我应朋友邀请做客香泉，春寒料峭的夜晚，山里更是清冷，夜里十点多，向来小资的秋静却提议带我们去体验她所谓的野泉（馨香池）。她还向我们传授如何摒弃杂味，享受温泉的方法。于是我们一行人换上睡衣、拖鞋，拎着竹篮，驱车穿过曲折的山路，带着纠结的心情前往街头的老澡堂去。虽然已近深夜，但老街仍然灯火通明。进入馨香池，四周是石板座位，可以放置衣物，而中间则是一个宽敞的四方形池子。室内水汽氤氲，虽不至于摩肩接踵，却也是人头攒动。她们轻车熟路地找到一块空处，铺上一块垫子，麻利地除去衣服进入池中，我也紧随其后，感受着池水的温暖。池底有大小两个出水口，泉水汩汩地涌动，周围聚集了一圈又一圈的人，像戏水的鱼群上下浮沉。水流轻轻拍打着我们的身体，旋转着、冲刷着，就像在给我们这些"泥人"进行一场温柔的洗礼。同时也一层层推走浮在水面的泡沫和污垢。泡澡的人争着位子，也聊着天，这里头居然有许多人操着南京口音，有位阿姨还热心地告知我们什么时间来人少，如何占据好位置等。仅仅十来分钟，我就感觉脚趾和头发丝都被浸透了热量，浑身像被春风拂过般轻盈通透。这一刻，我被这一眼泉水彻底征服。

泡温泉很消耗热量，走出澡堂沿着街道往北，一家接一家的羊肉面馆、锅贴饺、烤串还有各种卖水果、炒货的小摊，足以满足我们补充泡澡消耗的水分和能量。回想起十多年前和朋友来香泉吃羊肉面，他们总是找那家老字号羊肉馆，店前坐着一位七十多岁的奶奶，皮肤白净细腻，鹤发童颜，和蔼可亲地招揽着生意。然而那时的我不能闻羊肉的膻味，对它敬而远之。老奶奶总会走过来劝我说："尝尝吧，羊肉是个好东西，你看我身体这么好，皮肤也这么光滑，就是因为经常吃羊肉面。"也许是去的次数多了，不知道从何时起，我竟然从喝一口羊汤开始慢慢接受了羊肉面。如今我们再去香泉，当地人纷纷推荐一家新晋网红店——三角羊肉馆，这家店的生意异常火爆，不仅是因为羊肉面美味可口，更因为那位在抖音走红的"羊肉西施"老板娘。老板娘长得清秀窈窕，着装时尚，妆容艳丽，总是戴着金项链、大耳环，待客不徐不疾，红唇鲜艳却很少说话，脸上也很少看到笑意，倒是瘦瘦的老板喜欢和人攀谈两句。听说每到夏天生意淡季，夫妻二人就会关掉店铺，游历世界各地，享受生活的美好。

香泉，这个充满魅力的地方，正吸引着越来越多的人。香泉桃花源就是祖籍香泉的姚和庆先生打造的一片世外桃源，也是他平衡理想和现实的美好居所。前不久，几位志同道合的好友也在桃花源附近比邻而居，共同修建了一处雅舍，取三人名中字，题名"清林丽舍"。每次随她们去香泉，总会遇到有趣的人和事。有一次在度假村泡温泉时，遇到喜欢旅居的陈姐，攀谈中得知她们修建的雅舍，第二天就去登门拜访。依山傍水的小院，每一扇窗户外都是一幅四季轮回的山水画。借住几日后，陈姐当即租下隔壁的村舍，将其打造成自己的安乐窝，从此再也不必跋山涉水地借居他乡了。"少小离家老大回，乡音无改鬓毛衰。"香泉是游子们魂牵梦绕的乡愁，很多定居都市功成名就的学子雅士，厌倦车水马龙的喧嚣与繁杂，纷纷选择回到香泉，重修老宅，过上宁静祥和的田园生活。

作者简介：
　　韩静，笔名落雪无声，现居安徽马鞍山和县。作品发表于《诗歌月刊》《天津文学》《作家天地》等，入选多个诗歌选本。

那年的糖果有点甜

何圣林

我是一路小跑回家的。肩上的书包像个钟摆,一会儿在左,一会儿在右。春风躁动起来,呼呼钻进我的耳朵,还夹杂着我妈昨晚对我说的话:明天你哥带对象回家,你小子可不能给我捣蛋。想到"捣蛋"二字,我就咧嘴笑。春偷桃,秋挖芋,夏摸鱼,冬打鸡。在村里,我是有名的捣蛋鬼,但我可以拍胸脯保证,哥前几个对象不是我搅黄的。要怪也只能怪黄湾的李婶。李婶是方圆几个村出了名的媒婆,一张嘴能把死的说活了。黄湾村在我村的东边,一河相隔。李婶每次赶集,路过我家,总会和我妈叨叨好一会儿,临走还不忘夸我哥,说我哥有文凭、长得帅,又是吃计划粮的,对象不愁。这些话,我是听不明白,明白的是,李婶每次高高兴兴地来,只要我哥在家,她走时脸色都不太好看。不过,我倒是希望李婶常来,她来了,我就有好吃的糖鸡蛋。

到了村口,我一个呼哨,小黄欢快地飞奔而来。小黄是我忠实的伙伴,每当我们几个小伙伴去地里找吃的,小黄就蹲在路边警戒,一有人来,就赶紧叫。可这会儿,我没心情陪它玩,继续朝家跑去。我看见我家屋顶的炊烟了。平时,家中无客人,饭菜简单,炊烟也是淡淡的,缥缥缈缈,一阵风过后就看不见了。今天不一样,浓浓的黑烟急速地从烟囱口冒出,空气中夹杂着焖鸡的香味。我咽了一下口水,蹑手蹑脚走到窗户跟前,踮起脚,从窗户纸上的小洞往里瞅。一个身穿花格子长裙、扎着两条麻花辫的女人出现在我的眼前。女人背对着我,我看不到她的面容,此时,哥就坐在女人的对面,一脸笑容。我贴近小洞,想看清楚些,一不小心,撕裂了窗户纸。

响声惊动了女人，女人朝这边望。看到女人脸的一刹那，我的脚都在颤抖。

女人是乡供销社的售货员。供销社在街道的中央，长长的一排青砖黑瓦大房子。每天下午放学，我都会从东门进西门出。售货员原本是个老头。有一天，老头没来，来的是扎着两条麻花辫的漂亮女人。女人看起来柔柔弱弱的，像极了《射雕英雄传》里的穆念慈。女人说话轻声细语，手脚又慢，就有客户跟她急。她也不怒，拿来货物朝人家笑，搞得人家也不好意思再跟她急了。

供销社里东西多，能吸引我注意的只是那些花花绿绿的糖果。一天，趁她转身从柜台拿东西的时候，我伸手拿了一颗糖果，攥在手心，飞快地从西门溜走。走到无人处，松开拳头，掌心黏黏的，我张口舔了一下，一丝甜意瞬间滑入我的喉咙。

尝到了"甜头"，我在供销社里溜达的时间更长了。

"常在河边走，哪有不湿脚的。"以前常听大人们讲过这句话，我并不明白，不过，那天这句话出自女人的口中，我似乎才有点明白。女人紧紧抓住我的手，怒气冲冲地瞪着我。

"我……我只是看看。"我松开拳头，露出一颗糖果。

"小时偷针，长大偷金。走，找你老师去。"平时看起来柔弱的女人，此时手劲大得出奇，我怎么也挣不脱。

我是被拖拽到学校的。张老师狠狠批评了我一顿，还让我叫家长……

我摸摸屁股，被我爸打过的屁股似乎还隐隐作痛。我冲进屋里，对女人大声喊："谁让你来我家的！"

妈端着糖鸡蛋刚好走过来，放下碗，伸手就给我一记爆栗："叫你捣蛋！昨晚我说的话你当耳旁风啊。"

"她是个坏女人！"也许是疼痛，也许是愤怒，我哭着大叫。

妈一把揪住我的耳朵就往里屋拖，关上门，上了锁，任我在里屋大哭大闹。

也许是哭累了，我倒头便睡。迷糊中，我闻到了鸡大腿的味道。哥叫醒我："赶紧吃饭，吃完去上学。"我一边擦眼泪一边吃着鸡大腿。哥问我："你为啥说她是坏女人？"

乘风

"哼，她就是坏女人。"我噙着泪，不敢告诉哥我偷糖果的事。

我有好几天没去供销社了，但终究抵挡不住糖果的诱惑，放学后，我又溜进供销社。女人看到我，笑着递给我一颗糖果，我看都不看她一眼，鼻子一哼，扭头就走。

一天放学后，我从书包里掏出一两粮票，理直气壮地要买糖果。女人看了看粮票，问我："哪儿来的？"

"我哥给的，要你管。"

这回，女人不吭声了。我得意扬扬地捧着二十颗糖果，却犯愁了。糖果肯定是不能放书包里的，会被我爸发现的。我想到了河边那棵歪脖树上的空鸟窝。

鸟窝破败不堪，应该早就没鸟在这栖息了。我爬上歪脖树，在鸟窝的底部堆上一些稻草，放进糖果，再盖上一些稻草。我暗自高兴，糖果放这里，太阳晒不着，下雨也不怕，而且谁也发现不了。第二天，下午一放学，我就迫不及待地跑向河边，爬上歪脖树，揭开稻草，发现有几颗糖果变软了，我就拣发软的糖果先吃。第三天，我惊奇地发现，没有一颗糖果是软的。第四天、第五天还是这样。连续几天都是晴天，糖果怎么就不软了呢？我折断一根柳枝，边走边想边抽打路边的灌木丛，没想惊到了马蜂窝……

当我醒来的时候，听到哥在说："吊水呢，别乱动。"

我茫然地看看四周，是在医院里。我问哥："我怎么在这儿啊？"

"你被马蜂叮了好几处，幸亏你乐乐姐姐送来及时，否则……"

乐乐姐姐？我猛地想起来，在供销社，来购物的人都叫那坏女人乐乐。

"她怎么发现我的？"

"你那点儿小伎俩还能瞒过她？她家就住在河边。"哥拔掉了针头，用棉球按在针眼处，直到不出血了，又说，"糖果吃多了会吃坏牙齿的，以后别天天吃糖果，更别偷我粮票了。"

我红着脸，问哥："你是怎么认识她的？"

"你的班主任张老师是我同学，早告诉我事情的经过了，我去找她道歉，就这样认识了——以后，你还说她是坏女人吗？"

"你们猜，我是怎么回答的？"我问坐在我对面正专心听我讲故事的小侄子。

"原来我妈就是你说的坏女人啊。"小侄子捧腹大笑,又好奇地问我,"小叔,那你是怎么回答的?"

我摸摸小侄子的头,笑着说:"我先是点点头,然后又猛摇头。因为,那一刻,我发现我长大了。"

作者简介:

何圣林,安徽全椒人,微型小说散见于《小说月刊》《小小说月刊》《微型小说月报》《微型小说选刊》《新华文学》等报刊。有作品入选《中国微型小说排行榜》《中国微型小说精选》等年度选本。数十次在全国各级微小说大赛中获奖。

蓬蒿断石寨山行

何愿斌

离开铜陵市区，由顺安古镇向芜湖市南陵县寨山村出发，沿途的荒芜还是超越了我的预想。白色的芭茅、黄色的小花开满山谷。西风摇曳处，几无半亩禾粟。挑着担子的老人在山道上漫行，谈论着我停车拍摄的是什么野草。在村庄一角，我看见三位老者正在为一点儿边角地块争执不休。巴掌大的地块是由乱石垒出来的，丛林莽莽，这里的山连茶树都看不到。

上坡下坡，转弯再转弯，为了避让途中偶尔相遇的车辆，我不得不多次倒车。在狭窄的县、乡道边，终于看到"寨脚"的指示牌，然后见到几户人家、小片停车场。空阔的石板上雕刻着诗人李白执笔的浮雕图像，难道这里就是传说中的寨山吗？我停车问询唯一可问的居民，得到回答："这里就是。"浮雕背面，果然看见那首创作地点颇有争议的名诗《南陵别儿童入京》。

花坛里撒播的草籽多已凋谢，只有鸡冠花兀自红艳艳。用片石层层垒叠的石墙，应当是山寨特有的标志。墙头绕藤，墙体通风，这些不规整的石头被民工的手垒砌得工整而又艺术。

从先前攻略得知，寨山村最显著的标志是一道"踏断山"。山梁在望，我沿着一条乱石垒成的道路开始攀登。藤蔓拂径，野草占道，我不得不用手推开一株又一株瘦挺的蒿草。野蒿高过人头，很少有直立的，大多倒伏横斜着。蒿草的叶片一半干枯，一半低垂，顶端的花絮或败或谢，一副凌乱的样子。

"仰天大笑出门去，我辈岂是蓬蒿人。"蜗居寨山的日子里，心怀大梦的谪仙人不得不日日与蓬蒿相见，从发丝里揪出飞蓬的草籽。

或许，他的酒杯里不仅有月亮，也会飞落草絮。拨开大把的蒿草行进，我忽然对这首名诗产生的环境有了几分相信。将蓬蒿写入盛唐诗篇的李白，除了栖息于荒凉的寨山，还会在何处呢？据记载，李白的两个外孙女均嫁给农夫，在古南陵落地生根，"编户氓也"，她们的一生都注定与蓬蒿相依为命。

蓬蒿深处，芭茅和荆棘密布，难以容身。漫长的双节长假，或许我是唯一的造访者吧？终于来到踏断山的断崖前，虬根深扎，累石纵横。断石块像打碎的玻璃，棱角分明，无一规整。这堆乱石让我想起《千字文》的开篇："天地玄黄，宇宙洪荒"。在李白游踪古迹保持相对完好的秋浦河畔曹村，我也曾见过类似的石抱树、树抱石，难道它们始终与谪仙人有缘？

脖颈酸痛，终于拍得几幅近距离山崖照片。石蒜、肿足蕨、女萎、紫苏、地衣、灵芝，这些是我在乱石堆附近的别样遇见。当我试图捡拾好看一点儿的石头时，居然连一块中意的也没有。我只好象征性地捡起两片，放在手上时不敢用力，生怕掌心会被割伤。一掷千金、豪气冲天的太白有知，一定会深感抱歉吧。

在微型村落上方，新开辟的半亩园地里，土豆、油菜、白菜和红萝卜幼苗漾着温暖的绿光。溪流淙淙，清澈见底，掬起一捧清泉洗面，这是丛林阳光下让我稍感宽慰的事。

离开寨脚，朝丫山方向行进，金色田园渐渐如画卷展开。"白酒新熟山中归，黄鸡啄黍秋正肥。"行走在一条新修的柏油马路上，我的心情也跟着诗句愉悦起来。与李白"著鞭跨马涉远道"不同的是，如今我驾驶的，是一辆现代大众轿车。

"壤草凌故国，拱木秀颓垣。"今天的寨山，较之唐代，是荒废了还是兴盛了，不得而知。或许，荒芜就是一种留存，而消失正是一种延续。在货车越来越密集的国道上，我忽然又想回到晌午落旧的时空里去，像牯牛反刍，像一把折叠椅，让自身深陷于光阴的角落。

作者简介：

何愿斌，作品刊发于《奔流》《三角洲》《工人日报》《中国电视报》《中国应急管理报》《香港文汇报》《团结报》《天津日报》等。

多好的一个"坑"

侯朝晖

多好的一个坑！这是我第一次走进霄坑时，脱口而出的惊叹。

深冬的一天，初雪方晴。车如爬虫，沿着谷底公路缓缓爬行。公路两旁，山峰耸立，直插云霄。远处的山巅，白雪皑皑，在阳光下熠熠生辉，仿佛戴上了水晶王冠。近旁，是点缀着积雪的斑斓树木和碧绿茶园。霄坑河始终伴着公路迤逦而行，不离不弃，淙淙有声。冬季的河水不算丰沛，像匹柔软的绸缎，浅浅地滑过河床，如鸣佩环。河水时而清澈，好似少女的明眸，水下鹅卵石历历可数；时而幽深成潭，水色暗绿，仿若翡翠碧玉。峡谷里，不时地飞出一条瀑布，挂在悬崖峭壁间，飞泻如龙。

如果说，大峡谷是链子，连缀其上的霄坑村十二个村民组就是一串美丽的珍珠。我们就是顺着这条链子，一路走去，去探寻它的幽深。

霄坑村多陈迹。有镇国寺，颓圮沧桑，人云"先有镇国寺，后有九华山"，可见历史之悠久。有皖西工委纪念碑（亭），有军用被服厂、修械所、医院和会议场所，那是解放战争时期的霄坑记忆。如今，现实的阳光下，它们安详宁静。

霄坑产好茶。王十朋游霄坑，观龙池瀑布，品霄坑野生茶，逸兴遄飞，作诗记之。眼前，看茶叶在沸水中苏醒，袅娜，叶底白嫩如花，纷纷开且落。杯口雾气萦绕，香味袅袅，茶汤清澈明亮。轻呷一口，细细品味，味醇鲜爽，仿若有一股春天的气息在舌尖上缠绵，盘踞着味蕾，久久不愿散去。仿佛香气也是翠绿的，隔着千年，我感受着王十朋的春天，心思邈远。霄坑的茶，绿意悠远，茶香蕴藕，茶味苦后回甘，如绿衣女子，在江南三月，袅袅婷婷走过阡陌。这样的茶，当然天生丽质。茶树为当地独有品种，大叶马兰枝。由于雨水充沛，土层深厚，土壤肥沃，昼夜温差等，其叶嫩碧，有如玉雕，只一见，便知是人间嘉木。

在霄坑村部，好客的村委为我们再泡有机茶。喝着茶，听着他们讲述这个古老茶村的崭新叙事。霄坑茶名远扬，芬芳了千百代幸运者的舌尖，而今茶村人将"茶""旅"结合，借霄坑有机茶的芳名，辅以水墨画般的风景底色，配以宜人的居住环境，丰富的生态资源，打造了民宿游、观光游、美食游、茶季体验游，和市里的相关部门"联姻"，兴建全市第一家乡村文艺馆，让霄坑的茶香成为每个春天循环播放的旋律，每一个幸运的游客，从此梦里都是霄坑的茶香。

我们不顾天寒地冻，踏着残雪，小心翼翼地登上茶山，站在九曲回廊一般的茶旅观光栈道上，放眼望去，到处都是碧绿的茶园。茶窠里，一撮撮白雪和盛开的茶花相互点缀，相映成趣。我恍惚看到另一幅美景：春暖花开，阳光明媚，蓝天上白云悠悠，树林里百鸟和鸣。身穿蓝底花布衣的采茶村姑分散在漫山遍野的茶园中，手指跳跃灵动，上下翻飞。一枚枚鲜嫩的茶叶，随之落进竹制茶篓。间或，传来一阵颇具皖南风味的采茶小调，在长长的峡谷中悠扬、飘荡……

小憩时，有文友打趣：霄坑好是好，山清，水秀，茶香，食美，就是名字不好。叫啥不好？非得叫霄坑！

我认为不然。在霄坑，我看到了山，看到了水，品到了佳茗，尝到了美食，望见了乡愁，回味了红色记忆。霄坑，名副其实。霄坑之大，让我无法自拔，不虚此行。

作者简介：

侯朝晖，男，1968年生，安徽省枞阳县人，现居池州。作品散见《中国文艺家》《青年文学家》《特区文学·诗》《大渡河》《辽河》《天津诗人》《文学报》《安徽日报》《新华日报》《新安晚报》等近百家报刊。

父亲的执拗

胡冠菊

小城四月，小雨下了一整天。天空晦暗，小风，乌云欲坠，水气生凉。

应父亲叮嘱，我驱车百余公里回家祭祖，临近天黑才进家门。父亲坐在窗边的靠背椅上，静静地看着雨落下来的方向，日渐老迈的身量显得有些单薄。天光将他的影子拉得老长，好像从窗棂上撕下来的薄薄的纸片。

雨水啪嗒啪嗒地砸向屋檐，叮当作响，乱作一团。

"我爸这是怎么了？"我一边换鞋一边问厨房里的母亲。

"你怎么这么晚才到家，你爸溜出门好几趟迎你，你再不回来，他能把路给蹬出窟窿来。"母亲张罗着碗筷调侃道。

"爸，下着雨还跑外面等我干吗？"我向父亲撒着娇。

"对对对，你快说说这个倔老头，你的话比我管用！"母亲盛了一碗饭递给我，还不忘揶揄几句。

"别听你妈瞎说，快洗手吃饭吧！"父亲起身来到饭桌前，无声地看了我一眼，端起碗吃饭。我正疑惑父亲咋不待见我时，看到他的嘴角扬起了弧度，不由也笑了。

外头的雨越下越大，雨水跃出屋檐，倾泻在地，地上的浮灰激起一阵淡淡的尘雾，随即与雨水融为一体。

大约是觉得雨天潮湿，窗台花盆泥土里泛出腥气不好闻，父亲将我房中的熏炉里点了香，味道并不浓烈刺鼻，只淡淡的，有一丝清甜。

屋外，微风轻轻拂过万物，树叶轻轻摇摆着，风移影动，一地斑驳。

雨夜的小城依旧车水马龙，依旧万家灯火。原本寂寞清冷的夜，因这一窗窗灯火，变得温馨而生动。万家灯火下，身有所居，心才能有所栖。

虽然是"双城记"，但我尽量每个月都能回家一两次，当然也有例外的时候。记得那是2022年3月下旬，我担心父亲乱跑，再三叮嘱。但是不久母亲来电，父亲跑到原单位的共建小区报名去做了志愿者。果然知父莫若女，他真的闲不住！

每次视频，我总是要千叮咛万嘱咐，让他做好个人防护，志愿服务量力而行。已近古稀的老同志，就别逞强了。父亲总是不置可否，或是"阳奉阴违"，我说我的，他做他的。他每天开着代步小车往返于两个小区之间，早出晚归，甘之如饴，我也不能泼他冷水。可万万没想到，在他值班的时候，家里的小区被封控了。我焦急得像热锅上的蚂蚁，一个电话接一个电话告诫母亲，不许她出门，又不停地劝说父亲赶紧回家，志愿工作不能再继续干了。

没想到父亲这么执拗，居然就驻扎在志愿服务点了，我气急败坏指责他添乱，那么大年纪万一出点事情可怎么办？但他说年轻人总有更重要的工作要做，老人也不能毫无作为。我知道劝不住他，只好再三叮嘱他当心。

小区解封之后，我第一时间给父亲打电话，可总也打不通。我又发视频给母亲，她说父亲刚回家，太累了，已经睡下了，二十多天没洗澡没刮胡子，邋遢得不成样子。

挂了电话，我的眼泪唰地流了下来。那一刻我才明白，父亲的执拗，其实是一种信仰，是老一辈人的家国情怀。

作者简介：

胡冠菊，新闻工作者。在《皖西日报》《淠河》等发表散文、小小说多篇，所主创的《读书》栏目及专题片，多次获国家级及省市广播电视新闻奖，多次荣获安徽省"名牌栏目"、市"十佳栏目"、市"名牌栏目"称号。

一张照片一份情

胡若虚

我对摄影情有独钟,喜欢拍照片,更爱看老照片。当我打开家庭相册,捧出我与老伴的有关照片,记忆的溪水便淙淙而来。

第一张照片《革命情缘》,是五十多年前我与妻子的订婚照。照片中的我,胸前佩戴着以毛泽东的三篇著作单行本作为造型的"老三篇"图章——《为人民服务》《纪念白求恩》《愚公移山》。这枚图章是我的好同学从图章厂特地购买赠送给我的。在当时能佩戴这枚图章是极其荣耀的。其时我已是谈婚论嫁的年龄了,也有不少热心人为我牵红线搭鹊桥,可是因为出身问题,无人愿嫁。是我的岳父和我的爱人勇敢接纳了我,才有了这张订婚照片。我们结婚时,岳父让我一切从简,但我还是向亲友借了一丈二尺布票和三十元人民币,为我爱人做了一套新衣服,还请亲友简单吃了一桌饭,在公社登记领了个结婚证便成婚了。

第二张照片《以沫相濡》,从中可看出我与妻子的喜悦幸福之情。照片中的我,胸前佩戴着一枚白底红字的安徽师范大学校徽,说起这枚校徽却也话长——

1976年,祖国迎来了科学的春天,其时我已养育了五个孩子,正在家乡公社初中任民办教师。1978年,我偷偷报名参加了全国统一高考,经过顽强拼搏,我以优异成绩考入安徽师范大学数学系,当我兴高采烈地将大学录取通知书捧给我爱人看,本以为她会眉飞色舞,可谁知她很气愤地要将我的通知书扔进灶膛中烧掉,我被吓出了一身冷汗,急忙夺回通知书。她却骂开了:"你考大学为什么一直都瞒着我?"我连忙解释:"我一直都是偷偷摸摸地报名复习迎考的，因为出身问题，我担心……另外也担心自己如果考不上，被你笑话我无能……"妻子安静下来，默默地流泪。她说她舍不得我离开她与孩子们，怕自己一个人挑不起抚养五个孩子的家庭重担，更担心我上了大学会变心，成为下一个"陈世美"。

我便请来了她家的哥嫂，召开了一个家庭会议。会上，家人将我家中有关事情都做了妥善安排，最后我告诉大家："我上大学是响应国家的号召，同时也是光宗耀祖的好事啊！至于我上大学后，会不会变心，我告诉你们，'贫贱之知不可忘，糟糠之妻不下堂'，我怎么会忘记当初岳父一家的恩德？我的人品，你们应该知道的。"家人都转头劝我爱人，她的顾虑消除了。此后，家人齐心协力支持我上大学读书。当我大学快毕业时，我特地邀请我爱人到安师大来观光，并在芜湖市红艺照相馆拍下了这张《以沫相濡》。

我翻开第三张照片，那是我退休后被桐城吴汝纶公学聘去任教时拍的。在学校，我拍了美国教师来支教的组照《咱们留个影》，这组照片在安徽省第二届读书乐摄影大赛中获了奖，我还同爱人去合肥领奖并留了影呢。

五十多年来，在我和我爱人的共同努力下，我的五个儿女都相继上了大学，现在都已成家立业了。2017年，我爱人七十岁生日这天，我们特地拍了一张全家福照片。我与爱人早已度过了金婚，现正企盼着钻石婚的到来……

作者简介：

胡若虚，安徽省作协会员，有作品若干见诸报刊。

江南的雨

胡晓斌

从合肥出发时艳阳高照,返程时依然阳光灿烂。在江南的两天时间,却一路有雨水陪伴。雨,莫非真的属于江南?

从地理位置上看,我们这次走过的江南仅仅是非常小的一部分:池州、宣城,足迹也不过是池州的贵池区和宣城的宣州区、泾县。但这里的两枝花、一座山、一张纸却在中国文人的生活中占据了特殊的地位。

一枝花是杏花。杏花的在中国的地理版图是覆盖了大江南北的。人们喜爱这些热烈开放的杏花,让它盛开在中国最美文字——唐诗宋词里。如果评选国花,我一定会投杏花一票。在所有的杏花中,杏花村里的那枝一定最能代表中国的春天。而杏花村,一定是池州的杏花村,杜牧任刺史的杏花村,千古流传的《清明》里,牧童遥指的杏花村。

山西汾阳也有杏花村。关于"杏花村"商标的归属,两家打起了官司,陆陆续续打了十来年。从媒体报道中得知,在终审前,两地开始密切往来,最后的结局却意外圆满:关于"杏花村"品牌的使用,旅游用归安徽,酒类用归山西。官司结束后,两地还表态要携手共同打造杏花文化。我们高兴地看到花开两朵,这既符合杏花热烈开放的特点,也给这起官司增添了双赢的雅韵。

另外一枝是桃花。在豪逸的诗仙笔下,这桃花不再忧伤,而是带着明亮的色泽。那一年,李白到桃花潭时,雨刚停,站在潭边远眺,白云缭绕的远山,青黛一片,群溪奔腾,汇入桃花潭。

山,则是敬亭山。敬亭夫如何?"相看两不厌,只有敬亭山。"

还得感谢李白，让这座普通的山成为闻名遐迩的江南诗山。潇洒的李白在江南的游踪，有一路诗歌为证，从秋浦河到采石矶，这一路诗歌下来，为江山加持了诗韵。

到敬亭山时，雨势瓢泼起来，我们站在游客中心的檐下，远眺烟雨蒙蒙，山的轮廓清晰可描。同行的一位专业摄影者找好角度，正准备按下快门时，霎时浓云齐拥，山完全被遮掩起来——敬亭山拒绝了他。他大呼遗憾。或许，敬亭山需要李白式的留白吧。

春花、春山、春水、漫天烟雨……描摹这些极具中国意象的，除了文字，还有绘画，中国画，水墨画，如江南烟雨般迷离，写意，传神。能承载这迷离幻梦般的艺术语言的，唯有宣纸。

天青色等烟雨，等来了青花瓷。宣纸所等的，是杏花村、桃花潭、敬亭山之属的中国事物。它让那些隽永的诗意，穿过想象的空间在时空里定格。或许，每个诗人，每个画家，他们的心里都有一个江南吧，也只有在诗心江南的烟雨中，才能写下这满纸酣畅的水墨。

江南的雨，滋养出江南的温婉、柔媚，滋养出江南的诗文，滋养出江南的美丽山河。

作者简介：

胡晓斌，合肥市作家协会中心城区副主任，合肥日报传媒集团（合肥日报社）专职编委，发表多篇散文、报告文学等。

摸云山上红杜鹃

胡志和

第一次见杜鹃花,是一处花房的盆景,彼时它正灼灼其华。心下甚为激动,便写了一首诗:

> 三月杜鹃盆中栽,
> 灿若云霞竞相开。
> 不做云中花仙子,
> 园圃红遍路人来。

安徽金寨县长岭乡位于两省(安徽省、湖北省)、三县(金寨县、霍山县、英山县)接合部,这里摸云山上的红杜鹃成了网红的打卡地。时至谷雨,映山红正值花期,我们便驱车来到了摸云山风景区。

顺着指示牌沿石级而上,群山俯卧在我们脚下,偶有零星的映山红点缀在石头台阶的两侧,仿佛礼宾的佳丽,在引导我们走向花的大礼堂。

向导周先生是长岭人,一路上给我们介绍长岭红色文化遗址——乌凤沟战斗红军烈士纪念园。言谈中带有自豪,也带着惋惜。时任红军二十八师师长周世觉是周先生的长辈,1934年主力红军战略转移以后,他留守此地开展游击战。后遭遇国民党追兵的围追堵截,终因寡不敌众,在乌凤沟土地庙附近,除二百人突围,其余六百多人全部壮烈牺牲,其中就有周世觉师长。革命胜利后,洪学智上将题写墓碑名,当地政府斥资扩建了陵园,重新安葬了在此地牺牲的革命烈士，以缅怀先烈，弘扬革命传统。

　　台阶一级高过一级，回身视野愈加开阔，远处的群山——山连山，山环山，山套山，如同神农架上的望神谷，一览众山小。昨天下午还细雨绵绵，今天就艳阳高照了。在浓浓的春色里，阳光如海，辽阔温煦。

　　行至半山腰，一株映山红开在上山扶手的右侧，在葱葱郁郁的绿水青山里，犹如一团燃烧的火焰，突然就点亮了摸云山。每一朵映山红都是一朵火花，毕毕剥剥地燃烧着，又像羞涩的少女，欲语还羞，欲言又止。

　　越往上，台阶越陡。杜鹃花株越高，长势越密，花开得越红艳，越醉人。一抬头便看见无数朵花开在头顶，开在空中，开在云端，如仙女扯下的衣裙，灿若云霞。

　　到了海拔1158米的主峰，才能摸到云，才是到了真正的摸云山，才能一睹摸云山云尖花海的真容。此刻，我们徜徉在花海中，右侧的红杜鹃灿若云锦，阳光下熠熠生辉；左侧的红杜鹃蜿蜒起伏向山下延伸，一如满山飘扬的红旗，在欢庆革命的胜利。这满山的红杜鹃岂不正如中国工农红军的火种，有一株点亮一山，有一山点亮整个春天。

　　此次摸云山花海之行，我颇有感触，作诗曰：

　　　　满目红艳摸云栽，
　　　　灿若云霞竞相开。
　　　　慕名云中花仙子，
　　　　红遍河山游人来。

作者简介：
　　胡志和，笔名心和自然。教师，青年文学家杂志社理事会理事。在各大平台发表诗歌、散文达五百余篇。

我们的歌声嘹亮飞扬

华黎明

　　歌唱已经成为我生活的重要内容。2011年建党九十周年之际，市里组织离退休老干部大合唱演出，并参加省里比赛。我们市人大老干部合唱团脱颖而出，参加省里江南片的比赛，荣获特别金奖。合唱团又组织了一个"6789组合"，由分别为60多岁、70多岁、80多岁、90多岁的四位离退休干部组成，参加全省的汇报演出。演出的前一天，我们陪着四人组合到了合肥，住在省人大宾馆。当晚，省委王副书记来看望，提出让省直一位要求上台唱歌的90多岁的老红军加入我们的四人组合。第二天晚上，在安徽大剧院演出，"6789组合"五老演唱了毛主席的《西江月·井冈山》，声音浑厚有力，大气磅礴，全场观众报以热烈掌声且经久不息。"七一"活动之后，市人大有几位老领导找到我，说合唱团不能散，应长期坚持下去，这样也让离退休老同志的生活丰富多彩一些。我知道这些老领导是受到了很大鼓舞，我何尝不是呢，于是立即应承下来。

　　之后，渐渐从兴奋转向冷静。合唱团成立不难，难的是长期坚持。对合唱团来说，关键在选对两个关键的人，一是指导老师，二是团长。没有指导老师就是草台班子，没有团长就是乌合之众。我们非常幸运地聘请了我市音乐家协会副主席徐克道担任合唱团指导老师。徐老师很负责，很有仪式感。每周一次上半天课，开头第一句一定是："同学们好！"团员们则大声回答："好！很好！非常好！"先把精气神提起来。他对每个学期的课都做了精心安排，每次上课前都认真备课。平时教我们复习老歌、学唱新歌，温故知新；穿插着教一些音乐常识，教识谱，教运气，称这是最好的健身。领着我们唱《长征组歌》《保卫黄河》《我的祖国》等正气歌，也教唱《乡间小路》《秋水伊人》《久别的草原》等抒情曲。时而组织团内联欢，展示才艺，自娱自乐；而当有了演出任务，他便反复教练，细心打磨，不放过任何一点疏漏。我们付给他的报酬很有限，他并不计较，十几年如一日，始终认认真真、乐乐呵呵地教着我们。我笑称是带我们玩，大家都开心。后来他还让能歌善舞的妻子做助理，完全没有报酬。

合唱团团长则由研究会的秘书长单玉芬兼任。她既细致耐心，又豪爽干练，能力强，经验足，简直是为我们合唱团量身定制的人物。人老了有时如孩童，单团长恩威并施，该严则严，能哄则哄，将合唱团管理得井井有条，和气充盈，始终欢声笑语。单团长时时放心不下合唱团，老伴住院了她不声张，仍旧操办着团里的事，两头兼顾。到上海的女儿家多待了几日就着急赶回来，女儿笑问："是否合唱团离了你就不行？"她自豪地答道："还真是不行！"还有两位副团长，老康和老赵，尤其是老赵，一直协助团长任劳任怨地忙碌着。

合唱团除每周半天在一起唱歌，还常常参加各类演出，有重要节点的全市性演出，有老教委组织的与各老年大学的同台展示，有每年"七一"离退休干部党日活动的演出，还有"慈善一日捐"的助兴表演，到福利院的慰问演出等。有次去福利院演出，二胡小合奏中有位团员太过卖力，竟拉断了琴弦，引得院里老老小小大笑不止。

合唱团的歌声嘹亮，成了市人大的一张亮丽名片。

作者简介：

华黎明，安徽桐城人，历史学研究员，已出版长篇历史小说《风劲弓鸣》《一夜白发伍子胥》《三十年》《大汉卫青：从骑奴到将军》。

游 柯 岩

黄国和

前段时间,我有幸随一百多人的旅行团,游览了佛教圣地普陀山、江南水城绍兴等地。大快朵颐了肉质细软、汁多味甜的水蜜桃,甜而不腻、入口爽滑的缸鸭狗,香脆酥松、层次分明的千层饼,还开怀畅饮了芬芳馥郁、鲜甜醇厚的花雕酒。同行好友皆风雅有趣,可谓是佳友、良辰、美景、赏心、乐事五美齐聚。

柯岩是我们这次旅游的重要一站,景点是以古越文化为内涵、融绍兴水乡风情、山林生态为一体的风景名胜。

进入景点,迎面就有一座古朴的石亭。石亭中的古碑上刻有"柯岩绝胜"四个字。经过一条长长的甬道,就到达了半径约9.9米、由九十九块巨石拼接组成的莲花坪,这就是"莲花听音"。登上莲花坪,站在莲花中间,喊一声就能听到回音。只听一位驴友竟然喊起他朋友的名字。那九十九块巨石意为"九九归一",又象征"万众一心"。莲花在佛教中代表纯洁无瑕,"出淤泥而不染"的高洁品质为世人追捧。

"莲花听音"一侧,是号称"天下第一石"的"云骨"。远远望去,这奇石宛如一炷烟霭,袅袅升腾,故文人墨客赐之雅号"炉炷晴烟"。岩顶有一古柏,距今已逾千年,生命力之强令人惊叹。

"一炷烛天"四字的照壁与"云骨"遥遥相望。照壁前面是"净手池",池水清澈透底。善男信女要在此净手,表示虔诚,并求祈祷之灵验。这座石佛被雕刻在石窟中。佛像宽颊广额,仪态端庄。开凿者运用了浪漫主义手法,使佛的两耳贯通,以使凡人的祷告句句入佛耳。

三聚同源广场，给游客留下深刻印象。它是一个精致的小广场。广场内安放着一座石雕头像，头像分东西两个半面，雕刻着黑白两色戏剧脸谱。白色象征"人性本善"，黑色象征"人性本恶"。善恶同体，是哲学的辩证法。

广场上最引人注目的是三根高达6米的汉白玉圆柱。圆柱上分别雕刻着儒、道、释三教教主的立像，象征三教相聚。边上有喷涌、倒挂、漫流、漏滴而出的各种形态水流，通过曲折小溪流向"汇源地"，故称"三聚同源"。三教同源殊途，又殊途同归，蕴含以人为本的中华文化博大精深，源远流长。这里没有千山秀色，也没有万顷碧波；既没有"飞流直下三千尺"的震撼，也没有"微雨燕双飞"的柔美，可置身此地，宛如在听一首古老的乐曲，听一位智者讲着蛮荒的故事。有着相邀天地间，忘却凡尘事的强烈感受。身临其境，徜徉于积极入世、治国安邦，与世无争、无为而治，好善乐施、万事皆空的三维时空之中。

此处秀色可餐，且有忘我之境。我感到人生如同白驹过隙，能如此零距离地与美景融合，使人流连忘返，不忍离去。

作者简介：

黄国和，文章刊发于《文学教育》《语文报》《中学语文教学》《安徽日报》《安徽工人日报》《散文选刊》等省内外报纸杂志。

半檐梅雨一卷书

黄振义

人至浮生半老,半日偷闲的心态就冒出来了。被一季漫长的梅雨围着,又逢周末,正宜读书。千丝万缕的雨声,一半紧一半慢,一半急促一半悠然,似飘还坠,打湿了风,浸凉了夏。这样的天气,浸在梅雨里的世界只余半檐。檐下一帘雨相隔,窗外无事,窗内人闲,一卷新书在手,不时有似曾相识的句子跳出来,连着天海,勾着俗事,引着遐思。

说起红尘俗事,也许最绕不开酒色财气。前几天刚读过谢小楼关于《金瓶梅》的一篇文字。《四贪词》写透酒色财气,写破贪嗔痴念。

世间多俗物,酒色财气大概算最俗的。因为俗得彻底,所以不忌赤裸,不讳庸常。生在人间,都是凡胎,人间烟火熏着,免不了俗才是正常。只是凡胎也是各有不同,也分三六九等。所谓物以类聚、人以群分,说以酒色财气聚、以酒色财气分也未尝不可。俗归俗,酒色财气本不脏,脏的是人性和欲望,是酒色财气勾引起来的贪嗔痴念。

俗与雅相对。从前文雅二字是连在一起的。东吴弄珠客在《金瓶梅序》中有这样一段话:"读《金瓶梅》而生怜悯心者,菩萨也;生畏惧心者,君子也;生欢喜心者,小人也;生效法心者,乃禽兽耳。"弄珠客论作品与读者之间的关系,形象且精妙,较一千个哈姆雷特之说当不在其下。一篇文章就是一面镜子,你是谁就能照出不同的认知水平与价值取向。一个人怎么看一篇文章,就能看出该聚哪一堆、分哪一群了。

书中有人俗，也有人雅，但无不来自世间。这俗与雅之间，以人性分，似乎泾渭分明；以命运看，又有着割割不断、理还乱的逻辑。

书里藏着不容易读懂的人性和命运。

一篇《上海一朵梅雨诗》读了三遍，仍觉意犹未尽。而后刻意查了石磊的资料。知道作者性别后，觉得用"被勾引"描述初读的感觉实在不恭，可是用别的词又觉得不甘心。

查了一下"勾引"二字的含义，似乎也不算冒犯。杜甫诗："江上人家桃树枝，春寒细雨出疏篱。影遭碧水潜勾引，风妒红花却倒吹。"清汪懋麟诗："春声勾引向山行，岁首难逢七日晴。"叶圣陶《多收了三五斗》："小孩给赛璐珞的洋囝囝，老虎，狗以及红红绿绿的洋铁铜鼓，洋铁喇叭勾引住了，赖在那里不肯走开。"

其实，我被这篇文章勾引的，首先应该是那些句子。不同于酒色财气，句子才是有灵魂的。有的句子一见如故，好像是心里本来就有，感动和欣喜于有人引荐出来，与你重逢。

石磊的文字有灵气，够雅致且接地气。"上海"两个字只在标题里出现一次，通篇一千余字好像都泡在梅雨里。从连天连地的雨、连山连海的雾中打捞起美食、泳者与艺友三段庸常点滴，上海的味儿却又无处不在。文中很少有一个句子用字超过十个的，处处显得又软侬又精炼。梅雨天一碗趁胃口的白米粥肴，喻之以"一出霉点斑驳的绍兴戏"。又说粥肴"宜轻、宜软、宜淡若无物"，油氽果肉"喧哗骚动，比张飞还硬扎"。写美食，落点在"可惜，今年包子远隔重洋，未能回家来。饮食思念，darling，是人间最忠诚、最刻骨的思念"。写一枚爱好游泳的老男，"像一只霸气暮气两沉沉的老鼋"，明明藏着掖着，却处处暗爽。书写狂狷的春彦，版画红人金大爷，感觉似乎都是不食人间烟火的主儿，却写了一册石涛换一包烟，一点儿也不像生意。

石磊的文字，人间烟火一点儿不少，居然不动声色地绕开了酒色财气。每一句话，都像被这梅雨天冲洗过、浸泡过又滋养过的一屋顶碧苔，清新亮眼，让我喜欢。可是，又不唯文字。满篇的闲适，谁不向往？无处不在的惬意，谁又不喜欢呢？

想起最近写过的一篇怀旧文章，故地重游，笔随心走，写完并不清楚为谁,以及为什么。编辑老师说了六个字:放下,又拾起了。恍然大悟!

囿在这一季的梅雨中,捧着半卷闲书,心甘情愿地被一些文字勾引,像一场恋爱。

作者简介:

黄振义,供职于利辛县财政局,爱好文学,发表散文、小小说数余篇。

一知油坊

金　永

一知油坊在金家集德胜街南。

这里原是铁木社。多少年前，从锈蚀歪斜的大铁门向里看，中间开阔的场地，散放着一大堆杉木、毛竹，四周是低矮的砖屋，门大多闭着，间或传来"叮叮当当"锤打铁砧的声音。西北角绳子上晾晒着几件靛蓝色的外套、围裙、护袖，风吹，微微摆动，不见人影。

铁木社没有了，大门的位置现在是一知油坊。

一知油坊左首是一家香火店，拦门一字形货架，放着烛台、香烛、花炮、金箔，不过是些样品，还有玻璃柜台里的几沓花花绿绿的冥币，都落了薄薄的灰尘。与别店不同，香火店在除夕、清明、中元节、冬至前后才有人光顾——平时也没有热闹的场景，老板在外借了场地，出租红白喜事餐棚，几十间，天天忙碌。所以，香火店的生意看上去近乎摆设。

右首是粮栈，是"栈"，不是"站"——两大间极深的屋子临时储放些粮食。金家集还有不少种田散户。午秋两季，收了小麦、稻子，卖到这里，蛇皮袋围成仓。仓满，夜间驶来几辆长途运粮大车，轰轰隆隆，一夜灯火。待天明，仓里颗粒不剩。粮栈平日里空着，挂上锁，偶有鸟雀从敞开的门头飞进飞出。老板是一个干瘦的中年男人，极少露面。

这两家都没有招牌。

一知油坊的招牌格外显眼。

金家集人喜欢吃自家的油，已成习惯，似也成习俗。年下节里请客，烹炸煎煮，餐间主人会得意地提醒，用的是自家的油，就像夸赞自家土鸡、笨鸡蛋一样，难得。客人会重新伸出筷子，回吃，细品，点头应诺。果真多了不一般的肥厚和醇香，才觉得超市的油虽清亮，不免寡淡。所以每家收了油菜、黄豆，晒干扬净，先将自家备足，余下，全部卖掉。

一知油坊的生意要忙些。它不像香火店，只应祭祀四节，又不像粮栈，抓午秋两季。金家集三六九逢集，从早到晚，油坊不得片刻消闲。来往的都是老主顾，他们上街，先到油坊卸下菜籽和黄豆，"老板，榨油！"招呼一声，先奔集市去了。下街，在原地，一大袋菜籽或黄豆，已榨出油、饼料，油还微微泛着金色的细泡。饼料热乎乎的，摸上去还有点烫手。顾客付账找零，道声"谢谢"，提油便走。饼料也要带回去，是有用的。菜籽饼种菜、栽树，极好。豆饼可以用来喂鸡喂猪，牲口吃了，毛色溜光水滑，就是不一样。

背集，也有些零散生意。

一知油坊只单纯做机榨加工。不卖油，不收饼料，手工费一年下来挣不了几个。但对付日常，还略有些盈余。老板姓姜，外地人，原是铁木社职工，刚顶职分配到单位，单位却散了伙——只好做了油坊。几十年，就做了一件事，老姜感觉就像一眨眼间。就像他几十年一直穿靛青色长大褂，还有领子、袖口、头发、指甲间油的味道一样，没变。变了的是人，老了。

人老了，就特别念家，千里之外的老家。想家的念头，有时就像热榨的油沫，泛滥开来，隔夜，酵成别样滋味。铁木社大门还在，杉木和毛竹散发出清香，忽地迷了路，亏得屋里传来的"叮叮当当"的声音让他镇定下来——老姜常常做这样的梦。醒来，不知自己是谁，来不及细数过往，眼角就湿了。

老姜坚定了回乡的念头。

自从决定回乡，老姜心里就有点难过。那时门前花池里的紫荆花还未盛开，枝条上才冒出浅紫色的花苞，未醒的样子，似在等一场春雨。春天里，没有多少人会在意一株紫荆。老姜不行，每天打开油坊大门或关门时都会投去一瞥。

紫荆花开满枝……

花落了，乱红一地……

消闲的时候，老姜就泡上一杯茶，坐在小机凳上，想德胜街的事，目光还是落到紫荆上，这时剩下光光的枝条，有些萧瑟。老姜兀自笑起来，弄不清是自己跟紫荆过不去，还是紫荆跟自己过不去。总之，看到它，哪怕一点点的变化，心里都有点酸涩……

日子一直拖着。香火店货架换了新的样品，老板的心事仍在餐棚上，生意虽有点冷，他联合了几家配菜店，把餐棚往南推到了陈集、月塘，有了新的势头。粮栈老板重新出现在粮栈，带一帮工人在门口场地安装了地磅，在为秋季打算。金家集每天都在发生变化，茉莉花大道终于完成最后一段的开通，顺利连接到 99 观景公路上，实现了金家集不少老百姓的愿望。艳阳大街，猛然间又多了几家餐饮店，你挨着我，我挨着你，门口的绿植、鲜花、飘带也连成一片，迷幻的灯光里，不少操外地口音、身着鲜衣的男女进进出出。

……

老姜不回去了。好像也没有什么理由，不回就不回了。认准后，他笃定要做的第一件事，就是重新装潢一下他的油坊。

其实油坊哪有什么装潢，就是再重新做一下招牌。所以，我们现在看到的"一知油坊"是老姜重新用油漆刷过了的，那个"一"字，微微上扬，又粗又重，用尽力气一般，特别醒目。

作者简介：

金永，安徽省天长市第四小学校长，高级教师，曾在《雨花》《安徽文学》等报刊发表作品。

桃花依旧笑春风

李继国

三月渐远,四月如约而至。

约一帮朋友去周王镇云峰村百子岗林场的"小鸟天堂",这是一个集生态、休闲、旅游、观光于一体的千亩苗木花卉基地。

一路上,两旁皆是惹人怜爱的新绿,风里都是油菜花甜蜜的香味,让人不由得深呼吸。农田里偶有劳作的农人,动作一如从前。记得小时候春耕时,父亲总喜欢带着我一道。我骑在牛背上,父亲在后面不紧不慢地把牛赶到一个叫作"大地"的地方,这是我们家的地。父亲犁地前,总要先稳一稳牛鼻子缰绳,开始耕田时,父亲常常大声地吆喝着,手中的鞭子高高举起,轻轻落下。老牛很聪明,不用鞭笞,也会配合父亲把地犁完。

今天,满眼的青山、绿水和金灿灿的花儿相映成趣,满眼都是春色,满心都是诗歌。半小时的车程倏忽而过,转眼间,我们就来到了目的地。一位戴着草帽的老者已经等候在此,他皮肤黝黑,慈眉善目地看着我们,这就是"小鸟天堂"的庄主黄修根了。

寒暄之后,入座,茶毕,黄庄主就带着我们参观游览他的"百鸟园"。他对这里的一切了如指掌,如数家珍,侃侃而谈。"这叫'二色桃',枝子上有淡粉色和粉红色两种颜色。"我们顺着庄主所指,抬眼望去,只见两色争奇斗艳,煞是有趣。"这是'垂枝桃',是桃花中最具有韵味的品种。"果不其然,微风轻拂,亭亭玉立,像是一位情窦初开的少女,娇羞欲语,脉脉含情。

我们在花海中穿梭。桃花,是春天里最浪漫的花朵,崔护的"人面桃花",孔尚任的"桃花扇",都是缠绵悱恻的。最朴素又最妖娆的,要算《诗经》里的"桃之夭夭,灼灼其华",一派天真烂漫。桃花宜诗，宜画。哪位诗人没写过桃花呢？哪位画家没画过桃花呢？最爱桃花的该是唐伯虎了吧，他直接号桃花庵主，曾作《桃花庵歌》，自比为采花仙人。他笔下的桃花别具风韵，时人赞曰"唐画桃花，天下第一"。庄主一边擦汗，一边为我们细细解说。

　　花园里到处都是戴着草帽的花农，他们是附近的村民。我笑着说："您是在大地上写诗，不仅提供了就业岗位，还在为国家的乡村振兴战略做贡献。"黄庄主老家是溪口的，十几岁当兵，退伍后自己创业，凭着诚实守信和吃苦耐劳，在当地站稳了脚跟，也有了自己的公司。我问："那您怎么想起来回老家的？您今年都七十二岁了，已到古稀之年，在南宁享享福不是挺好的吗？"他说："叶落归根，我的名字里也有个'根'字，不能忘本呢。"我说："您在这里坚守了十七年，真的很不容易。"他笑道："做点小贡献吧。"

　　"小鸟天堂"有一棵紫色的杜鹃花。很多女士纷纷在花树中寻找最美的花枝、最佳的角度拍照，一时热闹异常。庄主也让我们男士站过去，他亲自给我们拍照片、拍视频，又一一发给我们本人。我们也嘻嘻哈哈地与花同框了一回，有点聊发少年狂的意兴。

　　"小李，这个给你！"我从庄主手中接过一束绿叶白花，轻嗅一下，芳香四溢，顿觉神清气爽。"这叫小叶山矾，四季常绿，既能观赏，又能入药，可以清热利湿，理气化痰。"庄主为我科普了一下。"这株白花就是白牡丹。"庄主指着一旁说道，"原产地在墨西哥，根茎和花瓣都可以入药。"庄主刚介绍完，同行的女士就一拥而上，自拍、合拍，欢喜得不得了。

　　鸟鸣婉转，等我们来到树下，它们又飞向了别的枝丫，它们是多么自由啊！我不由灵魂出窍，呆了许久，醒悟过来时，黄庄主已经走远，阳光照耀着他，他站在春天里，为人们讲述着春天的故事。

　　他自己，又何尝不是故事的一部分呢？

作者简介：

　　李继国，宣城市宣州区人，创作散文、诗歌以及古典诗词评论，先后发表在《安徽文学》《安徽作家》《东部》《中华文学》《敬亭山文学》《宣城日报》等报刊及网络平台。数次获奖。

樟树与松柏

李正江

一场暴雪，突如其来，山舞银蛇，原驰蜡象，银装素裹，天地茫茫。

椒陵大地，也是白色的海洋。城区的行道樟树，被大雪压得遍体鳞伤。断枝败叶，横七竖八，层层叠叠，占据着道路的两旁。树枝不时发出"咔吧"声，行人不得不防。地上残枝的纠缠，一不留神，就是一个跟跄。行人叹息："怎么会是这样？"

它们是移植到这里的富贵宠儿，装扮着城区的优雅，打造着环境的宜居。不菲的身价，使人不得不另眼相看。为它们成立了专门的服侍团队——绿化所，平时为它们整形、梳妆，好像是家里最受宠爱的姑娘。每年都要适时培土、施肥，增加营养，让它们茁壮成长，仿佛是家有女儿初长成一样。夏天的时候，洒水车给它们冲凉；春秋向天空喷点雾雨，给它们洗脸、化妆；冬天了，用石灰水涂上，怕它们感冒、着凉，或者干脆给它们穿上草绕做的衣服。

微风吹拂时，它们轻轻摇动枝叶，伸头把路人探望。嫩嫩的绿色叶片，油光锃亮，就是有点胖，散发的清香，掩不住有点异样。清晨，向朝阳摆手示意，露出了娇羞的模样。华灯初上，与星星捉捉迷藏。倒是很乖巧、温顺、妩媚、可爱，像是穿着碧玉婚纱的新娘。

暴雪后，电锯、扫帚齐上阵，板车、汽车、三轮车都登场，环卫工人和志愿者打扫起地上这绿色的"坟场"。养育人心中拔凉拔凉，带着哭腔："怎么会是这样？"

南屏山上的松柏，也是绿色的榜样。无论狂风肆虐、暴雨猖狂、暴雪压顶，从不卸下绿色的衣裳。它一出生就在贫瘠的地方，扎根山石，从不奢望施舍，自寻营养，壮实茎干，活出了自己的模样，像爷们一样挺立在山岗，用本色与天空相望。春天里，自觉地加快了生长，为幸福积蓄力量。夏天酷暑干旱来临，闭塞毛孔，节流支出，自我调节，哪怕是微微低头，也不放弃心中的倔强，默默地接受考验一场。还不忘把自己的汗滴变成诱人的松香。秋天来了，把自身的营养收藏，尽管收入不菲，也不张狂。精打细算，保持在贫困线以上。冬天倒是它的希望。沉淀自己的特质，升华自己的坚强，包扎好自己的伤口，刻上年轮的标记，继续栋梁的梦想。暴风雪是它的玩伴，更是它娱乐的舞娘。"雪压青松知高洁"，不是诗人送给它的"心灵鸡汤"。

这一场大雪，它站在山上，没有任何受伤。"它还是那样"。

"哦，原来是这样。"

在溺爱中生长，锦衣玉食，繁花似锦。笑贫瘠，傲物自视。夸富贵，亭亭玉立。一番风雪检验，头破血流，灰头土脸，令人唏嘘不已。

生于山石缝隙，风餐露宿，铁骨铮铮。自寻思，壮骨强体。守本分，不卑不亢。历经寒来暑往，顺应自然，前景无量，敢不赞叹有加？

人，岂不是这样？你悟出了什么吗？或者，没什么可悟的，就是一段遐想。

作者简介：

李正江，滁州市全椒人，退休警察，现被县政府返聘为矛盾调解中心专职调解员，出版长篇小说《宝善缘》等。

洗 澡

李子奎

周六上午十一点多,徐工到温泉浴池洗澡。他常常选这个时间来泡一会儿,因为这个时间来洗澡的人少,安静,徐工的心境自然也就宽松自在。泡澡要比冲澡舒坦多了,多泡一会儿,不仅解乏,据说还能治前列腺。

浴室门口,两名服务人员每人捧着一部手机埋首划拉。浴池里有一老一少两个人正在泡澡,老人,徐工认识,是街坊吴大爷,虽然没有交往,但相邻多年,也混个面熟。少年不知道可有四五岁,肯定就是吴大爷的孙子了。

吴大爷搂着孙子泡澡,孙子喊着"烫,烫",可怎么也挣不脱吴大爷的怀抱。吴大爷无限疼爱地哄着孙子:"这水哪里烫了?一点儿都不烫啊!"孙子还是喊烫,吴大爷教导道:"男子汉要学会坚强,如果水热一点儿就受不了,以后能干啥?"

泡好澡,吴大爷又给孙子搓灰,那种细致的神态透着无限的爱。可是孙子不断地抗拒着,夸张似的喊:"爷爷,疼!你搓得太疼了!"吴大爷细声哄道:"爷爷没使劲啊。乖,我再轻点儿好不好?俺大孙子可是个大男子汉,爷爷不是给你讲过关云长的故事吗?"孙子不领情:"就是疼!我不让你搓!"吴大爷的手劲更轻柔了,谁不想自己的宝贝儿干净清爽?再说了,洗澡不搓灰不等于白洗了吗?他可不想自己的孙子白来一趟。

搓好灰,吴大爷又轻柔地给孙子打肥皂,孙子却扭动着不让打,喊道:"爷爷,你坏!水池边不准搓灰打肥皂!"吴大爷按住孙子:"别动!傻小子,这里不是暖和些吗?爷爷怕你冻着喽!爷爷把灰和肥皂沫都用水冲下去了，不要紧。"

唉，老头子还不如一个小孩子呢！服务人员也不过问！徐工心道。

终于完工了，小孩子喊道："我以后再也不跟你洗澡了！"

又是一个周六的十一点多，徐工又来到温泉浴池洗澡。

还是那两名服务人员，一个在浴室外整理服务用品，一个在浴室内做着保洁。

浴池里面还是有两个人，一个在池子里玩玩具水枪，一个浸在池子里只露出一个惬意的脑袋。这两个人徐工也都认识，那个玩水枪的就是上次那个吴大爷的孙子，那个浸在池子里泡澡的是吴大爷的儿子。

浴池里的水清洁多了。

吴大爷的孙子在池子里玩够了，吴大爷的儿子就请服务人员把他弄到搓背的软床上搓灰，服务人员一边轻柔地给小家伙搓着灰，一边逗弄着他，说说笑笑，小家伙懂得的小常识可不少！

完工了，小孩子扯着爸爸的手要求道："爸爸，我下次还要和你一起来洗澡！"

徐工听了，心里打了一个闪亮。

徐工临走的时候，两个服务人员好像在谈什么事，说了一句"人家提的也有道理"。

徐工笑。

又是一个周六，徐工差不多又在那个时间段到温泉浴池洗澡。

浴池门厅的玻璃上贴着一张告示："凡针对本浴池存在的问题提出批评或建议的顾客，免浴资。"徐工会心一笑，心道：看来老板从批评建议中尝到甜头了。

顾客也明显多了不少。

男浴室里还是那两个服务人员正忙着，态度也亲和得多。

池子里泡澡的人不少，可池子里的水清碧如溪。

徐工从浴室出来的时候，一个服务人员可能正在给家里的什么人打电话："生意特别好……还可以……老板还发了奖金……"

来这洗澡的人咋多了呢？浴池也发奖金？徐工心道。

晚上，徐工的妻子对徐工说道："你研究的那个课题一经报道，引起的轰动不小。我们办公室有个马大姐，上次还跟我说你好管闲事，都把我说迷瞪了，你一个做科研的，能管什么闲事？我心里就有点不高兴。今天她跟我道歉，说错怪了你，说你认真是优点，说你带的研究小组在咱们公司效益最好。她说她闺女今年大学毕业，看能不能帮忙到你的组里去。她说她娘家侄子现在在一个浴池工作，年轻的时候不好好学习，现在后悔了。好在她闺女不像她表哥，肯钻研，是个好苗子嘞！"

徐工忽有所感：

其一，世事各有其道；

其二，有些事看似各不相干，实则因果相连；

其三，"世界上怕就怕'认真'二字"，当真至理名言！

作者简介：

李子奎，安徽省太和县人，安徽省太和中学教师，创作出版长篇小说《爱在心上》等。

爱的轮回

梁厚云

母亲再一次病了,住进医院。按照惯例,父亲仍旧陪同,如果是父亲病了,母亲也一样跟随着去医院。父母都已是八十多岁的高龄,他们相濡以沫六十多年,风风雨雨,历经艰难,到了人生的暮年,早已离不开彼此。

从死亡线上挣扎过来的母亲,脸色慢慢有点红润。下床有人搀扶着,也可以试着走上几步。父亲便提议,用轮椅推着母亲下楼透透气。

其实,父亲自己也刚刚出院不久。严重的肺气肿、心脏病,长年折磨着他,走起路来异常艰难,每走几小步就要停下来喘喘气,歇息一下。已记不清从什么时候开始,那个走起路来大步流星的父亲不见了。父亲现在走路迈出的步子很小,两条腿僵硬,挪不动,加上眼睛也不好,便异常谨慎,只能慢慢摸索着向前。

我把瘦骨嶙峋的母亲抱上轮椅,抱起的一刹那,母亲近距离地望着我,目光中充满了慈爱和依恋。就这样,我推着母亲,父亲紧跟在后面,我们三人便出发了。进电梯的时候,我一只手推着轮椅,另一只手拉着父亲。即便我拉着父亲,父亲还是大口大口地喘着粗气,因为紧张和累,脸涨得通红。

一进入电梯,父亲便拉起了母亲的手,安慰母亲说:"没事的,你不晕吧?别害怕,一会儿就好。"可我分明感觉到父亲的胳膊在颤抖,他其实自己也在害怕。

我们仨走出电梯,医院大厅里来来往往的人很多。我不放心父亲,可又不能搀扶着他,只好让他拽着我的衣襟跟在后面。

突然,一行医生和护士推着个急救病人,匆匆忙忙从我们身边走过,后面跟着一大帮病人家属哭天喊地追随着。我一时间分散了注意力，等我想起父亲，赶紧扭过头去寻找，已不见了父亲的踪影。

我推着母亲焦急地在大厅到处寻找，可找遍了整个大厅也没有找到。我们只好走出大厅，在医院门口的停车场，老远就看见父亲佝偻着腰，迈着不灵便的双腿，正左顾右盼，没有方向地乱走一通。他不停地喊着我的乳名，声音里掺杂着哭腔，像个孩子一样无助。

我一边急切地朝父亲走去，一边回应着父亲的呼喊。可停车场噪声太大，加上父亲耳朵也聋，他根本就听不见。

父亲漫无目的地在那打着圈儿，颤颤巍巍地乱转，一手举到眉梢，搭起个"凉棚"，试图遮住太阳光找寻我和母亲。岂不知他的眼睛早已看不清行人。他无助的样子令我心如刀割，我难以想象，没有了子女的照顾，父母会是什么样子。

我和母亲迎上去的时候，父亲已急得满脸大汗，累得喘不过来气，眼睛里噙着的泪水快要掉下来。

"爸，我们来了。"我上前一把抓住父亲的双手，父亲如释重负地叹出了一口气，噙在眼里的泪水终于掉了下来。

母亲提议去给父亲理个发，这次我灵机一动，我把自己裙子上的腰带解下，一头系住父亲的手，另一头系在我的手上。就这样，我们父女隔着很短的距离，推着母亲，一前一后，慢慢地走着。虽然有点不方便走路，但我发现父亲特别安心，脸上一直洋溢着满足、幸福的笑容。母亲坐在轮椅上"咯咯咯"地笑着，打趣道："你像是拉着一头老牛！"

这种感觉让我想起了孩子们还小的时候，推着儿子的小车，女儿拽着衣襟跟在后面。女儿总是不满地噘起小嘴，甚至耍赖大哭。肉嘟嘟可爱的样子，诱惑着我，我禁不住弯下腰去，抱了又抱，亲了又亲她的小脸，女儿这才破涕为笑。

没想到今天父母也以这种形式行走在路上，原来人世间的爱就是这样轮转循环，生生不息……

作者简介：

梁厚云，安徽六安人，自由撰稿人，在江山、红袖添香、短文学等文学网站发表小说、散文、诗歌六十多万字。

我的爷爷

梁 立

一

我的爷爷梁玉祥先生1987年辞世，享年七十九岁。

爷爷是个农民，但又不是一般意义上的农民，他是个仓库保管员。

我们村小人少，粮食等物资也不多，两间不大的仓库等于是各种物资的临时中转站。夏季麦子打下来，封完公粮（无偿交给公社粮站）、留下种子，各家按工分分一下，粮囤基本上也就见底了；秋季也是一样。平时仓库里也就是各类农作物的种子，留作公用的一点儿粮食，各种农具等。

在我的记忆中，农忙时节，吃过早饭或午饭，爷爷就去开仓库门，等着下地干活的人来领各种农具物资，然后就在稻场里帮忙，收工时再把工具收仓。除此以外，每年从秋季到第二年的春天，他还有一项任务就是负责窖红芋，这项任务专属于他。我们庄每年都要窖几大窖红芋，他每天都负责测量温度，以防温度过高烧窖。一旦烧窖，对全村人来讲就是一种灾难。那时候生活水平低，各村的收成都不好，若是红芋烧窖，不仅全村一百多口人无越冬口粮，来年的红芋苗就成了问题。在爷爷的细心照料下，我们村的红芋从没有烧过窖。

二

爷爷为人责任心强，从不徇私。这大概是他能长久担任保管员的缘故吧！队长换了一个又一个，但他们总是把仓库的钥匙交到爷爷的手上。

记忆中有两件事令我印象深刻。

一件事是买麻绳。那时家家户户都喂猪。喂猪不像现在圈养，那时没有圈。喂猪就用铁链子拴，但铁链子拴不了猪脖子，必须用麻绳把猪脖子和铁链连接起来。不种麻的年份，用麻绳要自己买，爷爷从没有利用当保管员的便利从仓库里拿，或者和公家一块买（因为买得多便宜），以免让别人误会。

另一件事是看场。看场不是看场上的粮食。我们庄的场地在村子东南角，一条小道从中穿过。下雨时，为防止人从中间走踩坏了场地，影响天晴后打场，爷爷就守在旁边提醒人靠边走。虽然没人让他看，但每次下雨，他都会在旁边提醒过路的人。这样，雨过天晴之后，场面平整，打场就很省事。

三

爷爷因为从小出天花，脸上有几粒麻子，愈显慈祥。村中和我一辈的人多喊他"麻爷"或"二爷"（爷爷行二）。

小时候，我经常和他一块儿去仓库，记得仓库正对门的墙上贴着几张人物像。其中一位是毛主席，爷爷就说："毛主席是人民的大救星，他长寿，活到八十三。"

我问："仓库贴他的像干啥？"

爷爷说："防贼，你看，从哪个方向看，主席的眼睛都像在盯着你。这样想拿仓库东西的人就不敢了。"

我听得似懂非懂，从此，对那张像更有了敬畏之心。

四

爷爷对知识特别看重。在那样一个贫穷的年代里，他坚持让我父亲上学。后来，我父亲师范毕业，当了老师。爷爷特别支持父亲的工作。尤其是包产到户以后，父亲工作的学校远，十多亩地多是爷爷打理，他从不让我父亲请假帮家里干活。他经常对我父亲说的一句话就是："你的责任田在学校，教好那些娃就是你的责任。"

那时，物资短缺，买东西要凭票，我父亲每月有粮票和油票供应，又受人尊敬。小时候，爷爷经常对我说的一句话就是："你长大了，要像你爸那样吃皇粮！"耳濡目染，我对读书也充满敬畏之心。

一次，我和爷爷做午饭，他让我尝尝盐是不是合适。我尝了以后说："不甜不咸。"他就说："应该说不咸不淡，或者说'正好'。"现在想来，他对文字和表述很有语感。闲暇的时候，爷爷也会给我们讲一些民间故事或大鼓书之类。诸如《老鼠和猫为什么会结仇》《张拉塔的传说》《罗成算卦》《岳飞传》之类，这些让我至今受益。上学时，我的作文一直写得不错，经常被老师当作范文在班上朗读。上师范时，我的一篇散文还获得过全国三等奖。故事里的那些褒贬，润物无声，真比那些空洞的说教要高明很多。

爷爷一生劳作不辍。他好说："闲着好弄啥？"在生产队时，他不闲着，许多不在分内的事都抢着干，不像有的人干活偷懒，只出工不出勤。包产到户后，爷爷的勤劳，让我们家的日子过得红红火火。

《道德经》上说："圣人处无为之事，行不言之教。"虽然爷爷只是一个普通的农民，但在集体做事时，他秉持公道，没有私心；在教育后辈上，他躬亲示范，不讲空话。故而，在外，爷爷颇有威望；治家，"家门和顺，虽饔飧不继，亦有余欢"。

作者简介：

梁立，安徽蒙城县鲲鹏中学教师，作品散见报刊。多次指导学生在"语文报杯"征文活动中获奖，两度被评为"优秀指导教师"。

在城市的新边疆

刘爱克

小时候的记忆里，科技馆是个很远的地方，当时去一次科技馆似乎并不比去外地旅游简单多少。哪怕许多年后的今天，我已经记不清那时在科技馆里具体看到了什么，但依然记得去科技馆对那时的我而言是多么稀罕的远行。

不过今天，黄山路上的科技馆已是一个很寻常的地方了。虽然很久没去那里，但当我乘坐公交车经过黄山路时，稻香村站的下一站便是科技馆站。那个天文台一样的球形建筑已经成了不远处的风景。当有人说要去科技馆时，我还以为是要去那个充满儿时记忆的故地，却被告知这个新的科技馆很远，远在大蜀山的西边。

老科技馆位于我寻常的活动区域之内，而这个新的科技馆逾越了这个界限。虽然听说那里的交通较为便利，我却再次涌起儿时去科技馆出远门般的感受。

有手机导航，去新馆区的行程必然不会如小时候去老馆区那样充满未知的神秘和焦急了。地铁很快，经过很长的一站后到了科大先研院站。出了地铁站后我感到一阵恍惚——虽然早已有人告诉我那里其实和一般的市区无异，但我远没有料到，这个在我的下意识中还远在郊区的地方，居然会如同市中心一般。只可惜去的时候早了点，周边商铺还未开门，街上略少人气，但这也是一种令人感到新鲜的神奇体验，仿佛到了一个不知远近的陌生城市一般，有些神秘。

虽然导航显示从出站到走到科技馆蜀西湖馆区还要走差不多两公里，但走起来并没有觉得费时费力：道路宽敞而顺畅，人行道平整干净,这般走着都是享受。

科技馆新馆周围就是蜀西湖公园,馆区更像是公园中的一个景点,尚未进门便能感到几分生机与活力。因为是星期天,有很多小朋友组团来这里学习游玩,加上陪同的家长,科技馆内叽叽喳喳,好不热闹。

科技馆里面的空间之大超乎我的预想,哪怕只是跟随讲解员粗略地绕了一圈就用了差不多一个小时。老实说,其中讲解的许多科学原理和技术发展对于我而言已经没有了新鲜感,但看到这些东西被以生动多样的表现形式简单明了地展示在眼前时,我似乎又暂时变回了许多年前在老科技馆时那个兴奋的小孩。

兴奋异常的小孩中自然有一些没轻没重的,他们在一些互动设施上用力拍打或者拉拽,看得我都觉得心疼,担心他们把这些设备弄坏了。但是转念一想,这也许正是科技馆的重要价值之一——我曾经怀疑,在信息技术高度发达的今天,在网络上可以轻松查找到各种知识的今天,到底有没有必要花费人力物力建造一座科技馆,用于科普和教育呢?在这里我感受到了,一座实体的科技馆有着虚拟的网络世界所没有的特殊的优势:这里可以让哪怕只会兴奋地到处玩耍的孩子也能学到一些知识,可以让他们切身感受到科学原理和技术的力量。我羡慕他们从小就能有这么好的一个接受科技启发的地方,哪怕对他们而言这里真的只是公园里的一个景点,一个游乐场,但这么多小朋友里,总会有一些能在其中受到启发,感受科学研究之美与技术进步之魅力的,并立志以科学为终身事业。

期望寓教于乐就能让人进入艰深的研究领域可能确实是妄想,学术的高峰与天渊也总是要日复一日、年复一年的刻苦努力才能置身于其中,但希望的种子已经播撒到了也许是原来到达不了的地方。当他们在自己的人生与事业中获得成功之时,当人类从他们的成就中享受到便利与快捷之时,也许不会有人想到这一切开始于一次游玩,甚至他们自己也已经淡忘了这过往的经历,但总有人明白并记住——投入没有白费。

从科技馆蜀西湖馆区回来时,乘坐的车辆并没有经过黄山路,这对我而言似乎是一点小小的遗憾。虽然已经在车上看过老科技馆很多次了,但我觉得如果此时再看到也是有些特殊意义的。合肥市从一个不算大的城市成长到了今天,其中自然少不了科学技术的推进;而科学技术从历史上微末的源头,直至今天成长为人类世界的栋梁,汇聚成滋润社会的巨流,也离不开一代又一代的科研工作者和专业技术人员的努力。这一次合肥科技馆新馆之行,让我感受到了城市的扩张,科学的发展,技术的进步,以及一代又一代人为美好的新明天持续的努力。虽然新馆区离市中心更远了,但是科技让它变得近了;也正是科技带来的便捷的交通,通往这个处在城市新边疆的地方,让无数后来者能够感受到科学技术的启发,进而踏上前往科技的新边疆的旅程。

就这么想着,车停了。下了车,走在老城的人行道上,似乎又恍惚了起来。

作者简介:

刘爱克,安徽省作协会员,有散文等作品见诸报刊。

诗词人的真性情

刘　炜

一

当涂多诗。谢朓称之"山水都"，因慕青山美景，筑室山南。李白一生七次来此游历，书写不少千古绝唱，晚年来此定居，也最终长眠于此。北宋词人李之仪在此写下的"我住长江头，君住长江尾。日日思君不见君，共饮长江水"，流传千年。

在外工作，朋友常让我推荐故乡景点，我总是首推姑孰城南十八里处的太白镇。李白年幼时随父从西域往川蜀定居。五岁诵六甲，十岁观百家，轩辕以来，颇得闻矣。常横经籍书，制作不倦。经常沉溺于传统文化典籍中，学作词赋。盛唐时代，青年才俊既可饱读诗书，求取功名，又可习得武艺，边塞建功。因此，他书剑并举，又文武双全。

年少岂能不轻狂？当时的文学名家李邕出任渝州刺史，李白便想着前去登门拜访，说不定能迎来机遇。没想到此行备受冷落，他人不屑一顾还发出叽叽冷笑。于是，心中不忿之情喷涌而出，作诗回应道："大鹏一日同风起，扶摇直上九万里。假令风歇时下来，犹能簸却沧溟水。时人见我恒殊调，闻余大言皆冷笑。宣父犹能畏后生，丈夫未可轻年少。"孔子昔日曾言：后生可畏也，焉知来者之不如今也。年少的李白，心中一腔热血，满腹才华，又岂是他人能知。

数年之后，为一展胸中抱负，他选择离开川蜀，去更高的天地只身闯荡。船出三峡，心中感慨万千，写下："仍怜故乡水，万里送行舟。"登临庐山所作："日照香炉生紫烟，遥看瀑布挂前川。飞流直下三千尺，疑是银河落九天。"广为流传，成为千古绝唱。姑孰城南有一天门山。他乘舟经过，不禁心潮澎湃、诗兴大发，咏出："天门中断楚江开，碧水东流至此回。两岸青山相对出，孤帆一片日边来。"

为了实现自己的政治抱负，李白先至金陵后往长安，广交地方官吏和社会名流。在当时，文人实现入仕梦想多靠地方官吏举荐。他急求闻达于诸侯。然而众人皆钦佩他的诗才，却未有真正赏识他的官场伯乐。每日酒酣正浓时，他便放声高歌，全然忘却了世间荣辱、地位尊卑。在新平时，不仅屡遭冷落，更是生活拮据，李白不免感慨道："何时腾风云，搏击申所能。"

从此流连市井，浪迹天涯，结交游侠。漫漫长安路，大道朝天，却始终找不到出路。只得连连感慨："行路难，归去来。"如今只能拂衣而去，沉醉于杯中之物。"钟鼓馔玉不足贵，但愿长醉不复醒。古来圣贤皆寂寞，惟有饮者留其名。"在尝尽人情冷暖、世情如霜后，李白的《将进酒》字字都含酒香。虽然狂放不羁却并不颓靡，傲骨仍存。人生豪气仍在，自信与希冀并未泯灭。

在经历过所有的世事沧桑，忍受了所有的孤苦无依之后，李白的内心仍旧充满着积极向上的希望。在颠沛流离的生命旅程中，他曾七次来到当涂。年华已逝，再不复当年鲜衣怒马，更管他功名做甚。最终病逝于当涂，也葬在当涂。

民间更有传言，诗仙在饮酒时突发奇想，看到了夜空中的月亮，便想纵身一跃，追逐月华。谁知月儿不听话，竟越走越远，直至落水身亡。可知，区区人间怎值得诗仙牵挂。只愿化作明月，来世继续携一壶浊酒，仗剑走天涯。

二

上学的时候，我们都习惯在笔记本外层前后两页的硬质内壳上抄上一些歌词。压力大、感到紧张之余，随手便能翻来看看，情不自禁地默默哼唱。此刻，所有的烦恼忧愁似乎都烟消云散了。

工作以后，我也随身带着小一些的笔记本。用于记录一些工作日程安排，或是突发奇想的文学灵感。不同以往的是，内壳上抄写的不是歌词，而是一些诗词。近期抄写的是北宋婉约派词人柳永的《望海潮·东南形胜》。全词大开大合、波澜起伏，同时虚实结合，每每读来，爱不释手。

柳永自小生活在官宦之家。年幼时便学习诗词，期待有朝一日可以博取功名，学以致用。十八岁那年准备进京赶考，便一路由钱塘入杭州。因留恋城市的热闹繁华与生活美好，便在此滞留。《望海潮·东南形胜》一出，便震撼人心、广为流传。他也因此声名鹊起，一时间众多官僚士子纷纷争相与之结交。据野史记载，完颜亮一心要攻打宋朝，便是因为看到了柳永的《望海潮·东南形胜》一词，对其中"有三秋桂子，十里荷花"心向往之，羡慕不已。

当时的宋词好似今日的流行歌曲。青楼歌姬唱着固定的曲调，由文人墨客争相填词。在柳永来到京都汴梁后，有感于都城的繁华。一边准备科举考试，一边过着纸醉金迷的生活。将其满腹才华浓缩于辞赋之中，可谓"承平气象，形容曲尽"。他本是踌躇满志，自信满满可以高中。等到放榜那日，没想到自己却名落孙山，不禁羞愧万分。其实，不必把解决阶级固化、实现阶层上升的使命，完全付诸一次考试。可是，对一个满腹才华的青年才俊来说，出乎意料的失败定会带来沉重的打击。在万般愤慨之下，他大笔一挥，写下《鹤冲天·黄金榜上》。"何须论得丧？才子词人，自是白衣卿相。""忍把浮名，换了浅斟低唱。"尽情地展现自己愤愤不平与叛逆狂放的个性。

事物总有两面性，一首词可以让你名扬天下，也可以让你进入科举的"黑名单"。九年过后，又是一次科举考试。当年宋真宗在京城审阅殿试试卷时，一眼看到柳永的名字。一想到《鹤冲天·黄金榜上》，便感到深受侮辱，气不打一处来，不由怒道：且浅斟低唱填词去，要什么浮名！这世上所有真性情的人，其想法和做法总是与众不同。柳永一看皇帝的意思，知道自己此生与高中再也无缘，心情索性由愤慨逐渐变得释怀。与其做个虚伪的文官阿谀奉承、粉饰太平，倒不如大大方方地在烟柳巷陌作词。于是，大笔一挥，为自己赐号"奉旨填词柳三变"。

有情有义也是文人的一种风骨。当时的歌姬能歌善舞，可谓琴棋书画，样样皆通。当时的权贵常常来青楼与其互相唱和。也许，在士大夫阶层心中，她们只是陪同玩乐且无足轻重的，地位低微。或是体现自己高人一等，来此为红颜一掷千金，终是人生过客。若是人生如意，家世昌盛，又怎会有女子以此为生？每个人都有自己的故事，可是没有人愿意了解她们内心的孤寂与悲惨的身世。于是，柳永的出现，让她们找到知音。唯有他，懂得这些强颜欢笑背后的泪眼蒙眬。"系我一生心，负你千行泪。"他曾经举杯向明月，作词数百篇，引得民间传言"凡有井水饮处，即能歌柳词"。他曾经心绪阑珊，功名旧梦藏于心间，浮名换得浅斟低唱。如今，只得感慨"同是天涯沦落人，相逢何必曾相识"。从此，眠花宿柳，歌尽风尘。

四十岁那年，当仕途失意的柳永出走京都之时，只有红颜来此为他送别。在感慨万千之际，他写下千古名作《雨霖铃》。"执手相看泪眼，竟无语凝噎。""便纵有千种风情，更与何人说？"若非与红颜荡气回肠地真心相爱过，又怎会写出这情真意切、流传千年的名句。他与歌姬之间可谓相知相惜，青楼女子的心弦被他的一词一句深深触动着。柳永真正做到了"才子词人，自是白衣卿相"。

五十岁那年，仁宗亲政，特开恩科，对历届科场沉沦之士的录取放宽尺度。柳永暮年及第，终究得以进入仕途。一生漂泊四海、临水登山，终究可以一展雄才。只是年华已逝，不复少年时。其任期为政有声，被称为"名宦"。

民间传言，他去世之后，全汴梁的歌姬纷纷自发排成长队，泣不成声。此后每年都会去凭吊，谓之"吊柳七"。生前，自当红尘浪客，引得尘世百花为其争相开放；逝后，也凭一世才情赢得满城红装，卷起漫天芳华。无论后人评他一代佳话，抑或风流艳俗，也都随风去了。

作者简介：

　　刘炜，安徽省作协会员，有散文等作品见诸报刊。

鸟鸣做伴

刘雪芳

清晨,又一次被鸟的叫声惊醒。

"叽叽,叽叽,叽叽叽……"充耳都是鸟的碎语。听着如此明澈的鸟语,我总不敢遽起,怕惊动它们。看它们上跳下跳,片刻不停,一边跳一边抛下珠玉一般的粒粒鸣啭,心情也像是被清洗过一般,平静,祥和。

我不是公冶长,不懂鸟语,却爱听,就像一个不懂音律的人偏爱听音乐一样。鸟声多变化,有时像绵绵春雨,缠绵而婉转;有时像狂风暴雨,干脆而密集;有时喜悦,如咏叹调;有时悲伤,如小夜曲。当你静下心来听,就会觉得它们在演唱一首首曲子,唱得深情而专注,不管听来是什么心情,永远都是清澈的。我对小鸟总怀着感恩之心,如此妙音,无须预约,不用买票,怎能不让人心生感激?

有时候独坐院中,时间的空白处,就会滋生寂寞的青苔。不愿扰人,不愿被打扰,便在此时撒下果子皮,一会儿,便有小鸟如约而至。它落在地上,尖尖的嘴啄着地上的食物,不时"叽叽喳喳"地叫着。当我看着它时,它也看着我,它的眼睛如黑玉般纯粹,似一汪深潭。它看看我,啄一下,再看看我。我不敢移动半步,屏住呼吸,怕惊扰了它。

小鸟还是要走的,它不是家养的禽类。它们属于天空,喜欢让风清洗羽毛。唯有如此,它们的声音才会那么清亮,就像明晃晃的玻璃。一阵风来,吹动了树叶花草,或者周围的一声响,都会让它们"扑棱"一声飞不见了。我目送着它们飞入蓝天,直到看不见。

鸟是通人性的。很多鸟不惧我,看我的眼神是欢喜的。有一种鸟,时常在清晨和黄昏时在我窗前鸣叫,似在唤我的名字。我叫来朋友听,朋友说:哈,真像呢!相处久了,越来越多的鸟扑到窗前,与我打招呼。

"蝉噪林逾静,鸟鸣山更幽。"不管鸟落在何处,都会给这个世界带来更深的静谧。似乎只有鸟鸣调和了噪与幽的矛盾——蝉声的格调与鸟鸣相比,终究要差很多的。

有人说,鸟是树的花朵。的确,每只鸟都是一朵盛开的花,时时散发着清香。

有鸟鸣做伴,再简陋的居室,也有几分秀丽;再喧哗的闹市,也有几分安宁;再忙碌的人,也有几分清闲。

《幽梦影》言道:"春听鸟声,夏听蝉声,秋听虫声……方不虚生此耳。"当一个人伫立于自然中听各种鸟语,他就是一个幸福的人了。因为能听鸟语的人,他的心该有多么宁静,他的耳朵该有多么干净——鸟鸣就是清澈的泉水啊!

我喜听鸟鸣,所以我是一个幸福的人。

作者简介:

刘雪芳,女,70后,安徽省作家协会会员,作品散见于《中国建材报》《中国应急管理报》《成都高新》《工商文汇报》《精短小说》《河南经济报周末版》《中国三峡工程报》等报刊。出版散文集《鸟鸣生香》。

春节，总是让人心动

鲁 斌

春节非同小可，作为中华民族最传统、最隆重、最有凝聚力的节日，它在国人心目中的分量太重了。不同时期、不同年代、不同年龄的人，对于相同的春节，自然会有不同的感悟和体会。

永存的梦幻

我们家乡有句俗话："大人盼插田，小孩盼过年。"打从记事开始，我和众多孩子一样，一到农历腊月，便眼巴巴地盼着春节早日到来。在那个物资极为贫乏的年代，到了春节，我们才能过上平日不敢想象的奢侈生活。

那时电视是稀缺的，但节日一样丰富多彩。从除夕开始，贴年画、贴春联、穿新衣、吃上难得的可口饭菜、提上迷人的小灯笼，点上喜庆的鞭炮，揣上为数不多却十分珍贵的压岁钱，跟上大人挨家挨户登门拜年。这些已经够让人开心了，何况，过年那几天，再淘气的孩子也能享受挨打豁免权。

日子虽过得紧巴，可家家户户的年前准备却紧锣密鼓、毫不含糊。首先是腌白菜。这是父亲的绝活。他早早买来成捆的大白菜，晒干后再踩入大水缸内，这便成为我们冬天的"当家菜"。其次是小年扫尘。打扫卫生，整理屋子，营造干净清爽的环境。接下来便是父亲带着我和弟弟去西门的三里社排队磨豆腐，豆腐坊里热气腾腾，人头攒动。我非常乐意协助父亲推磨，亲眼见那乳白色的豆汁从石磨间溢出，贪婪地嗅着那浓郁的豆香。

母亲这时候就更加忙碌了。洗衣浆衫，置办年货，忙得不亦乐乎。炸圆子、打年糕、熬米糖、做卤蛋、包春卷，一桩桩地办。母亲灌香肠的手艺堪称一绝，堪比父亲的腌白菜。由她掌勺的一桌丰盛年夜饭更让满屋飘香，全家叫好。

难舍家的感觉，最忆年的味道。儿时的一幕幕恍然若初，如梦如幻，孩童时期似乎只有一个纯朴的想法：平常的日子如果都像过年这样，该有多好。

永久的记忆

长大步入社会后，对于过年，感觉又不一样了。

春节时大团圆，是亿万个奔赴。不难想象，九百六十万平方公里的神州大地上，每年春节来临，有无数个围绕轴心旋转的向心圆在飞舞，这种春潮涌动是中国特色。后来，"春运"一词也就应运而生。

入伍后，连续两年春节都是在北方军营度过的。军营里的春节，别有一番滋味。1979年的春节是我平生第一次在异乡过年。除夕当晚，部队机关大灶组织会餐，每桌都有十几道菜，大家吃得满口生香，特别是那道猪肉炖粉条和北方水饺成为年夜饭中大家的最爱。

1980年春节，济南机场大雪纷飞。我参加完机要值班后，去看望几位战友。当我徒步来到场站警卫连胡顺生战友的宿舍，掀开他的被子，却发现这位老兄两眼通红，正是"男儿有泪不轻弹，只是未到想家时"。

1981年春节前夕，归心似箭的我终于赶上春潮，乘上了归乡的127次列车。那个时候，客运尚不健全，火车是在下午两点抵达省城的，却苦于没有班车赶往桐城，只得留宿军人接待站，一夜未能成眠。

次日清晨，我早早跑到汽车站，乘上了首班车，见到久别的亲人，泪水模糊了双眼。这一年，家中可谓喜事连连，佳音不断：先是父亲被组织委以重任，进入局领导班子；然后是弟弟考入上海名校；工作已满三年的大妹被厂里评为先进生产者；读小学的小妹寒假前捧回了"三好学生"奖状；我自己则刚刚穿上"四个兜"，成为一名年轻的军官。曾多次荣获"三八红旗手"和"先进生产者"称号、提前退休的母亲说道："你们都有喜事，比我自己中奖还要高兴，全家人一块儿乐呵吧！"那年春节，我们燃放了一万响的鞭炮，喜庆气氛直到今天依然在我脑海中回荡。

作者简介：

鲁斌，安徽桐城人，创作出近百万字的散文、诗词等作品。

鸡之趣

陆 程

看见有人挑小鸡崽卖,不由想起小时候母亲孵小鸡的事来。

春节过后不久,母鸡就开始抱窝了。妈妈会在靠近书几的墙角用干稻草铺一个厚实的草窝,把精挑细选出来的新鲜鸡蛋小心地摆放在窝里,然后将那只老母鸡请来,恭恭敬敬地放在鸡蛋上。一般会选一只性子坦的老母鸡,身体肥硕的最好。说来也怪,上了窝的老母鸡特别温顺,每天乖乖地趴伏在鸡蛋上一动不动,只偶尔起来吃点小米青菜、喝点水,一蹲就是二十天左右。

过了几天,夜深人静的时候,会听到老母鸡翻腾鸡蛋的声音,外面的翻到肚皮底下,下面的翻到上面。那声音特别温柔,令人心动。有时候妈妈也会来帮忙,说是要让所有的鸡蛋都均匀受热。不过,即使这样,抱窝的头十天里还要再进行几次筛选,就是"照蛋"。有"头照""二照",还有"三照""四照"。晚上,暖黄的灯光缱绻,被书几阴影遮挡住的角落里,老母鸡安安静静地蹲伏在窝里,小小的、圆圆的、薄薄的眼睑耷拉下来,似醒非醒。妈妈把它往窝旁边挪了挪,再把每一个鸡蛋都掏摸出来,一个个地对着灯光照,仔仔细细,左看右看,上转下转,再小心翼翼地放回草窝,总是会挑出一两个,说是废了。我不懂"废了"是什么意思,也不知道到底能看出啥,却总是好奇地蹲在旁边,也歪着脑袋装模作样地看。

"三照""四照"后,那些蛋就不再动了,静等着出窝。那几天夜里,老母鸡不安分起来,总是在蛋壳上笃笃笃地啄,应该是和崽崽打招呼吧。突然有一天,你会听到微弱的唧唧声,一声两声三四声,然后响成一片。那些鸡崽儿或是自个儿,或是在鸡妈妈的帮助下,一下一下啄破了蛋壳,努力探出了湿漉漉的小身体,有些笨拙,却猝不及防地击中你心底最柔软的地方。

　　毛毛干了的鸡崽儿最萌最可爱,毛茸茸的胖球儿似的,嫩黄的嘴儿,光亮润泽有纹路的爪儿,短短的小翅膀总是紧张地微微张着,努力维持着身体的平衡。特别是那双圆溜溜的小眼睛,多么纯澈,多么干净,多么莹亮,颗颗粒粒都像浸了水的小小黑葡萄或玛瑙石似的。带着对这个世界的新奇和忐忑,带着无措、懵懂和无辜,让你不由自主地小心起来,温柔起来。

　　再长几天,鸡崽儿的腿脚都硬实了许多,便跟着鸡妈妈出去遛弯撒欢,院子里、篱笆下都成了它们的天下。你啄我一嘴,我抢你根草叶,再不就探个险,耍个宝,你追我赶,瞧见情况不妙又飞快地跑回鸡妈妈的身边,偎在蒲扇般的翅膀下,叽叽喳喳,那个闹腾。而鸡妈妈则雍容端庄地迈着步子,逡巡着,有几分矜持和高傲。原来抱窝的好脾气早就没了,对于靠近的一切,一律抱着警惕和排斥的态度。愤怒时,它抻着头,脖颈上的毛像是被倒着捋,整个儿竖起来,小眼睛圆睁着,翅膀向两边大幅度张开,爪子紧紧抓住地面,坚硬有力,喉咙里发出低低的咯咯声——若是人,应该就是面目狰狞,青筋暴起了。

　　面对这样玩命护仔的鸡妈妈,我们小孩子纵然再想去亲近,也是望而却步。

　　后来,因为自家孵小鸡比较麻烦,出壳率低,不少人家就从炕房买小鸡回来喂养了。这些小鸡崽刚刚破壳不久,摇摇晃晃的,被圈在一个用竹篾围成的圈子里,底下铺了张白色塑料皮,中间再放一个带底座的圆槽,槽里放了水,周围撒上碎米粒儿或是碎菜叶。小鸡崽们啄食、喝水、打闹、奔跑都囿于这一小圈儿的地方。有个别活泼的,或是胆儿大的,不满意这一圈儿世界,总是尝试着跳出来。偶尔有一两只成功的,在外面撒了欢儿地跑,也有的因为陡然不见了同伴便惊惶地叫,惹得圈里唧唧声应和一片。

　　对我们来说,最开心的就是这些鸡崽没有鸡妈妈的看护,可以自由地看,自由地摸,还可以趁着大人不注意捉一只玩。那一蓬毛茸茸、软萌萌的小东西在我们不大的小手掌里惊慌地唧唧乱撞，柔弱的爪子紧张地扒着我们掌心的肉肉，急了还可能会啄那么几下。不过，那啄、那抓就像是鱼儿的轻吻，羽毛的撩拨，痒痒的，酥酥的……简直萌化了人的心。

大多数鸡崽都是淡鹅黄色的，很少有黑的和花的，个别有那么两只特别受宠。但是，无论我们如何喜爱，大人再是精心侍弄，过不几天总有几只鸡崽夭折。一旦发现哪只鸡崽耷拉着脑袋，无精打采的样子，或是拉了稀，妈妈就会把它挑出来单独放，十有八九是活不了了。偶尔也有奇迹，将濒死的鸡崽扣在一个瓷盆下，用棍子使劲敲打几下，可能会起死回生。这是顶怪的一件事。

和所有的小动物一样，鸡崽大了就不好玩了，我们慢慢地对它们失去了兴趣。这时候大人会给它们打预防针。自个儿买了药按照一定比例用水搅开，灌满粗劣的针管。在一个有月亮的晚上，把鸡从笼里抓出来，拽着翅膀就是一针，呼拉一下丢到旁边，再抓下一只，动作精准、流畅、迅速、粗鲁，一气呵成，那场面叫一个鸡飞狗跳。

尽管这样，鸡瘟还是防不胜防，暴发后往往是去三留二。甚至一窝子的鸡崽最后也就剩下十几只了。侥幸存活下来的，不知道是被这瘟病折腾得形销骨立，还是突破了生长瓶颈，脖子长、腿长、一身的毛脱落得七零八落，像人生了斑秃，丑得不忍直视。

病死的鸡有三四两重，大人一般都舍不得扔，将死鸡打理干净了，用盐腌制了，挂在屋檐下暴晒几天毒太阳。吃的时候用开水烫了，配上顶辣顶辣的红辣椒爆炒，也是一道美味佳肴。

再后来，公鸡贴饼、小鸡炖蘑菇等都成了家常菜。某日，若是在饭桌上见到一盘色香味俱全的炒鸡蛋（汪曾祺先生文里叫"巧蛋"或是"拙蛋"），我知道，应该又到孵小鸡的时候了。

作者简介：

陆程，笔名春色三分，曾用笔名一弦弯月，网络作家，在逐浪女频、书旗等平台发表古言长篇小说《疤痕王妃》《至尊毒后》《将门嫡媳：许你江山如画》等。

香樟的樟，香樟的香

吕先斌

香樟，是我们池州的市树。

漫步池州小城，随处可见香樟树：公园里香樟成林，葱葱郁郁一片；庭院中香樟守默，静静自绿；绿化带香樟成行，给道路描上两抹青翠。最让人称道的是兴济桥头那棵香樟树，池州游子所谓"看见香樟看见家"，说的便是它。

兴济桥，横卧在清溪河上已四百多年，满面沧桑，沉沉欲睡，谁能给它活力？谁能给它注入灵性？唯西岸香樟也！它已六十余岁，足可两人合抱。远远望去，粗大的树干顶着庞大的树冠，像一把巨伞，覆盖的地面，直径十米有余。古人描述香樟树为"孤干直指，交茎乱倾"，可谓形象。

春天落叶，夏季开花，香樟异于常树。春意盎然的时节，新叶老叶交替，有绿有褐，似红似黄，斑驳点染。飒飒风来，老叶缤纷而下，落红满地；嫩叶新绿，被阳光照亮，像蓝天上数不清的小鱼在游动。初夏，清香阵阵袭来，行人抬头四寻，才惊见樟树花开，更诧异于这毫不引人注意的细碎的小黄花，怎能散发出这般沁人心脾的香气？我想这是因为樟树的身躯里蕴藏着无穷无尽的芳香物质吧！

我常常来拜访这棵大樟树，仰望它的树冠，抚摸它的树干，细嗅它的清香。它静立在花坛中，花坛外的长椅上散坐着颐养天年的老人，他们或弈棋，或打牌，或聊天，或发呆，悠闲自在，怡然自乐。

去年初夏，我来树下寻故事，碰到一位从园林处退休的老人，他和这棵香樟有着特别的缘分，与我谈起这棵树的故事。那是一九五八年，这里一片荒芜，有一位中年人开垦出一块菜地，栽下了一棵香樟树苗，当时只有一米高，手指粗细。他时常浇水施肥，看着它慢慢长大。三十年过去了，他头发渐白，而它已枝繁叶茂，还在不停生长，他却撒手人寰。老伴接替他守护这棵香樟树，直到一九九二年，东湖路要在这里修建，这棵香樟命运难测。视树木花草如命的园林人，岂能眼睁睁地看着一棵大树倒下呢？经过多方努力，终于保留了这棵大树，园林工人还特意建了一个花坛，把它保护起来。

随着兴济古桥的修缮完工和清溪河公园的建成，这株香樟树成为池城的一道美丽景观，大树与古桥相映成趣，绿地与香樟相得益彰，这里成了城市居民休憩和外地游客观光的重要场所。老人从回忆中走出来，大家纷纷盛赞老人当年的善举。一个城市需要绿树，更需要爱树护树之人。

又是一年仲春，在樟树下，我偶遇了一位退休官员，他说，现在自由地徜徉在这个城市的每个角落，也时常享受着这棵大樟树的阴凉和馨香，和熟悉的老人们插科打诨，感觉很幸福、很满足。

他说，为官之道，与树甚似。这棵香樟树，根扎得深，才身强枝壮，风吹不倒，雨打不伤，立于不败之地；特异体质使它葆有特殊的免疫力，不惧虫害侵袭，才能叶茂花繁，把馨香播散在人间。为官者，为民者，都来香樟树下省悟一番，抑或有得。

老官员一番话，使我动容，使我浮想联翩。为樟不易，为香更难。独善其身者，兼济天下者，若皆具樟之性、香之心，那人间便更多几分美好。

作者简介：

吕先斌，安徽桐城人，作品散见于《中国文艺家》等。

远去的江轮

毛庆明

我的出生地是安庆，长江北岸的一座古城，始建于南宋，距今已有千年历史，还是黄梅戏之乡；我的工作地在马鞍山，是长江南岸一座因钢铁而建的新城市，这里的人以铁为生。安庆在上游，马鞍山在下游。

二十世纪，往来两地间靠的是长江上行驶的客轮。安庆老乡直观地将跑短途的称为"小轮"，长途客轮称为"大轮"。从安庆到马鞍山，走下水，大轮顺江而下，船速快，只需十二小时；从马鞍山到安庆，逆流而上，走上水，需要十六小时。

刚参加工作那阵子，一有假期我就往家跑。一只包里装换洗衣服，一只包里装给母亲买的礼物。那时候年轻，活力满满，即使买不到等级舱位也无所谓。坐在大轮用来拴缆绳的铁墩儿上，趴在船舷上，看随船飞行的江鸥。渴了，穿过满地或躺或卧的无舱位乘客，去餐厅买保温桶装的冰水，穿着厨师服的大叔用一次性杯子给我接了满满一杯，我端着杯子小心翼翼地原路穿回，却发现铁墩儿上已坐了别人，于是倚着船舷，盯着江水中的一处漩涡，不紧不慢小口喝冰水。

盯着一处水流久了，会有停滞不动的错觉，以为船抛锚了。惊觉中抬头，看向江对岸，青山依旧，草木葱茏，正缓缓后移。看看腕上的电子手表，好像时间也停滞了，于是叹口气，再去餐厅买冰水。卖冰水的大叔老远见我深一脚浅一脚地过来，就笑，用武汉话喊：油火以北（又喝一杯）！我也笑，接过第二杯冰水，深一脚浅一脚地往回走。过了饭点的餐厅用布帘隔起来放录像，卖冰水的大叔兼录像厅售票,录像带多年不换,总是那几部香港武打片,录像名写在布帘外的小黑板上,看录像的乘客都是无舱位的,并不在意影片内容,只想借此获得一个可供休息的座位。江风掀开布帘的一角,里面的乘客抱着行李在一片打打杀杀声中昏昏欲睡。

成家以后,回安庆的次数少了,变成了一年一次,且固定在春节。带着女儿,就不能无舱位了。于是每次购买安庆回马鞍山的船票就成了大问题。托过同学的同学、姐姐的同学,也找过黄牛。有一年,试过所有能想到的办法,依然一票难求。眼看着假期到了,我只好决定买张无舱位船票先走,孩子跟我当老师的大姐晚些时候再回。那是第一次和女儿分离,我跟女儿耐心地解释了原因,女儿很懂事地点头,然而到了登船那一刻,女儿还是忍不住在大姨怀里放声大哭。我往回跑,想带女儿一起走,被大姐理智地拦住了。我像只无头苍蝇,又掉转头往船上跑,寻了个舱门边的巴掌大地方,席地而坐,裹紧大衣,吹着江风直到天亮。

即使买到了等级舱也并非万事大吉。在轮船二层中部,有一个极小的房间,正面是窗户,后壁挂着一面布帘,布帘上缝着一个个小布袋,小布袋里是一个个写着几等舱、几号床位,以及上铺还是下铺的红色小塑料牌。蜂拥上船的乘客又蜂拥到小房间跟前,递上自己的船票,换一张红色塑料牌,然后依照塑料牌上的数字,寻找属于自己的床位。我抱着女儿在船舷边等,心想,大家为什么不能排队按顺序领取呢?等人群散去,我才发现犯了大错,乘务员迟迟不见我来,以为我没登船,已将我的床位卖给了一个奋勇挤在一群候票人最前面的乘客。虽然乘务员事后想尽办法为我调到了一个床铺,但已是一小时以后。

后来我学会了,一登上船,就把女儿抱到盥洗室,让她待在一角,嘱咐她任何情况都不要动,然后摘下眼镜,冲到中部小房间,举着船票拼命挤进人群,大喊:要下铺!

找到自己的床铺,安顿好行李,才是美好旅程的开始。将一次性餐布在床铺上铺开,摆上方便面、水果、奶制品、坚果、果脯等。美食都是临行前一天就采购齐全的,应有尽有。轮船沿途停靠码头,就会有商贩隔着跳板和船上的乘客交易,卖当地产的桐子叶米粑、茶叶蛋和卤干子，船上的乘客询好价，就从钱包里数出相应的钱款，岸上商贩伸过来一根长竹竿，长竹竿顶端绑个网兜，钱款就放进网兜里，商贩收了钱，再将食物放进网兜里，连同找的零钱，一起递回给乘客。

吃饱了就去船尾看江景。看"两岸青山相对出"，看"秋水共长天一色"，看"春来江水绿如蓝"。背诵杜甫的"无边落木萧萧下，不尽长江滚滚来"，李白的"天门中断楚江开，碧水东流至此回"，李清照的"至今思项羽，不肯过江东"，李煜的"问君能有几多愁，恰似一江春水向东流"。起先是我教女儿背，再后来能打个平手，再后来我就渐渐落了下风。长江是中华民族的母亲河，古往今来，寄情于此的诗人墨客不知有多少。

站在船尾，抬头就能看到绑在客轮顶层的救生艇。长江风平浪静时居多，但也有例外。曾经有一次，船行途中遭遇特大暴雨，天黑得像锅底，浪花冲过船舷拍打着紧闭的舱门，船体急剧摇摆，不得已，船在江心抛了锚，船长稳了舵，被动地等待风平浪静。终于雨过天晴，天光泛白，安庆地标振风塔清晰可辨，乘客们才松了口气，纷纷走出船舱，和岸上迎接的亲友相互挥手致意。客轮一声长鸣，如得胜的将军班师回朝，昂然驶进八号码头。

后来，江面上建起了一座座斜拉式公路桥。再后来，沿江高速贯通，乘坐大巴或者自驾往返，单程只需要三小时；宁宜城际高铁建成通车，更是将两地之间缩短到一个半小时的路程。长江客轮的班次逐年减少，终于在一个未知的日子里彻底消失。

滚滚长江东逝水。长江客轮虽然慢，但依然能到达你想去的地方，那里或许有外婆站在鱼鳞坡上翘首张望；或许有父亲的二八大杠，载着疲惫的你回家。那是一个时代的记忆，是一段只能追忆的似水年华。

作者简介：

毛庆明，毕业于天津商业大学，作品散见于《中国妇女报》《中国冶金报》《作家天地》等报刊。

不够爱我的妈妈

梅永远

一

在我未出生前,妈妈一直想要一件"贴心小棉袄"。

哥哥来到这个世界后,虎头虎脑的他给全家人带来了无尽的喜悦。过了三年,我又呱呱坠地。

当时家里接连遭遇洪水,境况非常窘迫。家人们还是很开心地欢迎我这个小生命的到来,只是妈妈有点儿失望,但她再生就违反政策了,搭上末班车的我能来到这个世界,已是足够幸运了。只是,妈妈的那件"小棉袄"是铁定要不来了。但这个念头从未消失过,在我两三岁的时候,她的这个愿望终于要实现了。

镇上有一户姓张的人家,家境殷实,美中不足的是接连生了两个女儿。户主小张心有不甘,一心想要个儿子延续香火。功夫不负有心人,他不知怎么就打听到妈妈想要个女儿,便请求用他的小女儿换妈妈的小儿子。巧的是,他的小女儿还和我同岁。

事情进行得很顺利,本来就是你情我愿的。虽然我长得说不上多可爱,但求子心切的张叔叔放下女儿,如获至宝地抱起我就走。他出门没走几步,妈妈就哭着追了出来,拼命地把我抢了回去。

记事的时候,妈妈就经常紧抱着我,凑到我耳边说:"差一点儿哟,你就成了别人的儿子!"更巧的是,上小学的时候,我居然和那个差点跟我交换人生的小女孩同桌。看着她衣着光鲜地坐在我旁边,我心里竟然有些酸溜溜的。尤其是她有一只自动铅笔盒,更让我艳羡不已。

放学回家后，我闹着要妈妈给我买只自动铅笔盒，闹了半天，终于有了结果——妈妈狠狠地在我屁股上扇了两巴掌。我独自一人躲在草垛里哭了起来。

秋收堆积的稻草既裹着乡野的粗糙，又带着亲切的柔软，既泛着草木醇厚的香味，又夹着发酵郁积的酸味。我在稻草垛里哭得很伤心，认为妈妈不够爱我，恨她差一点儿把我换给了别人，又恨妈妈没有把我换给别人。哭着哭着，我就睡着了。

醒来时，我发现自己躺在妈妈的怀抱里，真不知道她是怎么找到我的。

后来，每当妈妈抱着我说出那句话时，我就有了一句回应的台词。

"差一点儿哟，你就成了别人的儿子！"

"妈妈，你不爱我，要不然你怎么舍得把我换给别人！"

这时候的妈妈不说话，只是用力地咬我的耳朵，咬得很疼很疼。

二

童年时代是贫穷的，嘴馋的我，对此记忆尤为深刻。

刚上小学后的一个星期天，我和哥哥在晒稻场比赛抽陀螺。那是我小时候唯一的玩具，还是爸爸手工制作的。我们俩正玩得兴起，隔壁的阿姨过来了，给了我们哥俩儿一捧熟花生。

我马上就欢呼雀跃了，哥哥却拦着我不让我吃。从小孝顺的哥哥把花生散放在一块石板上，细心地分成了四份。接着，哥哥先把爸妈的两份花生装进了两个口袋，这才和我一起享用各自的花生。

清苦的童年几乎没有零食，几粒花生就成了莫大的美味，我和哥哥很快就风卷残云般消灭了自己的那份花生。当我"吧唧"着嘴觊觎着哥哥鼓鼓囊囊的口袋时，机灵的哥哥立马明白了我的企图。

秋日的山野五彩缤纷，热烈的黄叶、晶莹的红果、翠绿的灌木，争先恐后地挤在路边，干涩的黄土小道上，跳跃着我和哥哥小小的身影。

哥哥往爸妈劳作的地里拔腿跑去，只是为了保住给爸妈的几粒花生。他一边跑一边喊："这是给爸爸妈妈的！这是给爸爸妈妈的！"

没多久，哥哥就把我落得很远。

秋日的和风轻轻地呢喃着，掠过我稍长的头发。澄澈的蓝天上，悬着几片倦怠的浮云，一动也不动。碧空如洗，白云如练，天地之间宁静得可怕。

当我跑过拦着一涧溪水的小堤时，脚下一个趔趄，便滚下了小堤，手里握着的陀螺棍子却戳到了我的右眼！

爸妈被我凄厉的哭声惊动了，当他们看到我血淋淋的眼睛，吓呆了，急疯了，抱着我拼命地往卫生所跑。那段记忆几乎是空白的，但妈妈一路上撕心裂肺的哭声，到现在还清晰地回荡在我的耳边。

好在那根倒霉的棍子只戳到了我的眼角，没有伤及眼球，爸妈总算长出了一口气。紧接着，麻烦又来了，我的眼睛一直不能消肿，这可急坏了爸妈，他们天天背着我上医院，与此同时，妈妈又到处求神拜佛。一切可能有用的方法，她都会不遗余力地去试一试。

过了一段时间，我的眼睛终于康复了。不知是因为医院的治疗，还是因为妈妈祈求的神佛护佑。

三

再后来，我到了省城读书。那时候学校流行"乞丐装"，就是把牛仔服剪得千疮百孔，越是破烂越是够味。我虽然没有把衣服绞几个破洞的勇气，但也含蓄地把牛仔裤的裤脚撕开了几道口子，在校园里潇洒走一回。

放寒假了，我穿着那条破裤子回家。等到了家门口，我才想起来应该换条裤子。可是已经迟了，妈妈的眼中带着尚未褪尽的焦急匆匆地迎了出来，照例把我从头到脚看了个够，抚着我的脸，叨念着那句永远的话："又瘦了。"

当妈妈看到我的裤子，她用手撩起我的裤脚，满是担忧地问："怎么回事？"

我自然不能说是自己撕的，妈妈不会理解，也不可能理解。

我说不小心刮的，妈妈突然乐了，"你刮上猪八戒的钉耙了，搞成这个样子！快脱下来。"

我顺从地换下裤子，当妈妈拿着裤子找来针线时，我慌了，一把夺下裤子问道:"妈,你要干吗?"

"干吗?补裤子啊,裤子破成这样还问,也不知道你怎么好意思穿回来的!"说着,妈妈伸手来拿裤子,我慌忙躲开,口中连连说道:"妈,你眼睛不好,我送到学校的裁缝店去补好了,很便宜。你别累着了。"

妈妈没有再说什么,却掩饰不住满脸的欣慰之色。

寒假结束了。临行前,我翻出那条牛仔裤,这才发现裤脚已经被妈妈补好了。我托着那条裤子有些哭笑不得,看见妈妈一脸爱怜,我只好尴尬地笑了笑,无可奈何地穿上了裤子。

"现在家里还好,你不要太省了,干吗非要穿这条破裤子,不要被同学们笑话了。"说着,妈妈又塞给我一卷钞票,破破烂烂的,有零有整的,不知道这是她卖了多久的蔬菜才换来的。

我欲言又止,只是在心里盘算着,等出了门再撕开裤脚吧。

我背着装满了食物和叮咛的大包上了长途汽车。车开动了,妈妈跟着汽车跑了两步,又喊了一句什么话,我没听清。我只看见她那瘦弱的身影消失在车尾漫天的烟尘中,尾气和灰尘的味道呛呛的,我的鼻子酸酸的。

我找了一个后排靠里的座位,坐下后就去撕那别扭的裤脚。我用力一拉,竟然没有反应,我又加大力量,还是没撕破。我忍不住翻看了一下裤脚的反面,只看了一眼,我就再也没有半分勇气去撕了。只见裤子上每一道口子都被一排排细密的针脚缝得牢牢的,每一针都那么整齐匀称,每一针都刺在我的心上。我的脑海里立刻浮现出妈妈戴着眼镜吃力地穿针的情形,泪水一下子涌了出来……

到现在,我依然保存着那条牛仔裤。每次看到它,我眼角的伤疤似乎还隐隐作痛。愿上天保佑,那不够爱我的妈妈哟!

作者简介:

梅永远,安徽广德人,迄今在各类报刊发表作品超过百万字。出版有长篇纪实小说《老鼠会:我的传销江湖》、故事集《耳朵里的种子》、儿童文学《豆豆和北北》等。

忆祖父

牛玉草

祖父去世已经六年多了。六年来,我不敢触碰与祖父有关的文字和图片。

祖父去世后,我无法相信他离开了我们,一直觉得他还在,还会笑呵呵地推门进来。祖父火化的那天,我才确信他真的走了。

祖父之死一直是个谜。在祖父去世前的那一年里,他的性情就有些反常,经常莫名其妙在梦中大喊:"强盗来了!强盗来了!"那一年里,祖父便秘,经常在县中医院灌肠,不仅如此,还查出祖父患有肺癌以及腰椎间盘突出,这些病常常让他痛苦不堪。老叔分析,或许是邻村有人出殡放鞭炮惊吓到了祖父,使他误认为强盗来了,从床上爬起,慌不择路跌进沟里,也或许是祖父受不了病痛的折磨,不想负累子孙选择了轻生。不管如何,祖父以这种方式离开,我们难以接受。那时候的祖父有多冷,多绝望,多孤独,多痛苦。

祖父出殡的场面很隆重,四邻八村的人都来送行,这是祖父的人品赢得的。祖父以前当过民兵营长,人们都亲切地称他为"老营长"。不管邻里之间、夫妻之间还是亲戚之间,有了矛盾,大家基本上都找祖父调解。祖父不管多忙,不管多累,都不厌其烦。他并不懂话术,只是一心替别人着想,耐烦。

年轻时的祖父身世悲惨。祖父的父亲在二十八岁时不幸被强盗打死,幼小的祖父跟随母亲回到了姥姥家。因为家贫,祖父只读了两年书。年轻时的祖父先后一个人主持埋葬了自己去世的姥爷、姥姥和舅舅。后来又主持埋葬了因病去世的前妻。我的祖母因为忍受不了前夫的殴打和折磨,一路逃荒到寿县,经人介绍认识了我的祖父。在祖母的眼里，能够遇到如此宽仁的男人是她的福分，她为祖父生下了三儿一女四个孩子，成了一大家子。据祖母说，祖父一辈子没舍得动她一个手指头，对祖母嘘寒问暖，疼爱有加。

我清楚地记得，小时候，祖母炕馍，一锅又一锅的馍馍全被祖父一个个追着送给了他所有的孙子孙女。直到我们撑圆了肚皮，剩下的几个，祖父和祖母才能尝一口。我还清楚地记得，我在街上无意中看到，祖父拿着买好的早点，突然看见自己四十多岁的二儿子，一路追过去要送给二儿子吃。我更是清楚地记得，在那个物资匮乏的年代，祖父家所有的好东西全被祖父送进了他孙子孙女的肚里。看着我们吃得开心，祖父脸上漾起了幸福的模样。我还清楚地记得，无论我什么时候到祖父家里，慈祥的祖父都像变戏法似的拿出好吃的点心硬塞给我。

祖父不仅爱家里所有的人，还善待所有可怜的人。祖父曾收留一个乞丐长达半年，家里有好吃的，祖父毫不吝啬。半年之后，乞丐离开时已完全变了一个人，脸上泛着健康的光泽，对未来也充满了信心。看着祖父，乞丐涕泪交零，扑腾一声跪倒在祖父面前。

母亲也常说，我的祖父是她见到的最好的老人。

斯人已去，逝者安息，这个世界上再也没有了疼爱我们的祖父，我无法忘记祖父的音容笑貌，我常常在梦中见到他，他对我微笑，却不说话，我去拉他，他便转身走了，醒来，泪落枕巾，湿了一大片。

作者简介：

牛玉革，淮南市寿县第一实验小学教师。作品散见于《淮南日报》《安徽青年报》《西部散文选刊》《精短小说》《散文选刊》《寿州报》等。

我们家的年

潘 虎

五十年来，我第一次将父母由老屋接到我现居的油坊过年。老屋完成了"年"的传承使命，油坊从此有了对"年"的担当。时光荏苒，不知不觉，父母与老屋已渐渐老去。去年，父亲卧床，兄弟姐妹与母亲一起照顾，母亲身体虽然硬朗，却已撑不住"年"的忙碌。老屋历经风雨，也如年久的港湾，停靠不了更多的船舶。

今年过年，天气晴好。雪霁初晴，气温回升，人们可以迈开脚步，无须再像去年那样戴着口罩抵御空穴来风。爆竹在"放"与"禁放"的夹缝里点燃，声声脆响此起彼伏，连绵不断。硝烟腾起，硫黄将丢失的年味瞬间变浓。

记得小时候过年，父亲早早挑满缸水，将柴火堆满灶前。母亲提前烀好咸菜，若遇到好天气，就将桌子搬到院子里剁鱼切肉，备齐素菜。年三十中午是不煮米饭的，母亲会下一大锅吴山挂面，谁饿了就盛上一碗垫垫肚子。剩下的挂面，母亲将它们和葱姜蒜以及肉末一起剁成馅，逐个搓成乒乓球大小的圆子，再用葫芦瓢等器物将圆子滚上面粉，放到锅里一蒸，香喷喷的挂面圆子便大功告成。随后，父亲会把"一堂香火乾坤久，万代宗支日月长"的对子和"百无禁忌"的横批贴上家堂，再贴春联，贴"福""黄金万两""只见财来""斗大元宝"……忙完这些，父亲焚香点烛，燃放一挂长长爆竹，关起大门，摆上烟酒，坐等年夜饭上桌。此时大人们在意的是谁家的爆竹放得最长、最响，谁家的爆竹中途断了，谁家的爆竹"七个八个"地接不上头。孩子们则关心谁捡的爆竹带芯子的最多，谁收集的"炮仗药"最好。没事时，小孩子们将"炮仗药"

放进自行车钢条做的玩具里磕出"嘭嘭"的响声，虽然危险，却乐此不疲。

"家住十里地，各处一乡风。"由于父亲在兄弟中年长，叔叔家的晚辈们年三十晚上必须先到我家，为我父亲和母亲"启岁"。这时母亲便会拿出崭新的压岁钱按辈分和年龄逐一分发给他们。大年三十晚上，"守岁"与"接年"的事宜在我们家是必须做的。父亲和母亲忙完家务开始包饺子，小孩子们吃着零食看着电视，就这样"守岁"守到午夜十二点，父亲再燃放一挂爆竹或几个二踢脚迎接新年的到来，"接年"仪式完成之后我们才可以去睡觉。虽然是半夜了，那时的我却一点儿也不觉得困。

大年初一，起床洗漱后，父亲带着我们焚香燃放"开门炮"。用过的水称为"元宝水"，须用桶接着，家里的垃圾也不允许乱倒，三天年过完才能倒在自家的粪堆上。大年初一要吃饺子，饺子馅里放上两枚硬币，谁要是吃到就将那枚硬币贴在中堂的拐角，预示他今年诸事皆顺，运气最好。吃完饺子，晚辈们按长幼顺序提着礼物给长辈们拜年。你来我往，成群结队，喜笑颜开，好不热闹。

"初一家，初二舅。"过年聚餐必不可少，今年也是如此。大年初一中午，没让母亲操劳，妻子和两个女儿备上两大桌子菜，有座位的、没座位的、端碗的、趴桌的，一大家子聚在一起，满屋洋溢着年的喜庆。

说到过年聚餐喝酒，我最怕年初二。早上三叔家喝，中午舅舅家喝，晚上又回到我家喝，这天不是在喝酒就是在喝酒的路上。特别中午在舅舅家，表弟热情好客，酒量又好，我一不注意就能喝下七八两。晚上在我家里，所谓"主不动，客不饮"，我继续喝，继续醉。

父亲两年前患上阿尔茨海默病，年三十晚上，弟弟搀扶父亲坐到年夜饭席上，我给父亲斟酒，父亲喝后居然笑着说"这酒有劲"。过年几天，父亲的状态超好，我陪父亲聊天，虽然思绪混沌，父亲仍能念出老屋曾贴过的门对："天增岁月人增寿，春满乾坤福满门。"

作者简介：

潘虎，男，安徽长丰人，吴山文联副主席。

黄 连 木

潘 帅

从我记事开始，就常听家中老人说起以前村中曾长有一株巨大的黄连木，据说树干之粗几个成年人也合抱不过来。当时农村都是低矮的茅草房，这株巨木犹如鹤立鸡群，更显高大。据说在十里外的市集上，都可以看见它的树梢。这棵大黄连木俨然成了我们村的一个活地标。外地人不识路，指路人告之"那个远远可以看见大黄连木的村子就是了"，从来不会走错路。老人们的描述，总让我神往，怀念那些被时光过滤掉苦难后的淳朴、自然的生活，不自觉地在大脑中想象出一幅美好的"黄连木迎客图"，在阳光下欢快摇摆的枝叶，纤毫毕现，好像亲见。

这棵黄连木长在一户谢姓人家房屋的西边。据老人们闲谈时描述，它的树冠向西边倾斜，呈匍匐之状，村民们就因其形而称之为"大爬树"，倒也是形象生动。"大爬树"渐渐成了它广为人知的名字。本村有一个名叫小芝的姑娘说亲，男方媒人不认识到村里来的路，别人就告诉他"有大爬树的王村，一找就到"，媒人一路寻问着"大爬树"，终于找到小芝家，完成择日过帖之礼。如今这位小芝的子孙大概也有子孙了，只是恐怕后来人不会知道他们祖辈的婚姻中曾有一棵名唤"大爬树"的黄连木，默默地牵引过姻缘。

可以想象，这棵枝叶蓊郁、蔽日成荫的黄连木，在那没有风扇、空调，也没有手机、电视的时代，它就是乡村客厅，就是城市酒吧和茶馆，曾经衍生过多少故事，给多少人留下了美好的回忆。尤其是夏夜，大人们在此休憩，交换信息。小孩子在旁边玩游戏，有的滚铁环；有的"斗鸡"——单脚站立，盘起另一只脚互相冲击，谁先失去平衡谁输；也有的拿一把长柄大扫帚或者其他长柄农具立在掌上，手掌伸平托住木柄，边走边保持平衡，尽量不让头重脚轻的掌上之物倒下来，谁保持的时间长算谁赢，嘴上还念念有词："嘟嘟站，嘟嘟站，一碗锅巴，两碗饭，吃饱了，喝好了，别被大风刮倒了。"有的小孩子衣服破了，妈妈一边责骂，一边用随身携带的针线给他缝补，因为乡间有衣服穿在身上缝补会被人冤枉为小偷的禁忌，妈妈边缝补边念叨"身上补，身上连，谁要诬赖我儿做贼，害他千百万万年，变成乌龟壳王八盖"，作为禳除破解之法。当时缺少照明的灯油，夜晚家中往往是漆黑的，夏日苦暑，村民们自然聚集在树下乘凉，非常热闹。尤其在明月夜，月白如昼，小孩子们嬉笑打闹之声响彻全村。"大爬树"给了辛苦劳作的村民少许温馨、休闲的时光，也是村里物资匮乏年代很多儿童长大后最有治愈力的美好童年记忆。

此树据说原为一对老夫妻所植，年代久远，姓名早已不可考，后来归村集体所有，之所以长寿，可能是因为它树形不正，即庄子讲的"此木以不材得终其天年"。也可能是因为后来它日益长大，且又恰巧生在别人房屋旁边，如若砍伐，容易伤到房屋，因而又得以幸存。宋代叶梦鼎《盖苍乔木》诗曰："乔木亭亭倚盖苍，栉风沐雨自担当。成阴幸有云初护，刀斧何由得损伤？"然而"乔木亭亭"的大黄连木，依然难以避免刀斧之伤。

二十世纪六七十年代，村里有人出任大队副业主任，大队的木匠组归他管。当时村里缺少农具，影响了生产，经过一番斡旋，村子生产队负责人同意将大黄连木伐倒，木料给木匠组用于加工木具，木匠组则给村子生产队三张木犁架作为报酬。因为树木太高大，木工组先安排身手矫健的年轻木匠爬上树梢，将树上枝丫逐一砍掉，然后将光秃的树干从树梢一段一段锯断卸下，最后从根部将老树锯倒，随着沉闷的树干着地声，"大爬树"与村里命运的联结也结束了。

此树耸立在村里百余年时光，默默无言地守候看护了几代村民，也见证了时代风云的变幻，至此永远消失在村子的地面上，当时人们生活艰难，也无暇怀念。多年后，村民们谈论大黄连木时，大多流露出惋惜和怅然若失之感。如今那三张犁架早就朽坏，消失在时间的尘埃里，农村人也早就用上了旋耕机，年轻人甚至没见过木犁。有些外出几十年，年老回村的人，还念念不忘大黄连木的事，讲述着和它有关的种种往事。那个副业主任也于去年去世，享年九十八岁，不知道他后来有没有后悔过。

听老人说，大黄连木被砍倒后，很长时间都有人觉得那棵树还在那儿，依然护佑着村民，梦里还时常坐在大黄连木下谈笑如故，尤其是晨雾迷蒙或者风雨晦暝之时，隐约间似乎还可看见它高高立在原地。据说老树有魂，即使树形体不在了，精魂并不会立刻散去，往往要等到曾见到过他的人都慢慢离去了，才会彻底湮灭。我听之凄然，想用文字把这段村民与大树的故事保留下来，不让大黄连木因为村庄的消失、老人的离去而彻底湮灭不存。

树木与村落有一种天然的联系，"村"字本就是木字边，《说文》作"邨"，从邑，徐铉注曰"今俗作村"。经史无"村"字，可见统治精英们更关注城池（邑），而普通乡民大概觉得树木才是村落不可或缺的元素。乡间很多村落也是直接以树木命名，如我故乡周围的"大栎树""柏树柯""槐花冲""柘刺岗"等。古树在村落中被人崇拜，人们往往将它们作为守护村落的神灵，向它祈福求愿，甚至还有其惩戒恶人，护佑良善的种种传说，冥冥中起到道德规训的作用，古树在缺乏宗教生活的村落社会中扮演着一定的宗教角色。古树历经岁月，与几代村民共同生活在一个空间下，村民们往往希望通过古树与先人实现某种精神链接，同时古木还是同一村落成员自小就形成的"共同记忆"，维持着村落的精神认同，并作为一种精神纽带，无形中牵系着离开了村落的外出子弟们。

作者简介：

潘帅，1985年10月生，安徽肥西人。文学学士，历史学硕士。现为基层公务员，业余从事散文写作，出版散文随笔作品集《后海先河——文史边缘遐思录》等。

读　书

齐德林

根据相关统计，全球读书最多的是以色列，其次是日本、俄罗斯、匈牙利、美国、法国、韩国、奥地利、新加坡、印度。这样的排序基本可信，但并非没有变化，更不是绝对的。

中国五千年文化积淀，书多，读书人也多。"学而优则仕""万般皆下品，唯有读书高""书中自有黄金屋，书中自有颜如玉"，这些充满励志精神的句子，激励了一代代读书人。当然，在漫长的封建社会里，读书并非大多数国人的日常。一是读书的权利被统治者、富贵者垄断；二是绝大多数人由于贫困读不起书；三是读书人容易产生新思想，让统治者警惕，所以才有焚书坑儒，才有商鞅的"愚民"，民"朴则弱，淫则强；弱则轨，淫则越志；弱则有用，越志则强"。"朴"就是让百姓愚昧，当然不提倡百姓多读书。

但是，这些依然不能隔断百姓读书求知的渴望，不能垄断读书的权利，因为"民不畏死，奈何以死惧之"。《左传》记载：鲁襄公二十五年，齐相国崔杼杀国君齐庄王，史官如实记载被杀。汉朝司马迁外孙杨恽因《报孙会宗书》被汉宣帝以大逆不道处腰斩。魏晋南北朝嵇康因《与山巨源绝交书》被司马昭斩于东市。北宋发生的乌台诗案，同文馆之狱，李光《小史》案，苏轼的《湖州谢上表》等案，皆让当时的天下读书人心寒。宋朝虽然有不杀文臣之祖训，但皮肉之苦、流放、贬谪是免不了的。明朝因一字、一句谐音而命丧黄泉的人更多，如北平府学训导赵伯宁的《长寿表》，内有"垂子孙而作则"，只因"则"与"贼"谐音而被杀；杭州学府教授徐一夔作贺表，"光天之下，天生圣人，为世作则"，也因"则"与

"贼"谐音而被杀；德安府学训导吴宪的《贺立太孙表》，内有"天下有道"，"道"被附会为"盗"，亦被杀；而朱棣杀方孝孺一案，更是血流成河——十族被灭，此案虽说是由于改朝换代所引起的，实质则是新皇帝以此为例来警告天下读书人：顺我者昌，逆我者亡。以至到了清朝，凡是试题、日记、奏章、榜文、表文、家规、宗谱、县志、碑文、墓志、匾额、呈词、字帖、字典等，都要避讳，小心谨慎。清王朝对文人、读书者如临大敌，在他们眼中，读书人似乎个个都是心怀叵测的造反者，必须禁之才放心、安心、顺心。在这种心态下，大兴文字狱来消灭天下读书人就不足为奇了。这种环境让许多人对读书产生了畏惧，不到迫不得已，人们已经不敢再去深读了。即便纯粹的科学知识也不行，譬如宋应星的《天工开物》就曾经被禁，因为科学知识到了一定程度，也会产生思想文化。由此可见，封建统治者对读书人、知识分子产生的恐惧已经到了何等的地步。但是，即便如此，辛亥革命、武昌起义还是发生了，这恰恰是读书的效用。

焚毁意识形态方面的书籍是历代封建统治者最喜欢的做法，从秦朝开始，政治类、谶纬类、色情类、反抗类的书，都会受到仔细审查，如李贽的《焚书》、王秀楚的《扬州十日记》、黄宗羲的《明夷待访录》，而《金瓶梅》《水浒传》《剪灯新话》《隔帘花影》等禁书，则是难以翻身。这些书并非没有缺陷，但这种缺陷事实上是一种人文思想的萌芽，是人性开始自由苏醒的前兆，并非洪水猛兽，而封建统治者却视如眼中钉，肉中刺。明清时期，由于海外先进思想、科学的传播，统治者更加害怕民众由于读书而产生反抗思想，担心自己的统治会被推翻，所以严厉打击的手段层出不穷，但各类书籍依然在民间悄然流传，滔滔不绝如流水。

当然，外国的月亮也不比中国圆，同样也有禁书的习惯。《奥德修》《尤利西斯》《洛丽塔》《一九八四》《十日谈》《狗心》《悲惨世界》《北回归线》等名著同样被禁过。

读书需要崇高的心灵境界，若没有就不可能和书中的人物、思想产生共鸣；没有共鸣，读了也是白读。知识需要普遍的理解、普遍的运用才能产生价值，思想需要共鸣才有效用。

培根在《谈读书》中这样说："读书足以怡情，足以傅彩，足以长才。"一个民族的强盛，首先是思想文化上的强盛，身体再好，也不过是一头愚蠢的狮子。而强盛的思想则来自不同思想风格的文化知识，可是，没有读书的兴趣、热情，又怎么能获得这样的知识呢？读书即使不能让你的人生走向辉煌的成功，起码也能帮助你在前进的道路上少走弯路，减少一点儿痛苦。

知行合一，学以致用，"学而时习之"。习，不是温习，而是实践。当我们阅读一本书时，能在第一时间内让自己的思想融入书中的境界里，无疑这本书对阅读者、著作者来说就是成功的；而改变一个人的行为，使之臻于完善，使之在现实中获得验证，那更是善莫大焉了。

让我们读书吧！

作者简介：

齐德林，安徽滁州人，创作长篇小说《一九六一》《猫街的故事》《秋原国》《花满头》等。

流　星

钱社教

我的侄儿哭着来到这人世间，又在人们的哭声里离去，只短短二十七个春秋。惊鸿一瞥的人生——我似是望见了一颗流星，燃烧着，璀璨着，然后悄无声息地滑落在遥远的天际……

最近多梦，梦见的多是故去的人。

尘土飞扬的村头小路上飞奔而来的懵懂少年，耀眼的项圈上跳动着快乐的银光，汗涔涔的小脸上如盛开的春花。叔，我的作文又得奖啦——小手挥舞着奖状如同舞动的春风……这一夜，侄儿又扑进了我的梦里。披衣起床正是子夜时分，窗外，一轮残月孤寂地悬在满天星辰里，黯然神伤……

十一年了，天国里的侄儿，你还好吗？

1

广袤的皖中大地上，珍珠一样散落着无数的小村落，我的老家便是其中的一颗。这个叫钱圩的小村子，因为钱氏在此繁衍生息了近四百年，还因为有一泓池塘如项链般环绕着村庄。四百年，这块古居地如同处事不惊的智者，目睹过多少人的来来去去，或风光无限轰轰烈烈，或平淡无奇庸庸碌碌……他们终究都无一例外地湮没在尘土里。

一九八五年秋末的一个黄昏，艳丽的晚霞如金子般铺满池塘。村庄最西头的一间土坯瓦房里，侄儿用一声嘹亮的哭声唤起了我们一家人的欢天喜地。我的父亲紧盯着粉嘟嘟的大头孙子喜极而泣。父亲自幼体弱多病，村人们几乎断言我的父亲会夭亡，这一房会绝后的。奶奶一边不停地用大襟褂的袖口拭着泪，一边乐颠颠地寻来祖传的银项圈，嘴里不停地念叨着"老菩萨""老天"……

侄儿在一家人的百般呵护下欢欢实实地一天天长大。虽说后来我们家陆续又添了几个孙子，但父母从不掩饰那种对长孙的偏爱。七岁那年，我的父母扛着课桌凳，身后跟着戴着银项圈、梳着长生辫子的侄儿，一路蹦蹦跳跳地走进了学校……侄儿的读书生涯开始了。

也许是与生俱来的，侄儿只对读书有着浓厚的兴趣。我不止一次地问过他，他也只是腼腆地告诉我——书本让他快乐。如果没有这宿命般的兴趣，他会是一个走南闯北的打工仔？抑或是个腰缠万贯的装修小老板？他会早早地娶妻生子，过着和和美美的小日子……只是没有如果。

从小学到初中，他的学习成绩一直是学生中的佼佼者，也是我们全家人的骄傲。做过我语文老师的那位老先生，每次见面就一个劲儿地盛赞侄儿——比你强！这伢前途无量！

人生的凶险之处，其实就是人永远不会知道，下一秒会发生什么。侄儿读到初三那年，一场让他抬不起头来的家庭厄运如恶浪一样席卷而来。而这一切全源自他的父亲，我的长兄。

2

我的长兄从小就是一个脑子特别活的人。小时候，我屁颠屁颠地跟着他卖冰棍、卖面包、卖自制豆芽。长大后，他越发不安分起来，他开过无线电修理铺、理发铺，倒腾过汽车搞运输，末了竟神一般地组建了一支二十多人的建筑施工队。好在他正赶上了国家大建设的20世纪90年代，他带着这支规模不大不小的工程队东奔西走，倒也是混得风生水起。那段时日，一身笔挺的西服、锃光瓦亮的皮鞋和腋下鼓鼓囊囊的皮包是他的标配。假如他能踏踏实实地经营好自己的施工队，他往后的人生路一定不会有那么多的荆棘与坎坷，包括与他相关的那么多人。

贪欲从来就是一切灾祸的根源。

他开始不停地抱怨跟了几年的包工头开的工价太低，而没有哪

乘风　145

一个包工头不想让自己的利益最大化。我见过那个包工头，憨厚得如同朴实的庄户人。终于有一天，长兄遇见了那个开出高几倍工价的包工头，他几乎是迫不及待地投奔。工程完工结账那天，长兄如同从云端跌进了地狱——包工头卷走了所有的工程款，然后人间蒸发。若干年后，长兄跟我说他当时就想一头碰死在他修了几年的立交桥上……

然后长兄债台高筑，开启了他穷困潦倒的低谷人生。

然后是每年的大年三十，家门口聚集着一大帮讨债人。

然后我望见侄儿蹲在离家门远远的雪地里，一脸的惊恐和绝望……

3

侄儿仿佛一夜间就长大了，他变得沉默寡言，变得看人时的眼神总是躲躲闪闪，隔老远我都能嗅出他浑身的自卑气息。尽管我一遍遍地告诉他——没有过不去的坎，有我们呢！

我们所担心的事还是发生了。侄儿的学习成绩急剧下滑，中考时只勉强达到了普通高中的分数线。上高中时，住在城里的妹妹让侄儿住进家里，她渴望用视如己出的爱让侄儿重拾自信。我和弟弟尽管收入有限，资助侄儿从不吝啬。缺什么尽管告诉叔——我这么说的时候，侄儿的脸憋得通红，夺眶而出的泪让我心碎。

高中三年，侄儿的学习成绩依然平平。高考只达到一般本科的分数线，然后被省内的一所普通高校录取。我已然在心里为侄儿构想出他的人生蓝图：在我们兄妹三人的帮衬下完成四年本科学业，找份工作，奋斗几年后再成个家，安安稳稳地过庸常的日子。

大二那年的春节，侄儿突然告诉我他打算考研。他透露出这个信息的时候，我从他那棱角分明的脸上找到了久违的自信，那个挥舞着奖状一路狂奔的少年分明又回来了。他说他是这个家的希望，他要学习更多的知识实现个人价值的最大化。他说要报答我们时，眼里泪光闪烁……

叔会全力支持你的——侄儿这份难得的激情深深感染着我。

大四那年，得到侄儿考上中南大学研究生的喜讯，我兴奋得几夜睡不踏实。这应该是侄儿生命里出现的重大转机——我忍不住憧憬起侄儿那繁花似锦的前程。

4

2011年的金秋时节，一个满城飘着桂花香的日子，侄儿带着满满的收获从长沙回到了小城。他收获了一份甜蜜的爱情，说起同班同学的湘妹子，侄儿一脸的幸福。最大的收获是他去南方一家知名网站应聘，从众多的应聘者中脱颖而出。来年的6月，他研究生毕业就要去该网站上班，岗位是网络工程师……

我订了酒店，真该为侄儿的收获好好庆祝一番。

席间，我发现侄儿虽然精神饱满却是异常消瘦。我问他为什么瘦得这么厉害，侄儿笑着告诉我，这段时间忙着应聘太累了，回头调养调养，一身膘又会回来的……

我至今后悔我们当时的疏忽，如果当时我们能坚持带他去医院体检，也许一切还来得及。

5

2012年，注定是我一生中最难忘的一年。

正月刚开头，我的外祖母驾鹤仙逝。在出殡的路上，我望见走在前面的侄儿一瘸一拐的，我撵上他急切地问他这是怎么了，他说腿痛，估计是关节炎……

当天下午，我带他去了中医院，医生给开了几副敷药让回家敷上。殊不知敷了几天，不仅不见效，反而痛得更厉害。一种不祥的预感让我们兄妹四人来不及商量就急急地把侄儿送到了省城医院。

在安徽医科大学附属医院的四楼，我们等来了一纸诊断书——胃窦腺癌晚期且已扩散至骨骼。从医生无奈而惋惜的眼神里，我仿佛正在读着宣布侄儿死刑的判决书。

苍天啊，我们是不是在做着一场与侄儿相关的噩梦？

医生说，一切治疗都是徒劳，让病人尽可能减轻点痛苦，准备后事吧。

侄儿躺在病床上那求生的眼神里分明是令我们肝肠寸断的两个

乘风　147

字——救我。

我们不顾医生的忠告,星夜兼程赶往上海,那里有一流的肿瘤医院。开了几十年车,竟忽视了发动机的机油报警,车还没到上海,汽车的发动机就报废了……那一刻,什么都顾不上了,救活侄儿——即使是倾家荡产。

上海华鑫肿瘤医院的诊断竟然和安医的诊断如出一辙。

侄儿说他要去长沙,那里有他的同窗,有他的爱情。

6

侄儿住进了紧邻中南大学的一家医院,靠吗啡和不断地输血维系着生命,犹如风中的残烛。湘妹子来了,果真是个非常不错的女孩,她拉着侄儿的手,依偎在病床上的侄儿身边——让我见证了这世上至纯至美的爱情。学校的领导来了,同学来了,他们扼腕长叹之余,纷纷献出爱心——让侄儿在弥留之际仍能感受到那份真挚的情谊。

侄儿走了,没了呼吸,没了心跳。被病痛折磨得近乎变形的那张脸此刻却是分外安详,如同熟睡中的婴儿。他不管不顾地走在通往天国的路上,那里没有病痛。他听不见亲人们撕心裂肺的哭声……

走进侄儿在长沙租住的小屋,没有吃完的成箱的方便面,整盒整盒的胃药和止痛片……让我们瞬间崩溃。柜子里翻出了一大摞证书,有获奖证书,学位证书……

都烧了吧——我说。

作者简介:

钱社教,安徽桐城人。1988年发表处女作,先后在《南方都市报》《新安晚报》等报刊发表散文若干。

等二哥归来

钱永广

　　河堤边，芳草萋萋，白鸟飞翔，清波微微荡漾。
　　一个七岁的小男孩，挥舞着手中的鞭子，他要把一群猪赶到河对岸的坡上吃青草。猪儿乱窜，小男孩从没赶过这么大一群猪，他的内心很慌乱，害怕某一头猪走失了。他急得满头大汗。他穿着一双早已露出大脚趾的黑布鞋，来回在岸滩上奔跑着。费了好大的劲，终将那群不听话的猪，全部赶到了对岸的草地上。
　　这是一块荒无人烟的沼泽地。它紧邻高邮湖畔，位于铜龙河的南岸。因为远离村庄，平时难得见到一个人影。生产队利用那块沼泽地，建了一个养猪场。小男孩家很穷，生产队就把养猪场的事全部交给了他家。
　　本来这群猪是他的二哥来赶的。可他二哥一大早就被父亲叫回家，让他帮忙拖板车，去镇上粮站卖粮了。
　　二哥说，镇上很热闹，这次到镇上粮站去卖粮，等到开学时，你读书就有学费了。
　　二哥还告诉他，镇上还有好吃的大麦饼，又香又甜，嘎嘣脆，只要他今天放好这群猪，晚上回来就买大麦饼给他吃。
　　那天早上，天刚蒙蒙亮，二哥就起床嘱咐他，千万别把猪放丢了。
　　二哥走后，小男孩在想象着，二哥一大早回家后，怎样帮父亲把那一袋袋沉重的麦子扛上板车；两人又怎样用力把板车拉到粮站，汗流浃背；他甚至想，二哥正在一家熟食店里买一张又香又大的大麦饼……恍惚间，他竟不自觉地咽了咽口水，似乎鼻尖已闻到了大

乘风

麦饼的香味。

　　阳光照在水面上，像镀了金似的，明晃晃的，亮得让人感觉刺眼。把猪赶到对面的岸坡后，小男孩就沉浸在这样的胡思乱想中。突然，他的耳边，传来了猪崽打架的声音。小男孩从恍惚中幡然醒来，发现原来是两只猪崽因为拱一块荸荠地而互相争斗。望着这两只因为争食而打架的猪，他并不气恼。因为二哥告诉过他，这群猪养好了，养肥了，等到了年底，生产队就会给他家多分一些粮食，全家就不会再忍饥挨饿，他也就不用再像他二哥一样，因为没有学费，辍学回家来这个荒无人烟的沼泽地放猪。

　　入夏的河滩，除了有猪的吼声、鸟的尖叫，就再也听不到任何声音了。没人讲话，小男孩觉得很孤独，幸亏还有一群猪崽和他做伴。

　　日头已经偏西，小男孩的肚子开始咕咕乱叫。见一群猪崽在滩边休息，他回到那间低矮潮湿的土屋，揭开锅盖，锅里还有一碗泛着白沫的剩粥。

　　吃完剩粥后，他赶紧折回岸坡，虽说日头刚刚偏西，但小男孩已开始不停地伸长脖子，朝二哥离去的方向张望。他在等二哥归来。

　　时间一分一秒在流逝，西边的天空像一幅画，放出了绚丽的晚霞。万丈霞光，映照在波光粼粼的河面上，又像是一块偌大的红地毯，美丽极了。可小男孩根本无心欣赏这幅美景，他在焦急地等待着二哥的归来。

　　如果到了夜晚，二哥仍不归来，在这个荒无人烟的沼泽地，他会不会害怕？因为他记得，夜晚他曾经因为不肯入睡，父亲就给他讲过鬼的故事，这让他万分害怕。

　　他越想越怕，越怕就越盼望，在晚霞中，有一个人影从远处出现。

　　终于，隐隐约约，远处的高埂上似乎有一个人影挑着担子，朝这边慢慢走来。

　　小男孩的家距离这块沼泽地有三公里的路。他知道，才十二岁的二哥，不会有这么大的力气，挑着担子赶路。

　　挑担子的人越来越近。小男孩的眼睛很亮，他发现，是个过路的男人，根本不是二哥，小男孩很失望。

绚丽的晚霞收起了最后一道霞光，天渐渐暗了下来。小男孩停止了在路口张望的动作，趁着天边最后的光亮，赶紧转身把那群猪崽从草地上赶回猪圈。

有两三头猪崽总是调皮捣蛋，闯来闯去，不肯进圈。小男孩想到，只要有一头猪崽不肯进圈，哪怕丢了一头，年底生产队就会扣除他家的钱粮，全家定然会饿肚皮。

小男孩很着急，他一边挥舞着鞭子，一边失声痛哭。他很无助，也很害怕。

过了许久，也许他的哭声感动了猪崽。等小男孩把最后一头猪崽赶进猪圈，关上圈门，天上已经升起了一轮明月。

月光如碎银一般，照在温柔的河水上、浅滩上，也照在时时散发出阵阵恶臭的猪圈上。

虽说窗外明月高悬，但小男孩还是害怕极了。因为土屋的门没有门闩，他就搬来木凳，抵住木门。他蜷缩在那条只有三条腿的床上，一条被子被他紧紧地裹在身上。他脚都没洗，不知过了多久，他就这样睡着了。

那夜，他做了一个梦，梦见他的二哥连夜赶了回来。二哥从背包里把那张又大又香的大麦饼拿了出来，递到他的手上。大麦饼热乎乎的，他不容分说，一口咬了上去，大麦饼又脆又甜，他开心极了。

正当他在梦中吃着又香又甜的大麦饼时，小男孩突然被人摇醒了。他眼睛一睁，恍惚中，发现原来是二哥。二哥告诉他，猪圈里的猪崽，他数过了，一头不少。小男孩闪着泪光问："大麦饼呢？"

二哥答非所问，告诉他，因为卖粮的人多，需要排队，所以回来晚了。

"大麦饼呢？"小男孩又问。

"我们卖粮卖到半夜，那个过秤的人饿了，见我兜里有一块大麦饼，父亲怕他嫌我们麦子湿气大，要重新晒，就把那大麦饼给他吃了。"二哥小声嗫嚅着。

那一刻，小男孩的眼泪哗地一下涌了出来。二哥赶紧抱起他，

乘风

不停为他擦拭眼泪,连声说:"下一次去卖粮,一定为你买一张大麦饼。"

这是很久以前的事了。如今,那个小男孩的父亲已经去世,小男孩和他的二哥也早已结婚生子。过去的那段日子,因为二哥在那块沼泽地放猪,家里人才没有挨饿,小男孩才没有像他二哥那样,早早辍学。后来,小男孩考上了大学,并在城里有了一份体面的工作和一个幸福的家。而他的二哥,则永远留在了那个养猪的沼泽地。在那里,一年又一年,二哥仍在放着那群猪崽。

日月如梭,弹指一挥间,此事虽然已过去了很多年,但那天临时替代二哥放猪,并等二哥回来的小男孩,常常想起关于大麦饼的往事。他常常想,当年,二哥如果不去那块沼泽地放猪,也许他和他的二哥一样,因为没有学费早早辍学回家,也许他就是那个放一辈子猪的人。

那个当年在养猪场焦急地等待二哥归来的小男孩,那个直到现在还会常常想起等着吃大麦饼的人是谁?他就是流着眼泪在回忆,并写下这篇文章的我。

作者简介:

钱永广,男,汉族,安徽天长人,作品散见《读者》《意林》《青年文摘》《新民晚报》《羊城晚报》《微型小说选刊》等,曾获全国报纸副刊作品评比金奖。

灵山奇峰

施麒麟

在海拔 1726 米的牯牛降主峰古牛岗的半山中，有一地名曰奇峰，地如其名，处处神奇。说奇，在这海拔 700 米峭壁千仞的主峰背面有片洼地，平坦安逸。洼地两头狭窄，中间宽阔，竟有 400 多亩。稻田一垄衔着一垄，竖着收割后留下的长长稻茬，间或有稀疏的庄稼，铺陈着秋风和乡音。洼地旁，村庄静卧，粉墙黛瓦的民居独面高入云天的古牛岗。村头百年古树浓密，与隐匿原野尽处的南宋寺庙，相视无语。

奇峰村有六百余年的历史，旧名灵山，20 世纪 50 年代更名为奇峰，《池州府志》记载："灵山，黄山之支也，上有四百亩，水泉四时不竭。"

望山

"望山客栈"原本是一所小学，村子荒了，小学没了，成了客栈，接纳山外来客。门上挂了个小招牌，状如云朵，"望山"写得大大的，"客栈"小小的，像身后的丫头，充满善良与羞怯。

小小的还有望山客栈左边的一处旧屋，矮矮的，生怕被看见。不是黄昏，小屋已是暮色四合。屋内无人，堂屋两边绳索上低低地晾满了衣裳，衣服如屋一样陈旧。八仙桌和高几摆在深处，埋在杂物与旧时光里。几袋新收的庄稼拥挤着，依偎在昏暗的光线里。左边两道门分别进入两个小间，卧室在前，仅容一床，床单有洞，破旧的棉被已叠不出层次；右有大间，深处有三面橱，深红漆面收敛喜色，一片贫瘠的空间后是一片接到房门边的瓶瓶罐罐，早已失去原色。

大门两边，一字摆开的农具，锄、耙、镐、杈，摆放得很是用心。正对大门的堂屋地面上用瓷片镶嵌出"公元一九八四"的字样，依旧有当年的荣耀。

我走出小屋，过了好一会儿，从旁边另一个不相连的小屋里走出一个老人，这间小屋稍新了些许。"这是您家吗？""嗯，是我家。"老人说完便往旧屋走去。

去村子里走了一圈，再回到这里时，已是黄昏浓郁。小屋与山村一起融入暮色山光，老人在门口的小凳上看视频，声音热闹而遥远。沉浸在手机一小片的亮光里，老人没再理会我再次路过的问候。

灵山

大山深处，山谷平坦，道家福地，人称灵山。我驾车爬过长长的山路才到达村口。村口有古树四棵，一为红枫，一为皂角，间有两棵银杏，粗壮无比，欣欣向荣。

很喜欢这山里，我知道这是一种常常因陌生而拥有的喜欢。

不知哪里有住处，心中正忐忑，从古树边折过往左，路过几户人家，远远望见两个妇女埋头于手里的活儿，没去打扰。再往前，有两人衣着讲究，散步于路边，我从车里问去，其中一人说这就是民宿，便是望山客栈。还说那边还有更好的地方，还有个村史馆，并主动要带我们去看。后来才知道，他们不是来住宿的，而是东家。望山客栈与双井客栈都是他们在此投资建设的民宿，村史馆也是。

回来吃早饭，东家的那帮客人也要吃早饭了。厨师是东家带来的，因为今天的客人很重要。昨天傍晚偶遇时，我就听到东家跟客人说我们是来游玩的客人，仿佛我们是他的业绩。晚上客人们住在双井，东家住在望山。

这里平时很少有人，东家委托当地的一个女子打理日常。女人三四十岁，没有心机，喜欢聊天。说起一些周边的景点，东家说可以让她带着看看，爬山一天收两百元，女人说，爬这山，两百元怎么行？东家自觉有点多嘴了。

吃过饭，我们到村里走走，很多屋子都锁着门，也有开着门的，但很少见到人。屋子尽是白墙，多是两层建筑，二层对外开小窗，窗下那片空白处曾写有红色标语，依稀可见，极具时代特色。那种红色我们小时候写字时用过，是用山上采来的红石碾碎和水制成的，写在墙体上日久不褪色。

村里的道路平整，用鹅卵石镶嵌，很是漂亮，铺设在每家每户的门口。这是近年来建设美丽乡村的成果。

村庄屋舍紧依山势而富有层次，在村庄深处我们看见了小时候家里分选稻谷用的风车，围绕风车就有了人气，两个男子正抬起稻箩挺直身子往斗里倒稻谷，其中一人用一只手控制着开关释放斗内之谷，另一只手奋力转动把手，扇动风车厢内的扇叶，饱的沉落，瘪的轻飘。一个孩童在边上玩耍，又缓步走来一个老妪，腰佝偻成直角。小时候常去外婆家，那天我如常来到外婆家里，一向健朗的外婆腰也是这么弯着，仰面看着我，笑容如故，到死也没再直起腰身。

不想老待在家里，就爱出去走走，看不一样的景，遇不一样的人，吹不一样的风，受不一样的雨。只要宁静，便能心安。我知道，安宁出自我心。

作者简介：

施麒麟，高级教师，近年在《作家天地》《世界日报》《中国诗人》《中国汉诗》《青年文学家》《诗歌月刊》等发表近千首诗歌。

我和牛牛

施素红

小城西十公里处,有片浅滩,小河静默地绕滩而过。远看如水墨画,在不同的季节里晕染着不同的色彩。这儿就是我童年的牧场。

牛牛是一头公牛崽,听父亲说,那年早春二月,春寒料峭中,一头母牛妈妈在雪地产下了它,父亲叫它"小春牛"。当时的父亲是生产队的牛倌,照看着队里三十多头耕牛,从饮水添料,到收拾屎尿,再到刷毛去虱,呵护备至。这些耕牛,是庄稼人不可缺失的好帮手,耕田耙地,拖草运粮,无一不指望着它们的助力。

牛牛无忧无虑,一天天长大,当它被父亲穿鼻栓的那年,正赶上分田到户。分田凭尺,分牛可就难了,壮牛抢着要,老牛和还没上规矩的牛犊没人要。全村近六十户人家,没那么多头牛可分。队上开了几次会,吵成一团,终没能分成。后来还是父亲提议:壮牛两家可担一头,老牛归一户所有,以抓阄为准。最终,不受人待见的牛牛来到我家。母亲曾不止一次地向父亲唠叨:咋那么傻呢?自己那么多年的牛倌白当了,选到最后就得了这头"野马不受羁"的主?十几亩的地它能吃得消吗?

母亲的担忧不是无理由的。地处圩区的老家,十年九旱。那土,涝时黏稠,粘锹粘耙;旱时如铁,耕不动,撬不动。一句话,种庄稼时打理特艰难,父辈手上的老茧血泡可以为证。在母亲的唠叨中,牛牛赶上了第一个春耕。一条牛绳,一根牛鞭,成了它的行头。

初生牛犊不怕虎,却也不假,牛牛初上架时,如同叛逆期的孩子,扭屁股尥蹶子,一片地耕下来,父亲几乎用尽了全力。扶犁的手青筋暴突,扬鞭的手始终举着,口中不停息地吆喝。一段时间的拉练，牛牛铆足了劲，昂首发力，拉犁走沟，让曾小看过它的村民刮目。从一开始耕地的毛毛躁躁，到后来的深耕细作，步步为营，它只用了一个春季，就全部领悟，这可能也是牛牛的实力。

一场夏涝过后，秋耕是很耗力气的。板结的土壤，外硬内黏，起犁太困难。父亲命我拎个小桶跟着他点犁铧水，在犁铧的缝隙倒点水，牛牛一使劲，再硬的土地也得服服帖帖。父亲的犁铧跟着牛牛撒欢地跑，从田这头跑向田那头，又从田那头跑到田这头。那时的我好生奇怪，父亲使唤牛牛时的惯用口语：擦！擦擦！押！押押！蜇！蜇蜇！比唐僧的紧箍咒还灵验，牛牛一听便懂，配合默契。后来才晓得：擦，表示向左；押，表示向右；蜇，表示直行。一块地犁完，牛牛的屁股上鞭痕可见，尽管父亲用的是柳条软鞭。

农忙一过，就是牛牛的大好时光。村前河畔，水草丰沛，一如童话里的世界，美极了。

首次放牧是八岁那年，父亲拉上牛带我去河畔浅滩放牧，那儿也是村里人共同的牧场。路上，父亲用一条麻袋搭在牛背上，抱我坐上去。刚开始，我有点害怕，总怕摔下来。父亲说：别怕，牛牛很听话的，坐稳了，抓紧牛脊背上的毛。

一到牧场，牛牛在被啃过无数次的青草坡上吃草，牛背上的我如同驾驭着一匹战马，好威武。牛儿吃草，父亲教我认识各种杂草野菜，野蒿、马齿苋、车前草、谷谷丁、酢浆草……这些都是牛牛最爱的草料。暮色中，牛牛吃草的咯吱声，野鹭鸥鸟的和鸣声，河里航船的鸣笛声，律动成曲，在蓝天下悠扬。

牛背上的欢趣映亮了我的童年。牛背上读书，牛背上放歌，牛牛是最好的听众，这欢愉是现在的孩子们得不到的。

牛牛很听话，每回放牧前，我叫它低头，它就顺从地低下脑袋，待我双脚踩上它的角，它再缓缓仰头，我便稳稳当当地坐上了牛背。过河时，不会游泳的我，可以稳稳地坐在它的脊背上，就像坐上了一艘小船儿妥妥地过河，悠哉乐哉。

夏天洗牛汪是别人都害怕的，我却有绝招。牛汪汪是夏天用来帮牛牛消暑驱蚊虫的。挖一个坑，里面放满水，夜晚牛牛躺进去打几个滚，满身沾泥，蚊虫无处下口。晨起第一件事就是洗牛汪，泥

乘风

水里浸了一夜，见主人来了，起身后的牛牛总惬意地甩动尾巴，啪嗒啪嗒，那泥水准会甩你一脸一身。我洗牛汪掌握一定的距离和速度，牛出汪后，我捏着牛绳末端拉开距离，这样就十分保险。

　　暑假，是我与牛牛的快乐时光。选一片肥美的草地，定个桩，我便像极了孙悟空，随时给师傅画个圈儿，待圈内的草儿吃完，再挪个点继续定上，这样牛牛吃草认真，也不会乱跑。特有趣的是，每回看到熟悉的野菜，我会给牛牛指点一二：这是马齿苋，那是酢浆草，快来吃！牛牛果真聪明，它用软绵的舌头不厌其烦地撸着嫩草，咯吱咯吱，好享受。偶尔，我也会趁定桩的空当，叫上同牧的小伙伴去不远处的河沟里抓鱼捞虾，玩个尽兴。

　　那次贪玩，使牛牛挨了责打。它趁我爬树摘野果的空当，跑到一块农田里撸了一溜稻秧，村民发现后，一路追责到我家，我免不了被母亲好一顿责骂，牛牛却挨了父亲最狠的一顿鞭子。看到它身上的鞭痕，我既心疼又自责，晚上添草料时，我拍了拍它：对不起，都是我的错。月光下，牛牛忽闪着清亮的大眼睛看着我，又埋头吃草，权当它已原谅我了。

　　牛牛耕田耙地给力，不负众望。十几年后，村里农户家的耕牛几乎更换了一遍，唯我家牛牛独占鳌头，威风不减。除了干完自家的活计，还时常被邻家借用。甚至有时还会被偷去使唤，好几回早晨醒来给它添草料时，发现牛牛的肚腿间湿漉漉的，身上鞭痕叠乱，不用怀疑就知道夜间被谁拉去使唤了。

　　牛牛的神勇，面对猝不及防的挑衅时，更胜一筹。

　　一个午后，我骑着它去邻村的一块洼子冲放牧，老早听说那儿的水草肥美，到了一看，闲鹭偶惊，翠鸟幽藏，草嫩叶肥，绿意流淌。我和牛牛徜徉其中，草木的香气阵阵袭来。突然，牛牛不再低头吃草，而是仰头呈非静止状态，直视前方，顺着它的目光，我看到了最可怕的一幕：不远处，一头健硕的大公牛正虎视眈眈地直逼过来。说时迟，那时快，牛牛既没后退，也没向前，用它的一对角摆好了迎战的阵势，牛眼圆瞪，等着对方出招。这一刻，我的心几乎提到了嗓子眼儿，吓傻了。那头气焰不凡的大公牛一阵风似的跑到牛牛跟前，还没开战，就转身逃跑了。缓过神来的我才知道，是牛牛的霸气和犀利的眼神，逼退了对方，令大公牛不战而退。

那天，母亲说牛牛病了，一连好些天不肯吃草料，连喝水都困难，肚子一直胀鼓鼓的，嘴角流着白沫。眼见它一天天消瘦下去，母亲很是心疼。后来母亲发现牛牛时常艰难地嚼着嘴巴，喊来姐夫掰开牛嘴巴一看，才发现牛牛的嘴里有一根嚼烂的淡黄色电线缠在舌头上，抓了线头往外扯，竟扯出十来米，正是这电线让牛牛的胃受了重创，失去反刍功能。母亲说咱家没有这种电线，是哪儿来的？我们每次添草料都很仔细，它是如何掺进草料中的不得而知。莫不是哪家顽童的恶作剧？抑或是有人故意为之？一切只是猜想。

一场陪伴，我见证了牛牛的两次流泪。一次是父亲临终前，他抚摸着牛牛的头低语：老伙计，不能再陪伴你了……当时，我看见牛牛的眼中竟噙满了泪水。还有一次是牛贩子来，它第一次犯犟，却拗不过强拉硬拽，它双眼流泪，一步三回头，直到被强拉至村口，还不忘回眸望向家的方向。那天，我哭成了泪人……

岁月情深，许多年后再回顾，那犁铧闪着幽光，那柳鞭发出幽响，那头牛儿一直在我内心深处的田野上，耕作，吃草，反刍着岁月。

作者简介：

施素红，女，20世纪90年代初开始文学写作。小说《老闷》、散文《四姐》荣获滁州市级一等奖，有数篇文学作品刊登于《扬子晚报》《滁州日报》等报刊。

我的老家

施训洋

我的老家叫大庄，一个位于庐江县庐城镇罗埠村的自然村落。

这里承载着我儿时的欢乐和少年时的梦想。在这里，有父亲亲手建造的老屋，有母亲开出的菜地，有我和姐姐们种下的树。

离乡已有近二十个年头，尽管不过几分钟的车程，但回去的次数屈指可数。是我薄情吗？不是，恰恰是太深情。我怕看见大半人家闭户关门，怕看见门前蒿草半人之高，怕看见房子渐渐朽坏。

2014年，国家实施"脱贫攻坚"战略，庄子上的贫困户在党的各项扶贫政策指引下，发掘自身潜能，扩大种养能力，发展特色养殖，参加公益性岗位，收入明显增加。他们率先将住房装饰一新，为这个失色的村庄带来了新的活力。

2015年，大规模土地流转在老家盛行。种田大户来了，变化确实可以用翻天覆地来形容。原先种庄稼的塝田和山地经平整后全部种上了树，有桃树、桂树、枇杷树、樟树，还有叫不上名字的，帮大户种树成为村民们的一项工作。水田又被大户分包了出去，往日抛荒的田地不见了，到处一派欣欣向荣。

2019年，徽州大道南延工程启动，乡村振兴战略正式实施，"美丽乡村"建设步伐加快，老家又焕发出勃勃生机。

再回老家，是在今年春天。如今的大庄，有了新的模样。整个村庄一尘不染，水泥路通向家家户户，每隔几米便有一盏太阳能路灯。

我在村子里转悠起来，整齐有序的花坛、花圃随处可见，一阵微风，清香扑面。花坛里的月季开得正艳，有红的，有白的，还有淡黄的，甚是好看。

房前何二爷乐得合不拢嘴，一个劲儿说现在过上了城里人的生活，自来水、太阳能、空调机，样样都有。

屋后董三爷接着说，晴天一身灰、雨天一身泥的时代一去不复返了。

徽州大道上，疾驶的汽车传来的呼啸声不时地在我耳畔回响。

如今，大庄的变化是真大。穿行于村中，仿佛置身于一座美丽的大花园，鸟儿在青翠的竹林里欢唱，花儿在尽情地开放，分类垃圾投放箱有序摆放。

村头，遇见几个玩闹的孩童，我仿佛看见了童年的自己。

每当我回老家，车行在宽阔平坦的柏油路上，欣赏着路旁的垂柳、香樟，一群群穿红着绿的农村青年骑着电瓶车，开着小三轮，驾着小轿车飞驰而过；看不到挑着沉重担子、累得满头大汗的村民，只见收割机的隆隆声中运输车奔跑在田间水泥路上，我的心里充满欢喜。

我的老家，是我永远的牵挂。

作者简介：

施训洋，男，中共党员，安徽省庐江实验中学教师。在《中学数学教学》《安徽教育科研》等发表教学论文数篇；在《学生·家长·社会》《小学生导读》《德育报》《安徽日报》《教育导报》等发表教育随笔、散文百余篇。

那年夏天，我来合肥上班

汤增旭

1997年夏天，我中专毕业，包括我在内的三十多位毕业生，被位于省城合肥的安徽佳通轮胎公司录取，大多分配到工程部，从事生产设备安装和维修工作，倒也专业对口，学以致用。

我先从江城芜湖返回巢湖老家，在家中休整几日，于7月15日背着被褥和几件简单的换洗衣物，带着家人的希冀和自我的美好憧憬，一大早乘坐镇上的班车，来到位于合肥经开区的佳通轮胎公司报到，开始了自己的职业生涯。

这一年招聘进入公司的大中专毕业生有近百人，逐一分散到各个部门，公司很重视我们这批校招生，上岗之前安排了企业文化、军训、安全生产等相关培训。第一天上班，公司的孙总向新员工表示欢迎，鼓励大家好好工作，尽快完成由青涩学生向职场人士的转型。孙总穿着打扮很儒雅，据说他原是安徽轮胎厂的技术人员，改革开放之初出国务工，供职于泰国的佳通集团，后通过他的牵针引线，招商引资，最终把佳通集团引进合肥，和安徽轮胎厂成立中外合资公司，孙总也顺理成章地回到公司担任高管。

公司主要从事汽车轮胎的技术研发和生产销售。轮胎的生产制造主要分为四大步骤，包括炼胶、压延裁断、半成品成型和最后的硫化工艺。我的工作岗位在工程部维修处，具体负责成型车间的设备电气维修，俗称"成型电工"。人在工厂，工种也被划分为三六九等，我从事的电工江湖地位最高，毕竟"电老虎"可不是开玩笑的事情。工厂里担任电工的，基本上都是科班出身的电气专业毕业生，班组里的同事除了像我这样的中专生，还有几位安徽工学院的大专生。本科生下车间的实属凤毛麟角，他们基本上都分配到相对清闲的后勤管理部门。

日常我上的是"四班三运转"，也就是连上两个白班，接着上两个中班，再上两个夜班，最后休息两天。工作好像也不累，就是需要不断地在车间走来走去。一线工人的机械一旦出现故障，就会开具维修单送到我们班组，由主任派发给对应的维修人员。

上班期间整日忙忙碌碌，在各种机器的空隙里穿梭不停。成型车间的主要设备是成型机，这个机子可以把裁断好的原料再加工成圆鼓鼓的半成品，大部分的机械是沈阳和烟台生产的，我们一般用日本欧姆龙的可编程控制器，调节设备的旋转角度，确保机械可以把几个橡胶部件牢牢地粘到一起，避免脱胶。白天上班总体还行，夜班就非常辛苦，一旦连续熬上两个夜班，清晨六点下班打卡后走出厂区，感觉整个人都有些神情恍惚。

夜班难挨，到了半夜，同事们一个个东倒西歪地斜坐在椅子上沉沉欲睡。熬到凌晨两三点，大家都去公司食堂吃夜宵，犹记得当年食堂的夜宵是两元五角一份，偶尔奢侈地喝一瓶雪碧或者芬达，整个人的精神仿佛都振奋起来。我那时候正在参加本科阶段的自学考试，夜班闲暇的时候，总是捧着课本，枯坐在班组办公室的角落里埋头苦读。我们的主任姓谭，他是钳工出身，当时应该三十多岁，年富力强，为人厚道，对我这种上班期间明目张胆的摸鱼行为也不制止，可能也知道我志不在工厂当电工。现在回想起来，对谭主任还是心存感激。

工厂的工作和生活是单调而寂寞的。每天穿行在始信路上，从厂区到宿舍，两点一线。轮到双休的日子，会乘坐厂车去合肥市区逛逛，主要逛城隍庙和淮河路步行街，淘点价廉物美的生活用品。另外就是喜欢去三孝口逛科教书店和爱知书店，曾经在爱知书店购买了一册郑振铎的《西谛书话》，这本书陪伴了我二十多年，至今依然安静地立在我家的书架上。

工友们基本上都住在厂区的宿舍公寓里，夜晚百无聊赖，大伙儿经常饭后沿着始信路散散步，消消食，谈谈心。曾经荒凉的始信路逐渐热闹起来，还开了几家露天的卡拉OK，一元唱一首，经常围着一圈年轻人，主要是周围工厂的工人，以及附近职业学校的学生。依稀记得有个女孩演唱张艾嘉的《爱的代价》，声音袅袅，宛如天籁，至今难忘。那时候我最喜欢听张学友的《想和你去吹吹风》，私下练唱到滚瓜烂熟，幻想着去一展歌喉，可惜当年太过于腼腆，最终也没勇气站在马路中央高歌一曲。

有几次外地的同学来合肥玩，合肥的同学负责接待，大家都是穷学生，真是穷游。白天组织去爬大蜀山，那是我第一次登大蜀山，阳光温柔地照耀江淮大地，秋天的微风轻抚我们年轻的面庞，沿途花草树木色彩斑斓，大伙儿兴致颇高。晚上就在厂区的红房子大排档里推杯换盏，同学们喝到大醉，方才挥手道别。

寒来暑往，不知不觉在工厂上班两年。当时的收入还算凑合，工资包括七七八八的加班费，每月有七八百块，对于一个从乡下来到省城的年轻人来说，也算是不错了，但要实现在合肥长期扎根生存发展，这份薪水远远不够，更别提买房娶妻生子了。所以那段时间我对未来隐约期待又充满迷惘，人生的目标在哪里？个人的事业在哪里？遥遥无期的爱情又在哪里？终是不甘心在工厂打螺丝，只能积极寻找出路。

好在出路就在眼前。随着公司业务的不断发展，佳通这家在新加坡上市的东南亚跨国企业，已经在上海成立中国销售总部，并且在全国各大省会城市开设销售分公司，需要大量的专业销售人员。我们这几批青年工人，有一定文化素养，懂得轮胎生产制造工艺，专业性强，所以销售总部陆续从工厂招聘了两届销售员。当时的销售员待遇好，发双薪，工资收入是我们的好几倍，工厂里的年轻人都踊跃报名。我当时已经通过自考拿到大专文凭，有资格参加业务员转岗考试，经过层层选拔，最终被顺利录取。

1999年，我们这第三批销售员，经过两个多月的轮胎产品、营销技巧、财务知识的相关学习培训，顺利结业。我被分配到华南大区广西柳州分公司，告别始信路330号佳通工厂，奔赴南国，开启新的人生。

斗转星移，当年一起在佳通公司上班的年轻同事们，很多人都离开工厂，各自在新的岗位上取得卓尔不凡的成就。比如同班同学邹班长，结婚生子后，一家三口移居南京，目前在一家欧洲公司做技术管理；小宣跳槽去了隔壁的日立挖掘机公司；我的拍档小潘师傅随后参加公务员考试，据说被省法院录取；小阚后来从事外企电梯行业；小金最有恒心，自考本科毕业后，考上同济大学的研究生。而我从一名技术工人转型为销售人员，这么多年一直在做市场营销，二十多年的工作履历，让我成长为地地道道的"老业务"。

回眸往昔，在当时的世纪之交，伴随着改革开放的不断深化，以及中国顺利加入WTO（世界贸易组织），大批外资企业如同潮水一般涌入中国，给年轻人提供了太多的发展机遇，只要勤奋踏实肯干，在各个领域都能大展宏图。

再回首，感谢这个伟大的时代。

作者简介：

汤增旭，安徽巢湖人，安徽省档案学会档案文化研究委员会副秘书长，安徽省黄山文化书院理事，在《市场星报》《合肥晚报》等刊有文章，内容主要以地方文史、散文随笔为主，出版文集《庐巢文史采薇》。

带刺的母爱

唐朝媚

我的母亲今年八十了,身高不足一米五,在经年的辛劳和衰老之中更显矮小了。她强势、生冷,说翻脸就翻脸,很少有温柔细腻的时候。我的梦境里,还常常出现遭她打骂的场景。

母亲于 1944 年出生于芜湖市,外婆高龄产女,没有奶水又病体缠身,所以落地没几天,母亲就被送往四十里开外的农村,由奶妈喂养。母亲的奶妈是个孤女,还不满十六岁,几日前刚刚生下的一个儿子夭折了。她是一个可怜的女人,从未感受过家庭的温暖,又经历了丧子之痛,她的艰难可想而知。多年之后,当我们询问这个我们最亲的外婆时,她只是云淡风轻地说那时的日子太苦了,并不具体描述。母亲关于这段生活的回忆是模糊和不愉快的,可能是源自童年被亲生父母抛弃的遭遇吧。母亲七岁那年,外公与舅父曾经把母亲接回去过,但母亲很想念养母和养父,小小的人儿硬是顺着铁道,以当年日伪军残留的碉堡为参照,跑了回来。彼时,血亲外婆已病逝,外公看母亲已习惯了农村生活,也就没有坚持再接回去,从此母亲的奶妈成了她的养母。

八岁那年遭遇饥荒,为了活命,养母把母亲送去陆姓人家做了童养媳。陆家女人和男人之间有很大的嫌隙,男人是个手艺人,收入不错,置办了仓库,外出工作时便将仓库钥匙交由母亲保管,女人总是趁母亲大意时偷拿钥匙窃取仓库里的财物。男人回家发现财物减少,就会将女人好一顿毒打。第二天当男人出门揽活后,女人遭受的毒打便要复制给母亲。母亲在陆家做童养媳的三年是她噩梦的三年,也是她怨恨养母的三年。母亲的乖僻或许就是在这时形成的。

母亲的养母、养父老实本分，勤劳却懦弱。为了保护父母，矮小的母亲变得泼辣强势起来，生产队无人敢小觑。母亲的强势或许是在此时养成的。

后来，母亲自由恋爱，嫁给了差不多是孤儿的父亲，随后我们四兄妹相继出生，家里的开支渐长，为了让每一个子女都能上学，挣钱成为母亲最看重的事，照顾我们四兄妹的事，母亲就都甩给了外公外婆。母亲不细腻，或许原因在此。

母亲用她的聪明智慧积攒着财富，她开过杂货铺、裁缝店，学了助产技术，是真真正正的挣钱能手。因为母亲的聪明能干，我们家终于富起来，先盖了瓦屋，又盖了楼房，是我们村第一家买电视的、用电饭煲和燃气灶的。可母亲对我们，像对待她做的事情，简单直接，只看结果，一不听话就非打即骂。我们都贪恋外公、外婆的温暖，不喜母亲。母亲应该是难过的吧？但她不一定知道原因。

日渐衰老的父亲患上了慢性病，脾气一日胜一日暴躁，母亲被父亲的坏脾气打压得委顿易怒，更让我们紧张疏离。老伴的不善待，子女的不亲近，母亲内心的苦，该有多深啊！

我的心揪起来。母亲的爱何尝缺席过？在贫穷至极的年代，母亲送我们四兄妹都读了书。我和姐姐是我们村里第一对穿裙子的姊妹。我们过年的新衣服、新鞋子一定是同龄孩子们中最特别、最漂亮的。我们生病了，她比谁都着急，催我们去大医院就医，床前床后地照顾。我们兄妹中若谁家遇到烦心事了，她辗转反侧夜夜难眠。我们哪一家孩子的好坏，她都深深牵挂在心头。母亲不是不爱，只是她的爱是带刺的，看上去剑戟森森，甩出去不敢用力，伤害的常常是她自己。

她说想在这个春天与我和我姐一起旅行。春天过去了，但是不要紧，还有天高云淡的秋天，还有银装素裹的冬天，并且下一个春天也并不太远。只要我们懂得爱，学会去爱，什么时候都有爱的风景。

作者简介：

唐朝媚，安徽省当涂县人，中学老师，出版个人文集《明媚不忧伤》。

我与花台

陶翠霞

花台是九华山核心景区，因盛产杜鹃而得名。花台杜鹃可以从四月一直开到六月，有数十个品种，从山脚开到山顶。与山下杜鹃不同的是，花台杜鹃不仅有灌木，更有胸径一米左右的大树杜鹃群落，它们枝条盘虬似藤萝，别有自然野性之美。许多人远道而来，只是为了一场花的盛事。

花台峰高独秀，气象万千。花岗岩的身子骨，经过自然几万年或上亿年的塑造，每一块岩石都获得了自己的形体。奇峰怪石，似人似物，激发人们无限的想象力。人类根据自己的审美标准，赋予峰石人文含义。于是，就有了罗汉峰、莲台峰、会仙峰、天门峰、龙头峰；如意石、平安石、仙人晒靴石、地藏石、天心石、大象石等。它们已习惯于人们的仰视、膜拜，宠辱不惊。

我四上花台，每次都有新的体验，新的收获。我与花台是"相看两不厌"。

第一次上花台，是奔着杜鹃去的。下了索道，呼啦一下，我仿佛掉进了大花园里。红的、粉的、黄的、白的、紫的杜鹃，在山坡、路边、沟壑、草丛择势而开，热烈奔放。那美丽之磅礴之神奇，远远超出了我的想象。我惊呆了，心里有小鸟的翅膀在欢快地扑腾。同行的好友，纷纷拿出相机拍摄，一个个都欢叫起来，沉浸在单纯的诗意快乐之中。

石阶边的杜鹃树，高个儿，穿着红色、紫色的服饰，像举着旗帜列队向上行走的队伍，满怀激情和希望，也鼓舞着我们勇敢攀登。另一种杜鹃，立在岩石边，静静地开着，显出一枝独秀的风采。松树林下的杜鹃最为动人，它像是从泥土中钻出来为松树献花。还有松鼠蹲来蹿去，白鹇一展美妙的歌喉，睁大眼睛，看看这朵，瞧瞧那朵，乐此不倦。在海拔一千多米的高山上，在花岗岩缝隙里，想必是风儿或鸟儿将杜鹃的种子带来，在此繁衍生息，装点了峥嵘的山峰。

与花台初次相遇，留下了非常美好的印象。犹如故人，转身时便有了种种牵挂，忍不住频频回首相望，却不能停步，因为人生只能朝前。

有年盛夏，陪同三十多年未见面的老同学上九华山。在百岁宫观看睡佛，九华连绵起伏的山峰经过禅意日日夜夜的洗礼，长成睡佛的模样，神乎其技，伟哉自然！导游介绍，花台恰巧是睡佛的脸面，你们看，它是多么慈祥。那一刻，我们被深深震撼了。在自然的哲思匠心面前，人类的一切都显得微不足道。

为近距离亲近睡佛，聆听佛音，我们登上花台，这是我第二次与花台亲密接触。花期已过，杜鹃进入休眠，但每一棵树都抱紧了生命，身体内蓄积的汁液在流淌，开始新一轮生命的孕育。自然万物就是这样生生不息，周而复始，形影相随。所以，我们依然会对生命满怀期待。

放眼远眺，千姿百态的花岗岩石气韵生动，沉稳，大气。当鸟鸣从松树林袅袅升起时，我感受到了花台洗净铅华后的那种宁静。

这次与花台见面，没有刻意安排，纯属意外之喜。就好比铁树开花，是个好兆头，内心特别踏实安宁。

总觉得花台是我人生的福地。那年，女儿回国探亲，尽管是严冬，花台正下着大雪，我还是执意带着女儿去看望它。整个花台完全被晶莹的冰雪包裹，天与云与山与水，浑然一体，白茫茫一片。我们站在被雪覆盖的栈道上，眺望着密密树林中厚厚的雪野，眺望着雪白的琉璃世界，远远近近的山峦万籁俱寂。雪花仍在飘飞，我们仿佛步入仙境之中。我相信，这宁静的纯美，定会附着了浓浓的乡愁，漂洋过海，成为女儿异乡生活的一份慰藉。

癸卯之秋，再上花台，心境与前几次完全不一样。之前，花台于我是紧张工作的一种放松。而今五十五岁的我，迎来了人生的秋季。公务活动画上休止符，心境是繁华落寞后的淡然。我像花台四季一样，有条不紊地遵守着自然的秩序，自然地表达着自己的情感。我与花台分享着彼此的快乐。

花台领着我欣赏秋日的胜景。树开始挥洒色彩，红、黄、绿交错，令人目不暇接，欣喜不已。兀然于松树旁的鸡爪槭，格外显眼，繁枝密叶都染了一片红，成为花台秋的精灵。风掠过松树林，注入凉爽，给我带来久违的舒畅。秋蝉谢幕的演唱会还没结束，秋虫润润嗓子，开始了它们的热闹。一阵风吹来，松针静静落下，那如烟的黄色覆盖石阶、坡地。走在上面，似踩着黄色的地毯。我想象着松针燃烧时噼啪噼啪的声响，那一连串激情的火花，是遥远的童年梦境。

杜鹃开始苏醒，那一树一树的花苞，像饱满的花生米，正在酝酿下个春天的花事。我用手轻轻摸了摸，嫩嫩的，软软的。心想，如果不小心弄坏了，春天不开放怎么办？我扰乱了它的平静，本来就是一种冒犯，慌忙将手缩回。

我攀上山脊，界碑显示：海拔1299米。在这儿看云，仿佛读一篇充满诗意的文章。蓬松的云朵飘移，重叠堆砌，随风变幻。先是几朵几朵的组合，接着是成片成片的排列。不一会儿工夫，完成云海的布阵，将山峰淹没，我为花台云海的气势所折服。随后，是宁静的阳光，云海散去，一朵朵白云将山峰擦拭得清新秀丽。

站立高处，看来时路。想到梁实秋先生说："人到中年像是攀跻到了最高峰……路上有好多块绊脚石，曾把自己磕碰得鼻青脸肿……向前看，前面是下坡路，好走得多。"好走得多的下坡路，我理解为人生开始做减法，懂得断舍离，身心轻松，越简单越幸福。就像花台的岩石，自然作为塑造者，对它们进行了不懈的削减，才呈现出最美的形体。

面对花台，我开始惊艳的是它的美丽，后来感慨的是它的博大。感谢花台，在生活的节点，总是给我一些启示，让我重新领悟生命的美好与意义。

作者简介：

陶翠霞，笔名陶陶，安徽青阳人，曾供职于青阳县司法局，现任青阳县见义勇为工作促进会理事长，先后在《安徽日报·农村版》《新安晚报》《江淮时报》《安徽工人日报》《法治安徽》等报刊发表多篇作品，偶有作品获奖。

雪落寿州城

涂德轩

我本想去看雪时，雪落在了寿州城。

纷纷扬扬的雪，从北京的紫禁城红墙，越过山东泰山山巅，穿越一望无垠的华北平原，终落在淮畔的八公山下。

草木皆兵的山头，在萧瑟的风中，未见摇旗呐喊的兵士，连树木都被北风卷走了丰盈的锦袍。东淝水上，一艘艘满载的货轮在引江济淮的运河里遥望着寿州城，那被飞雪覆盖着薄薄一层的船体，像刚刚点好卤现切的一块块洁净的豆腐，正在水中慢悠悠地游荡着。东台湖、船关湖就是在这一场场雪中从繁华到落寞，从广袤的彼岸走向消逝的时空，又在一场场雪里慢慢重聚，老靖淮桥旁的时光渡口正从历史里走出，是否留下了苏东坡的芦荻，李太白的桂子？

那恢宏古朴的古城墙，苍老且气势磅礴的青石砖，抚摸着被时光浸润的历史肌肤，斑驳的岁月流光，霜黄的诗脉草茎，在雪落的这一刻，变回了古楚的旧都，汉韵的淮南王城。踩着青石板，循着市井巷陌，在飘扬的轻舞里，走走停停，眷恋着这座城。一眼望去，时光沉淀的厚重，历史画卷被雪的钥匙缓缓打开，在雪影里一一回放。

飘雪的淮畔只为聆听雪落的故城，只为徜徉在飞雪的寿州。你看宾阳、通淝、定湖、靖淮四城门上的城楼，久与远，老与新，在时光里已不再重要。深深的车辙、迭起的青瓦、黛青的城楼、飘落的白云、飞掠的鸟雀、远方的青山、脚下的护城河水、氤氲的古城，在雪中融汇为一幅唯美的水墨画。

古城的魅力不止如此，你看那孔庙、清真寺、报恩寺，却在寿州古城里不自觉地统一修葺成明清风格的建筑群。青砖旧瓦古时风,听风听雨赏雪景,依在窗台把书读,心却在落雪的寿州城里。记得才刚刚和银杏在初冬里热烈地相恋,热闹的城郭,一枚枚黄叶,点燃了萧瑟的秋冬,那游人如织的巷陌,好不容易才重新归于平静。此刻,城内那棵棵历经千百岁月的银杏树,三四人都合抱不过来的树干上最后一片黄叶缓缓飘落,沧桑是有底蕴的,与这一季的别离,那一种悲壮和解脱,就为了向往着春的新生。

  风雪千载,几处殿宇几经修葺,青瓦黄墙早就在飞雪中白皑皑一片,飞檐入云的庙宇和雪花一般洁净。你看,报恩寺殿前的银杏,岁月流转,云卷云舒,千余载转瞬即逝。百草不如一木,百闻不如一见。银杏早就遮天蔽日,枝丫繁茂地把大雄宝殿及东西庑堂掩映着。一草一木,一静一动,亦有亦无,皆带禅意。雪却是活跃的,惊起了淮淝里那一丝涟漪,激荡着原本趋于平静的古城。一起来古寺,看一看雪覆的古寺,殿宇楼阁是纯净的白。若想在梦境里、在图画里、在时光剪影里寻求古寿州的旧趣旧闻,就去翻一翻光影里陈旧的书稿,听一听传承非遗的寿州大鼓里远去的传说。

  雪落寿州城,诗意从落雪开始酝酿,我却走进古城人间。

  白雪覆盖的城是安静的,不想却被猫狗的梅花脚印踏乱,远处传来孩童们打雪仗时咯咯的笑声。烤红薯、冰糖雪梨的芳香从街角四溢……

作者简介:

  涂德轩,安徽省作家协会会员,寿县作家协会监事,有作品散见于报刊及网络平台。

潜居拾光

王静雯

梭罗带着一把斧头、一本诗集来到瓦尔登湖边的时候,瓦尔登湖还只是自然意义上的湖水。森林无边,人烟稀少,梭罗用斧头砍伐原木,搭建起湖边木屋,夜晚聆听天籁水声和鸟鸣,白天开垦荒地,种植玉米和土豆,读书、写作、钓鱼、耕种……这样的生活,是不是离纯粹的人和快乐更近一些?

囿于现实生活,并不是人人都能出走,但每个人的心里,应该都有瓦尔登湖情结吧。幸运的是,几年前,我们一家选择搬到了三角洲对面的小区居住。每天,推开二十多层高的楼房窗户,隔着一条人民路,整个三角洲的碧水蓝天尽收眼底。如果将目光由北向南转,就可以看到,长长的人民路和北边更长的汴河形成了一个近乎九十度的垂直线,而蜿蜒的沱河正是这个三角洲的斜边,由西北向东南穿越而过,造就了眼前这座占地2300亩的三角洲生态公园。令人自感惭愧的是,这些都是在我搬到这里居住后,从高处俯瞰后才有的宏观认识。

三角洲好像是我后半生所拥有的一块风水宝地,对我及家人有着不一般的意义。女儿然然是我们搬来三角洲之后出生的,如今已经三岁了,三角洲见证了她的成长历程。在水边长满树木的栈道上,她开始蹒跚学步,跌倒了再爬起来,一次又一次。去年夏天,她两岁时,可以自由行走在林下了,她却对树上鸣叫不止的蝉产生了浓厚的兴趣,颇为认真地站在一棵大梧桐树下模仿着蝉叫,她要和树上的蝉比赛谁的嗓门大。她用洪亮的嗓门连续唱着"哩嘶噶,哩嘶噶",怎么拉也拉不走,引来旁边大人们的欢笑围观。也许,成人耳中单调、高亢、急促的蝉鸣,在小孩子听来是舒缓的,有着高低起伏的曲调。在她小小的世界里,时间过得十分缓慢,她有更多的时间去和大自然进行交流互动,并在这种心灵互动中健康成长。

春节后的一场大雪下得有些令人猝不及防,三角洲成了一片银白世界。雪后气温下降得厉害,水面结了一层薄冰。一个周末,阳光很好,我带着女儿去踏雪,闻到了树林里蜡梅绽放的清香,看到两只大黑水鸡带着两只小的,一家四口在太阳光下的沼泽边,埋头吃着什么东西。通过女儿的玩具望远镜,能看到它们有着红色的喙和额头,翅膀下面带着一圈白色。查了一下,黑水鸡也叫红骨顶,只有在生态良好的清澈水域才能生长。最近几年,它们在三角洲数量越来越多了。虽然叫黑水鸡,我发现它们和小野鸭一样,也会时不时地潜入水底,从一个地方潜入,再从另一处水面浮出,不露痕迹,悄无声息。

我感觉刚过去的这个冬天比往年都要寒冷,气温最低时超过了零下十摄氏度,而且低温时间长,是近年少有的。过年前后,我和女儿还在担心这些生活在三角洲的小家伙们会不会受到寒潮影响,一直想去三角洲湖边看看,都因为雪地太湿滑没有成行。虽然,我在家里安慰女儿时也说过:下大雪了,小野鸭和小野鸡都回家了,和妈妈待在一起一定很暖和的。其实,我对冬天野外的世界所知也不多,也很想知道,当大雪覆盖一切,天地间成为一个大冰箱,这些野生小动物怎样生活呢?它们的窝藏在哪里,暖和吗?会不会挨饿受冻?在那个早晨,看到雪后的它们活动如常,安静觅食,安心的同时也笑自己的认知肤浅。看来,似乎毫无凭恃的野生动物,有着远超人类的生命活力和生存智慧,我们是不是都应该向它们学习,去增强人类那早已退化的对抗严酷环境的生命本能?

三角洲可以说在某种程度上拯救了我的业余时间。我们在搬来之前,住在热闹的街区,休闲更多是关门居家打游戏,沉浸陶醉于虚拟感官世界的刺激。而如今,抬眼就可见的三角洲风景是对自然的重新发现和对美的唤醒。三岁的然然会指着西天的晚霞,脱口说出:"看,好美啊!"果然,美才是心灵最初的滋养教育方式。她常常会趴在窗口看远处儿童乐园的摩天轮灯光,有天晚上,摩天轮没有亮，夜幕中也就看不到了，她担心地问我："妈妈，摩天轮不见了，被旁边的大恐龙吃掉了吗？"第二天一早，她又跑来高兴地喊："快看，摩天轮又出来了，被大恐龙吐出来了！"我也高兴地笑了，她幼小的心灵需要培养丰富的想象力。

　　黄昏，结束了白天的喧闹，我更喜欢沿着僻静的湖边走一走，凉风中穿过水上木栈道桥，来到湖心的水上小岛，这个不大的小岛是一处高地，种了许多山楂树和桃树，浅水区布满大大小小的礁石，四周泥石缝里长了一丛丛的小芦苇。放眼看去，洁净的水面视野开阔，似乎暂时让人与生活的这座城市拉开了距离，只有偶尔跃起的鱼儿会打破这里的宁静。我享受着这难得的安逸，虽然这里和我的住处近在咫尺，却也很少有机会像这样走近了看，即便是枯水期，千亩水面依然碧波荡漾，傍晚可以一直坐在水边，看近在咫尺的城市街道高楼渐次亮起灯火。

　　三角洲夜晚的美丽别有一番韵味。每当周末或者节日，音乐喷泉光影交织，辉映得美轮美奂。人们都喜欢聚集到大水滴下看音乐喷泉灯光秀和巨幕水上电影，高空烟花与造型水柱直冲云霄，一串串水珠如同珍珠般抛洒在夜空中，引来阵阵惊叹，令人目不暇接。三角洲的自然之美有了科技数字化光电效应的加持，营造出了现代宿州的最美风景。

　　我带着内心深处的宁静，慢慢地走在湖边，这里远离城市的喧嚣，已然成为我心灵的归宿。

作者简介：

　　王静雯，80后，安徽宿州人，2009年开始写作，现供职于某国企。

迎接更加美好的生命时光

王祥龙

曾经在网上看到一篇文章，作者来自农村，最后在上海读书和工作，其中广为流传的一句话是："我奋斗了三十年，才能和你坐在一起喝咖啡！"当初读到这句话时，我的心灵顿时为之一颤，这的确是很多从农村进入城市工作的人走过的艰辛历程和心灵体验。而像我这样经历尤其曲折的人，感触无疑就更为深切了。

人到中年时，有了一些阅历，遭受过几次挫折，有了一点儿人生体验后，我常常会在孩子面前说教几句。偶尔在家里喝了几杯小酒，也不免和儿子唠叨："你要记住，你祖父20世纪50年代末从城里下放到农村，我20世纪80年代通过高考从农村重新返回城市，这中间经历了将近三十年的时间。我弯道超越三十年，才让你和城里的孩子踏上了同一起跑线，享受到一样的阳光和雨露！"

晚上躺在床上，我偶尔也会想：如果真的是地下有灵，我父亲得知我们现在这样的生活状况，该会有怎样的安慰和感慨！倘若他能坚持到最后，看到自己得到平反，体验到改革开放后社会的发展和进步，并目睹自己后辈日益健全、丰富的生活，也该有沉冤得洗、后继有人的欣喜和快慰吧！

弯道超越三十年，既是我难以忘怀的苦涩历程，也是一笔不可多得的人生财富，值得认真咀嚼和回味。回望来时路，可以增添克服困难的勇气和信心，汲取激励自己不断奋进的智慧与力量。当然，归根结底，还是要感恩改革开放的新时代。正是这个划时代的历史大转折，才让无数像我这样的个体和家庭，历经磨难曲折，重新获得了新生和希望。

2023年3月中旬，经单位工会安排，我和几位即将退休的同事一起前往浙江省宁波工人疗养院，参加由市总工会组织的职工疗休养。其间，恰遇我档案里填写的出生日期，恰遇晴日，恰遇观赏海上日出的最佳日子。那天清晨五点即起，徒步来到不远处的东海之滨，听涛声阵阵，看浪花拍岸，观日出东方，太阳如燃烧的火炬渐渐照亮了海平面和半个天空，我的内心震颤不已，不由思绪万千。退休，意味着退出职场，但并不意味着退出生活，我不必每天为工作忙忙碌碌，可以活成自己想要的样子了。

2022年9月4日，俞敏洪先生过六十周岁生日时写了一篇文章，《迎接更加美好的生命时光》，他说打算以十年为期来安排一下自己的生命，也就是六十岁到七十岁这个阶段。他声称，自己并不想做什么轰轰烈烈的事情，求得生命的充盈、丰富就好，如果还可以加点佐料，那就增加一些热烈——

"如果后面十年岁月晴好，我希望自己能够行走中国和世界的大地，用脚步去丈量人类文明的嬗变，体会人间烟火的点滴美好；我希望再阅读至少一千本图书，让那些美好的思想和情感流过我的身心，就像流星划过长空，让我的心灵明亮；我希望能够背诵几百篇优秀的文章和诗歌，让这些人类精神的瑰宝时刻像灯塔在内心闪耀；我希望用我笨拙的笔记录下这十年我的所思所想，不为传世，只为老年孤独时自己阅读……"

我没有俞敏洪先生这样的雄心壮志，不要说做事，单纯就读书而言，数量和效果也不敢随便夸下海口。但是在时间宽裕的前提下，多读一些自己过去想读而没有读过的书，多做一些过去想做一直没有来得及做的事，倒是应该作为重中之重优先考虑的。

2023年4月，我退出工作岗位，进入了人生的新阶段，开始退休后的新生活。"迎接更加美好的生命时光"——借用俞敏洪先生文章的标题给我的作品《流年碎影》收尾，那是再恰当不过了。

生活，翻开了新的一页。

作者简介：

王祥龙，安徽铜陵人，当过大学老师、媒体编辑，主任编辑职称，铜陵市社科专家库首批入库专家。出版专著人物传记《生怕情多累美人：郁达夫的情爱历程》，并获得铜陵市社科类文学艺术成果二等奖。出版散文集《岁月如歌：从象牙塔到媒体圈》。

我的"师傅"

王晓光

古往今来，对"师傅"的定义与理解因人而异，我要说的则是在人生历程三个节点上，对我有重要影响的"业师"。

1974年高中毕业，我去了河北宣化姚家营大队下乡。大队下辖四个小队，我被分在第一小队。在那儿遇见了步入社会的头一个"业师"——时任第一小队指导员的陈广千。他仅大我十岁，中等身材，面色黝黑，躯干结实，国字脸上嵌着一双清澈明亮的眼睛，透着一股英气与豪爽。或许是有缘，我和陈广千很快就"黏"到了一起。当时农业机械化远没有普及，初夏时节锄地绝对是一道风景。通常是几十号人在田间一字排开，人手一柄小锄，猫腰蹲伏，两腿交替前行，"转战"于地里田间。锄地既是力气活，也是技术活。开始我每每不得要领，不仅草除不尽，苗间不清，而且膝盖酸痛不支，只得瘫坐田间望苗兴叹！当此绝望之际，作为领头羊的陈广千，总会悄然来到我身边，手把手地传授锄地的要领与诀窍，并代我锄两垄苗，以便我能跟上大部队的进程。秋收季节的扬场、切高粱，也常出现他教我学的场景。因其不厌其烦地精心传授，不长时间，我基本胜任了当地的农活。除了教我耕作的本领，我俩也比较谈得来，话题多是对人对事的看法。他为人忠厚、质朴、不失追求，胸有大志，总琢磨着如何改变乡村贫穷的面貌。姚家营在宣化郊县属于比较落后的，一个工不到一元钱，一年到头能吃一两次白面馍和大米饭，平日主食以玉米和小米为主。遇见像盖房子这等大事，端到桌上的大多是黄米糕，这就是一等待遇了。我记得很清楚，他家境不好。一次到他家做客，他竟然是借了黄米面做糕，让我好生感动！

尽管陈广千有抱负，但在那个年代难有作为。虽然一身本事，相貌不凡，但由于家境差，就是娶不上好媳妇。眼瞅着他被别人相来相去，为他鸣不平的同时，我也倍感生活的艰辛不易。后来他在宣化城里打过工，还曾到国外做过劳务，但最终还是落脚在姚家营。尽管他的努力未能改变命运，但他从未放弃努力。以实际行动诠释了不甘不屈之真谛，展现了"人敬一尺，我还一丈"的相处之道。

虽然陈广千文化程度不高，但是非分明，深明大义。我敬重他的人品，他堪称我的好师傅——不仅是我学习农技的师傅，更是我在"广阔天地"熔炼品质，初锻成型的师傅！

1976年底我被招工进了河北宣化通用机械厂，分配到加工车间当了一名镗床工。我的运气不错，遇上了一位叫李秉仁的好师傅。他四十来岁，中等身材，略显消瘦，国字脸上时常挂着笑容，给人以温和善良之感。然而他的眉宇间隐现忧郁，仿佛在诉说经历的风雨坎坷。师傅言语不多，脾气好。我有三个师兄，四个徒弟中，师傅对我偏爱更多。师傅授业有一套心得，先说个大概，再演示一遍，而后依据徒弟的理解和掌握，细细讲解，多次示范。这种授艺方式，有别于千篇一律和生灌填鸭方式，更具针对性。师傅的启发式授艺，点拨式教学，特别适合我。进厂时间不长，我不仅熟练地掌握了机床的操作，而且在"识图""磨刀""检具使用与测量"几个重要环节上长进很快。兴许觉着我还算可造之才，师傅将多年的操作心诀"心细，眼尖，手稳"传授于我，同时辅以实战解读。心细的要点在于考虑周全，准备充分；眼尖的核心在于高度关注，明察秋毫；手稳的关键则是循序渐进，稳扎稳打。当我逐步在操作中理解了"细，尖，稳"的真谛，便豁然开朗，何止操作机床，做人做事亦然！师傅不仅关心我的工作，也关心我的成长。恢复高考的消息传来，爸妈希望我立即全力备考，而我则举棋不定。细心的师傅看透了我的疑虑。他并没有在厂子里跟我直言，而是选个休息日，把我约到他农村的家里"啃青"。望着满院绿油油的菜蔬，瞅着屋外叽叽喳喳的家禽，嚼着蒸屉里金灿灿的玉米，一瞬间有些恍惚。这时候飘来一个熟悉亲切的声音："小王，别再犹豫，我觉得你能成！即便不得，你不还在厂子里吗？"师傅一如既往慢声细语，犹如润物无声的春雨，解开了我的心结！我突然明白师傅特意喊我到家里说这番话的用意，那就是打消顾虑，轻装上阵。最不济，咱还有"家"，那儿是"战士"休憩的港湾，"疗伤"的后院！

跟了师傅一年多的时间，不仅掌握了基本的镗工技能，更领悟了许多做人做事的道理。学到了谋事周全，行事沉稳，做事低调，宽容平和。他不仅是我做工的师傅，更是领我融入社会的师傅！

1982年初，我大学毕业分配到安徽马鞍山钢铁公司，认识了时任车间副主任的朱昌述。他长我九岁，中等身高，体格匀称，肤色白净，宽阔的额头下一副近视镜，给人的第一印象是个睿智的读书人。而他也的确出身书香门第，1970年毕业于北京钢铁学院。由于是分管领导，加上校友的关系，拉近了我们的距离。记得刚刚入职时参加的首次党支部会，是讨论组织发展。当时我以初来乍到不了解情况为由投了弃权票，本以为直抒己见无可厚非。但事后，作为支部委员的他跟我讲："弃权不是不可以，但留下一笔非全票通过的记录，毕竟有些遗憾。如果换个说法，我虽然不了解情况，但我相信大家，同意大家的意见，会来得更好。"相信组织，相信群众，这是他给我上的头一课！

随着时间的推移，我对其愈发敬重。我之敬重源于他对工作的挚爱。当年由于种种原因，车间生产不均衡，月初松月底紧，他不仅大力倡导均衡生产，精心调配，每逢月底更是身先士卒，挥汗如雨，拉着板车满车间跑，把铁屑运走。当了公司领导，依然初心不改，每逢急难大事，无论昼夜准能在现场见到他的身影。

2002年，由于"中国一重"的问题，马钢车轮改造项目搁浅。几经商议，马钢决定由我公司自制油压机"上横梁"铸件。这项工作绝对是高难度、高风险，稍有不慎，全盘皆输。恰逢时任马钢公司总经理的朱昌述身患重病，他从病榻上打来电话。电话那端的他说话有气无力，却不停地询问工作进展，叮嘱控制要务。既让我感受到其病体的虚弱，又领悟到关切与勉励，其声其情令我战栗与震撼，至今难以忘怀！若没有对工作的满腔热爱，岂能至此！

我之敬重源于他破解难题的胆略。21世纪初期，国内各大钢铁公司的技术改造受到重型设备供应商的严重制约。马钢独辟蹊径，利用已有资源技术创新，构建了独具特色的"马钢模式"，自制轧机及重型成套设备，一举打破了"霸主"的市场垄断，创造了一流的"马钢速度"。继而推而广之，大力发展非钢产业，改变了中国重型制造业原本两分的市场格局，重型冶金装备产品更是"落户"亚欧美，书写了震惊海内外同行的"马钢制造"神话。作为"战事"参与者，尤感他把握风险决策的过人胆识。而这种胆气绝非糊涂胆大瞎指挥，也非意气用事莽撞而行，而是源自敢为天下先的勇气，源自抛却私念的无畏担当，源自对环境的客观分析与准确判断。

朱昌述更像是我工作历程的导师，从他那儿我学到了全身心工作，无怨无悔；融入团队，善待员工；不囿常规，推陈出新；勤于学习，善于思考。

人的一生中会遇见形形色色的"师傅"，师傅并非个个成功，处处优秀，但必有一技之长，必有高尚品质，他们从不同方面，助力我们成长。常言道，"师父领进门，修行在个人"，修行重在学艺之主动自觉，汲取之如饥似渴，吸收之兼收并蓄，传承之薪尽火传。感佩人生路上的师傅，感恩相遇，感谢相助，永不忘怀！

作者简介：

王晓光，2015年从安徽马鞍山钢铁公司退休，正高级机械工程师，个人专著《企业管理札记》由江苏人民出版社出版。

春天的思念

王晓燕

如果要回到故乡去，我要择一春日，回到故乡的童年里。

永兴大队的田埂上走来了我的父亲，他穿着一身绿军装，腰杆笔直，像行走的翠竹，军帽下俊朗的面容如雨后的青山。父亲走过的路旁，杨柳绽开了片片娇嫩的新叶，雪化后的阳光照得叶子微微发烫。我母亲倚着一棵柳树，迎着父亲走来的方向踮脚、张望……那一年的春天，退伍回来的父亲和母亲从生产队分到了两亩多责任田，他们在祖上的三间土房子里成了家。

为了给母亲盖个小厨房，父亲每天天不亮就起来挑泥，他把黄泥、灰泥、稻草搅和在一起，使劲地踩踏，将黏稠的泥浆倒入制砖的模具里，抹平，压整，一块条糕状的泥砖坯就在父亲灵巧有力的大手中诞生了。一块又一块的砖坯排满了田园中心的场基，像一个个方块汉字书写在大地的田字格里。清晨弥散的雾气中，父亲的动作形似舞蹈，我看见细细的汗珠凝结在他浓密的头发上，像二月的雨点挂在细长的竹叶尖子上，粒粒分明。

当袅袅的炊烟蜿蜒在蓝布一样的天空里，母亲的小院子也打扮得焕然一新。母亲爱花，她搜罗了全村的花种在院子里。我总是怀疑：那个贫瘠的年代，真有那么明艳的历史？母亲最爱那四月红，绸缎一样的花瓣，玫瑰一样的红，像新娘子的红盖头艳冠群芳。四月红一出场，就没有杏花桃花什么事儿了，那是故乡春天最动人的红。但是我记忆中春天的底色却是紫色：大朵大朵的泡桐树花如紫云罩住了屋顶，我仰望着那一把把小花伞从空中悠悠降落，一直降落到童年深深的梦境里。后来我从书上学到"百般红紫斗芳菲"一句诗，原来古人诚不欺我。

春风如剪，它将我家屋梁上的春燕的尾巴剪得娇俏可人，父亲唤我，"燕子，燕子"，我跟着父亲走到了麦地里。麦子刚刚抽芽，父亲小心地从麦苗中拔出一根麦茎，"尝尝"，我欢喜极了，细细地嚼，清甜的汁水浸染了我的舌头。我不知道这块土地竟是这样神奇：它包罗万象，变化多端。前不久它还身披彩霞，大片大片的紫云英似乎绵延到了天边，父亲要把这些花朵犁掉肥田，我不肯，他编了个花环哄我，告诉我泥土里有好东西。父亲挥起响亮的牛鞭，雪白的犁铧切开黑黑的泥土，像过年时母亲切开一片片腊肉。我发现泥土里居然蹦出来许多肥胖的泥鳅，难道这也是父亲种的吗？父亲在这块土地上种过春天的油菜，夏天的水稻，秋天的棉花，冬天的麦子……有一角地是属于我的，那是父亲为我种的玉米、甘蔗，还有灿烂的向日葵。

一阵新雨之后，母亲轻轻地割了第一茬韭菜，拿出珍藏的鸡蛋，春韭炒鸡蛋，鲜绿配着金黄，香气扑鼻。母亲又将老柳树根下摘来的野生蘑菇撕成花瓣形状，和鸡蛋清蒸，再撒上几粒小香葱，那蘑菇汲取了春雨和草木的芳华，顿时化为珍馐，齿颊留香。许多年以后，我在自家的阳台上盆栽了几十棵韭菜，精心侍弄，那些韭菜细软如青草，味极清淡，那股乡野的浓烈被稀释成轻烟一般，缠绕着渐行渐远的记忆。

选一个好日子，我和母亲坐船去镇上赶集，班船发出突突的鸣叫，它也像一把犁，划开了大河的青涛白浪，两岸绿树叠着屋檐，白鸟翻飞，人在画中游。我遥望着船尾飞逝的浪花，不知道浪花们会远去何方。

又是一年春天，父亲生病了，他的土地上空荡荡的，那些青草还等着他去锄刈，那些虫鸣声还在等着他倾听。我带他去植物园走一走，红梅灿灿，绿梅莹莹，父亲枯瘦的脸上有了一丝笑意，他说："春天真好啊，我又想活着了！"

故乡外的雨哗哗地下，蔷薇花瓣上的雨滴啊——蓄满了春天的思念。

作者简介：

王晓燕，中学语文教师，文章发表于《海外文摘》《意林·作文素材》《学生家长社会》《辽宁青年》《中国能源报》等多家报刊。

梦归古堆大雁墩

王一珂

那是一小块裸露的赤红色土地，在熟悉的街道以西，正向着河的岸堤，是一处老古堆、大雁墩。

这块墩台很老了，却又依然年轻。垒台的人早已故去，它却滋养了新的躯体：若沿着方形的、向东北不竭蔓延着的夯土层叠处迈步过去，能看见苜蓿、野花正沿着它的经脉生长。今朝的雨那样急，被打寒了的柔絮们便垂拢在一处，随早春的风涛，依依柔柔，又漾起比赤县大地的肌肤更轻些、更艳些的斑驳——草稞花影们伴着我的足迹，簇拥、聚缠，直到腾着静静雾气的氿水之源。

回望来路，我的足迹也被染作了赤褐色；再欲往前看，红坡跌入小丘岑的麓下，可见蜿蜒曲折的河道远滨。我看着考古报告的打印页，越过红伞的帆布边探出头去，站在千里坦地最后的一块边角远望，青灰天幕下，雨霁云开，暗淡的日冕即将陨落在大雁墩古迹的暮草薄土之中。

五千年前，那样一个晒场里的下午是否就是这般？

高坡上刚刚扬起织艺密匝的麻、新缝制的兽绒，山风袭来，扰动女人们臂前扬洒的乌发，也吹动她们手中的纺轮和新制的渔网。梭木上的丝嵌勾着铜网坠，一阵阵缭乱，让她们一时不可见到；远远地，牛羊自墩上如水漫来，犬吠相追；一小队人挟着刀戈与箭镞，扛着新猎的野兽踏尘而来，芥子般大小的星点身影，散落在夕阳赧然的弧光之下，今晚可备大鬲、酒甑，好好庆祝一番！

千年过去，江淮两岸绵延不绝的归家号子也许还在风里。喧嚣的风儿，正是如此告诉人们，它曾一声一声攀上石崖，又跃上竹轩、木柱、蒿草砌的云梁；引来矮马、豚猪们的奔蹄，撩动枝头的青鹊儿。正是这样的号歌，才可让雁墩养育的黄发垂髫在穹隆下也听得见，才堪堪点燃了那赤坡上的一双眼——那是女人中最为黑黢的一双眼瞳。引着他们都齐齐举头遥望，越过我，也越过我站立的这方夯土的旧迹。为首的女人发间插着茱萸、胸前系着玉，她举起腕子；一时间，老人、孩子与余下的母亲，都自颈中流淌出接引英雄凯旋的歌："庐戬黎，我们的君子，你回来哩！"

庐戬黎是古庐子国的君王，商周时期，他在此建立了虎夷的驻地。五千余平方米的广袤居住区里供养着长河、土沙所爱抚的丰腴生命，仿佛他们生来便该在荒坡与湿地间游荡。仰赖华翅傍火的鸟儿图腾，天地颐养葛天氏、陶唐与有虞们的子孙，赐他们春秋华茂，历千载之延祚，仍寿考不朽——如这古堆、雁墩，如此被封存入时间，又一度被载入史册；静谧的灵魂随着纸页翻涌间溢出的墨香流淌而出，与即将到来的微冷夜色一起，即将融入这幅早春的生活图画。

心绪与想象一时被唤醒，和江淮两岸的商周祖先一样，我也迎着日暮时分略显纤薄的彤红日光，翻动那些绘载各类形器的考古图册：绳纹锥足、石磨红砂，或有青铜质的镞戈，也被逐一描摹在案，别样生动。

在庐戬黎的国度里，人们一早便学会了与土地缔结盟约。一双手，掬起泥与水，便淬炼大地的精血，在火焰中将其幻形为陶，供奉人们的一体五脏，带着肉香的炊烟从此便氤氲袅袅。

陶工之法，古在尧舜；如那时人们晓自然、演万物，以佑生、示理。《尚书》有载"羲和""北正"之官，掌民事、理星运；传说中又有昆仑雨师之"赤松"仙人与历遍百草之神农氏。如此，中华民族自远古以来便遵自然法则，重视人在天地间的诗意栖居。这种交融表现在方方面面，不仅是古时执耒耜蔬的农人依四时与节气耕种；即便是匠人，制器之法也暗合天数。

春时，应有雨水丰沛；夏来燠热，阳气炽盛抒发；秋冬刑月风寒，玄律白藏，静静蕴含着新一季的万物轮转。

工匠们感应到四季，又将这规律绘制在瓶身、器体上，创作了往复轮转、井然有秩的人纹与绳纹；以刻画细密、制纹精美的器纹形态，揭示远古的审美哲学。

每一件陶器尽管工艺相仿，但都为一器一式的孤品。就如雁墩古堆四季年岁更替，黄面孔换了一代代去，而这片继承自商周以来的土地，仍是独一份的闹腾腾的红热：弯下身去，泼天溅透了的土地里藏着最难言喻的柔韧，搓捻开来，草苔的腥湿将肉色的指头关节熏得红熟。

千年前的那位匠人，是否也如我这般探入同一片赤红大地的肺腑之中？掌心糅开那些红丹、褐土，注入灵长的生气与深深静静的一股力量，一股经得起反复琢磨、锉雕的力量，直拟作器胚、叩勒工名，送至最炽热的炉火的核心，又沉沉埋进厚积数米的岩土文化层之中，化了那江淮山川形胜间的风烟一束。且与神州魂魄共寥落，变为今人溯洄、后人追忆的太古遗韵。

这位匠人先祖似乎是刚刚才离开，热铜流淌进赤陶的罅隙间，铜的簋器还未成型，他便将能纳载须弥的模具交给了我，待我轻轻地吹拂迢递四季，揭开这遗物上所蒙的尘埃，又一次将血脉相连的掌纹印上大地的颧与踝。锤砸、二分这块陶模，复现铜的青锈绿霭——让铜血、陶肉，再塑一器一式，绝无仅有的精神与躯体。

书页翻飞不止，回过神来，却仿佛恍如隔世。

风儿又起了，冷霜素手，挟去钢铁巨栋间的城市温灯，又有滚沸的生息在脚下的红壤里时凝又聚；万古一寂时，覆焘万象枯苍茫，点缀大梵的金乌日，终于落了下去。那日头，它与大地一样红，与心血一般热；落日的种子种进草莽与干渠，燃作一丛丛篝火，循着若隐若现的人影幢幢，绽开在夜幕之下：

是她。高坡之上，我认出了她，她曾在女人们中间，于日暮时迎接英雄们回归；是那一个首领、祭司，发间插着茱萸、胸前坠了玉的女人。她此时手执刻纹兽骨，在黄琮整列的高坡上起舞，英雄们在她身边围坐，母亲们为她献歌；直到篝柴间升腾的火苗到达她的手臂处，君子举起了酒杯，裂纹将要兆显！祭司向天空高举那段骨片，带着余温的灰烬渐次描摹出鸟形的文字，在颂歌中，它开裂进而崩解——自最初的孔洞始，显现出一道道清晰的纹路。

古来南方尚巫觋，人们"摛紫贝，搏耆龟"（《西京赋》）以生灵为媒介，企图效法自然、顺应泰和。天、地、人三才相辅相成，

钻凿纹路，灼骨见其兆，祈求天道"五行"给予国家庶徵所本的民生"五事"以应示，谓："雨燠寒风五事之应求。"（《尚书》）

此时此刻，如每个寻常日子里的仪式，庐子国的人民正审阅那一掌兽骨。正如他们是那样擅长石凿，剔甲剥鳞，再赋予隐秘的暗语，来自上天的谶语便如期降临——祭司黑沉沉的瞳仁捕捉了"兆"，那"兆"又将化作考古报告中被再度揭示的语词。当我阅读这语词，那双眼睛又何尝不是在注视着我？注视着与她相伴的母亲们千百年后的同姓后裔？

梦境般的夜幕下，我不再是透明的，她穿过千年的时光，自甲骨的鳞隙里深深地注视着我；她摩挲着尚且洁滑崭新的骸面，即将在君子的授意下，在那上面，也在我的手面、额前一段段刻下"兆"的断辞。那就像是一段烈火的吻，赤红色大地馈赠的一轮崭新、明媚的红阳；好像那故去的正在复苏的城邦，好像那一片殷红的、踏实承载了千年记忆的土地，正催促我醒来。

我将在一个春天的早晨醒来。

一双眼睛，越过玻璃窗和被现代建筑物的阴影分割了的空间去看：要去看那一小块裸露的赤红色土地，在熟悉的街道以西，正向着河的岸堤，是那一处老古堆、大雁墩。如果可以，那么在醒来的这一日里，更要让我在春意盎然的时刻难耐一场注定到来的踏青之旅；要让我赶上一场惊蛰后的急雨，踏上一处故地，重新聆听它千年前的呼吸。

哎，淮河两岸与逝水相逢的朋友。哎，丘陵伏脉与古塞重会的挚爱。

你可还记得这故地？

你可还回忆得起，我们的君子、工匠和作为大祭司的母亲，都曾来自那里。

作者简介：

王一珂，笔名长世青，安徽合肥人，安徽新华学院创意写作中心干事，研究方向为中国古代文学，曾在省级刊物上发表论文、文艺评论数篇。

年锅子

王 云

"年锅子"的起源出处无处查询,皖南山区大部分地区过年都有这道菜肴,属于火锅类,做法大同小异。这道菜是旌德女婿胡适先生在京城举办家宴时的美味,是其夫人江冬秀的拿手菜。现如今年锅子也叫"胡适一品锅",追根溯源,此菜肴出自旌德女子之手。

千百年来,徽水河静静地流淌,"三桥锁翠"的景色秀丽依然。走过和平大桥去往菜市场,可以买到年锅子所需搭配的食材,但买来的却没了家传的味道。时光太匆匆,母亲现已年逾八旬,如今,我和姐姐们接过"接力棒",学着母亲的模样置办年货,做一道乡愁记忆深处的年锅子。人世间的烟火,一代代传承。

其实,年锅子里最有味、最点睛的配菜是油豆腐泡装馅、蛋饺、炸圆子和年豆腐,这四样食材在烹制年锅子之前要单独提前制作,所以年锅子也被称为"功夫菜",此"功夫"的意思是要提前细细准备配菜。旌德人过年时家家户户都做这道菜,每家每户都有其独特的风味。幼时,正月里去乡下拜年,尝到了不同风味的年锅子。特别是油豆腐泡装馅,姨奶奶家是萝卜丁肉馅的,二姑姑家是菠菜豆腐肉馅的,还有舅爷爷家将豆腐泡剪开口子翻转过来装馅。还有炸圆子,是用做冻米糖的冻米做的。可真是美味在民间。

油豆腐泡装馅还有一个雅名叫"开口笑"。这个好听的名字还是后来听屯溪大表姐说的。大表姐从小未曾在旌德待过,但因其母亲,我的姑姑是旌德人,所以她怎能不知之甚详。将金黄的油豆腐泡在拐角处剪个两三厘米的口子,将荠菜、猪肉、荸荠剁碎,放入少量老豆腐压碎再加入调味料拌成馅,再往一个个油豆腐泡内装入馅料,待全部装好码放蒸笼，不一会儿，热气蒸腾里就传出诱人的香气，等时间到揭开锅盖，胀大的豆腐泡遇空气迅速回缩，排列整齐的豆腐泡开口处馅料外露，如同咧嘴笑了。孩子们迫不及待地捞出几个放入小碗，滚烫中一边吹一边咬，满口是荠菜猪肉的清甜鲜香，那是儿时记忆中的味道。这一天是幸福的，可以把"开口笑"吃到饱。母亲总会做上两三百个，放在竹篮里，挂在屋檐下阴凉通风处，每天烧年锅子时都要放上十来个。如此，可以吃到正月十五元宵节前后。

  过年象征着阖家团圆的炸圆子不可少。将糯米淘洗蒸熟成糯米饭，略放凉，豆腐干、猪肉切小丁，小葱、生姜切末一同放入糯米饭中拌匀，再搓成纸皮核桃大小的圆球，依次排列整齐放入竹匾，待锅中油温烧热，开始炸圆子。火候要适中，母亲炸的时候我们已经按捺不住，踮脚延颈张望。炸圆子浓郁的香气和升腾的热气始终在记忆的深处，每到佳节，它总会蹿出来，提醒我该回家了。

  那时家中孩子多，一个个稚嫩的身体需要能量填充，加上过年时亲戚朋友来拜年，母亲得储备充足的年货，在没有冰箱的日子，还得注意保鲜。能干的母亲年前到豆腐坊预订了二十斤豆腐，将豆腐切成大块，趁着炸圆子的油顺带把豆腐也炸成金黄色的年豆腐。为了保存，取一只一尺多深的陶罐洗净放入盐水，再将年豆腐一块块码放入罐子内，用盐水浸泡，放满密封，可以吃到二月二。

  蛋饺更是年锅子里不可缺的美味。一般采用猪夹心肉，掺以鲜美的冬笋或鲜香的香菇，切碎丁调味拌成馅料。鸡蛋打散，用特制蛋饺勺，放置火炉上烧热，放入适量菜油或用肥肉擦勺子，再舀一小勺蛋液放入蛋饺勺内转动，待凝结后放入馅料，将蛋皮合拢，一个完美的蛋饺呈现。听母亲说，一个鸡蛋，假如蛋皮摊得薄，可以摊做五六个蛋饺。蛋饺全部做好，码入蒸笼蒸熟放凉。等到烧年锅子时放入慢慢炖制后品尝，才是人间有味呢。

  年锅子是皖南人的心头好、舌尖爱，除了之前说的四样食材要提前细细备好，还得将春天的笋尖、蕨菜，夏天的豆角，趁最鲜嫩时采摘，煮熟后晒干储存，留待过年烹制年锅子用。这些美味的山珍需用温水泡发垫在锅底，上铺五花腊肉、排骨，佐以盐、酱油、

乘风

生姜、大蒜、五香八角焖煮，成就了山珍的美味。在肉将熟、菜入味时，放入之前备好的食材之一——外酥内嫩的年豆腐继续焖煮，等到豆腐入味后，沿着锅内最边缘铺上一圈"开口笑"，挨着"开口笑"再铺一圈炸圆子，最里面铺上蛋饺，添加适量的水，大火烧开转文火慢慢煨熟焐透，铺上泡发调味后的山芋粉丝，上面铺上一层碧绿的菠菜，最后撒上一把蒜叶末，一道热气升腾、香气四溢的年锅子大功告成。一层又一层，不知道铺了多少层，实不虚"千层锅"的美名。

刚吃的时候，锅内品种繁多，最让人惦记的是锅底鲜嫩的山珍，而此时的"开口笑"、炸圆子、蛋饺、年豆腐在油汤中焖煮后，味道真是绝好，只要尝过一回，终生无法忘却年锅子的美味。锅内荤素搭配，乡土风味浓郁，味厚而鲜美，提箸后让人欲罢不能。旧时年夜饭是在八仙桌上吃，桌子中间必须得有年锅子，周围摆放鸡鸭鱼肉等其他菜肴。其他菜或可缺少，而年锅子必不可少。旌德县域内民间自古分为东西两乡，可无论是东乡还是西乡，自古就有无年锅子不成年夜饭的习俗。前文所述胡夫人江冬秀女士正是西乡旌德白地江村人氏。

年轻时工作忙且在外地，不会也没时间去做年锅子，但值完班巴巴地赶回家吃了母亲做的年锅子，整个人似乎得到了神奇的滋养。现如今，已学会烹饪这口口相传的美味，朴素的食材用心去做，传承这让游子们无法忘怀的故乡之味，哪怕绕到世界的另一端，记忆里散发的仍是故乡的香气。

作者简介：

王云，女，笔名远山，《黄山文艺》杂志编辑部编辑。散文、诗歌作品散见于报刊，并入选多部作品集。

逝去的老屋

韦德昭

这世上，有一种最让人魂牵梦萦的乡愁，叫老屋。

我心中的老屋有前后两座。一座开启了我生命的旅程，一座庇我迎娶了新娘。

1954年，祖居因特大洪水坍塌，次年开春后，祖父母于原址重建。老屋伫立在韦家村庄口。透过门扉，村前韦家山和韦家路一览无余，尽收眼底。

老屋黛瓦，外墙只有墙基一米多高是薄薄的青砖，上面都是用黄泥垒制。屋内粗大的木柱间，分别用包裹着一层白石灰的土墙隔成了三间。我最初的印象，中间为堂屋，西屋是父母和姐的卧室，东屋被一分为二，靠南的半间是灶口，另一半是我和哥的卧室兼稻仓。屋前用土墙围成了一个有半亩多地，似正方形的院子。院中柴门朝东，正对村中的主巷道。院内环围墙盖了一个带草棚的猪圈和一个小茅缸，遍植香椿和梧桐。

在当年几乎都是泥墙草屋的韦家，老屋算是凤毛麟角了。得益于祖屋的遗存，颇让我们引以为傲的是大门前的五级整块青石条台阶，它们全都比门略宽，厚实、润泽，包浆着时光印痕；台阶两侧是青石板铺成的硬地，前端对称有两个高约五十厘米的大石鼓；石鼓的前面是一个也用青石板铺就，约二十平方米，有下水道的天井，而且因为有台阶，老屋门槛较高，屋内垫土高出地面七十多厘米——即使是在水乡那恼人的梅雨季节，老屋也没有一般农家所固有的霉味。年少轻狂的我，曾多次阿Q式地自吹：先前，我的祖上也曾阔过……

老屋一直为我们遮风挡雨，护佑着我们慢慢长大。我在这座老屋里享受了人间最美最幸福的时光。但年少不识愁滋味，被爱层层包裹的我，羽毛还未长成，心里却老想着要早早飞离那个巢，急急地去找寻那真正属于自己的星空。可当我拿到师范录取通知书，当父母都走进墙上高挂的镜框里，老屋一直是我如候鸟般寒暑假必回的地方。

初始在外求学，只要时间超过一个月，我就会很没出息地想念老屋。而且随着时间的流淌，乡思会愈来愈稠，总是硬生生地将岁月拉长。好不容易熬到放假的前一天，我肯定会早早打点行囊，常常是一夜不成眠。

那座老屋在我结婚的前一年，因部分泥墙出现明显的裂痕被父母拆除，在原址又建起了一座红砖青瓦，用厚厚的雪花松板做隔层的旧式楼房。这也是全村历史上的第一幢楼房。院墙改为砖石砌成；屋门院门只是较先前略显高大了一些；在院子的东南角新盖了一小间砖瓦结构的厨房，就连紧挨着的猪圈茅厕也都换成了砖瓦构造。由于楼房只是在原老屋的基础上向上加高了半层，变化不大，就像手机虽然更新换代了，旧手机里的数据可以完全复刻到新的手机上，人在新的老屋里，关于原老屋的记忆几乎是被完整地保留了下来。

我始终认为，老屋是有灵性的。家有人住，老屋显得容光焕发，没有了灯火，就蛛网密织，尘埃遍布了。前几年，老屋已是窗残瓦裂，院墙颓圮，一条条长长的"阳尘"在屋顶倒挂，燕垒也早已了无痕迹，让人看了满是心酸。去年，后辈们按当下的审美标准和养老要求，主动将老屋又进行了翻建，想让我们在老迈之时可以再回老家安享晚年。

新屋落成前，有一次我返乡来到屋内，虽然明知新陈代谢不可抗拒，孩子们翻修老屋也是善智之举，可就是身在其中，心却没有一丝一毫的怡悦，一直是空落落的。人就像断了线的风筝，像丢了魂的孩子。此屋已非彼屋，熟悉的曾经已经变成陌生。一些驳色的旧家具，包浆显眼的老物件也没了影踪，就连父亲亲手栽种，留存在世的活着的纪念物——早已亭亭如盖的石榴、香椿和柿子树等，也都全部进了天国。渐渐，莫名地，一种从未有过的心痛、失落和沮丧，相互交织着，在我胸中蔓延开来，犹如那惊涛拍岸，卷起了一堆又一堆雪。

胡马尚可依北风，我那刻骨铭心的老屋已经逝去。新屋已不是我存放浓烈如酒般乡愁的地方，我纵有万般思念也已成空。"年少不觉家乡好，年老方知乡愁长"，今后我那愈来愈浓的乡愁和那浸润在骨子里的老屋情结，看来只能深埋在内心深处或寄存在梦里了。

蓦地，我忽然意识到，在岁月的长河中，眼前的新屋不也是老屋的凤凰涅槃吗？那是老屋的新生，是根的延续啊。人生本过客，我们终将归尘归土，何苦过分恋旧呢？后辈们将来也会对此屋做出新的定义和诠释的。

想到此，我似乎又释然了。只不过，那间老屋，还是那样非常清晰地矗立在我的心里。

作者简介：

韦德昭，笔名林芥，安徽当涂人。作品散见于《海外文摘》《散文选刊》《检察日报》《安徽工人报》等纸媒。多篇散文在省市县征文比赛中获奖。出版散文集《我们曾经的活法》。

姑奶奶的拐杖

吴家发

姑奶奶一生无儿无女。父亲三岁时就没了爹娘，成了孤儿，姑奶奶是父亲唯一的亲人。我从记事时起，每年正月走亲戚，父亲带我拜年的第一站便是姑奶奶家。拜年的礼物不多，几样副食品和几元压岁钱。

我入学堂前，姑奶奶就是石湾生产队的"五保户"了。姑奶奶家仅一间低矮的草屋，吃喝拉撒全在一间屋里。记得几次雪后拜年，姑奶奶家草屋屋檐上吊着一排长长的冰棍，像一排排箫，冷风一吹，发出呜呜的声响。

有一年正月，父亲给姑奶奶捎去一根拐杖，自家老竹制的，上了漆，抛了光，底端用铁皮包紧，柄是活动的，可拧开。谈不上值钱，但有几分模样。接到这根拐杖，姑奶奶很高兴。

正月里气候还比较寒冷，姑奶奶的屋内却很暖和。嵌在土壁子上的木桩悬着一刀蜡黄的腊肉。我们刚一进门，姑奶奶就移动木梯，一双小脚站在梯子上，颤颤巍巍的，总算取下了那刀肉。肉是每年过年队里给的年货，姑奶奶舍不得吃，为我们拜年准备着。除此之外，队里还送几元钱的过年红包。

姑奶奶家门前有几株桑树，到了夏天，满树桑葚从鲜红到紫黑，落地炸成果泥。到了这个时候，姑奶奶在树底下铺上一层干草，用竹篙子敲下成熟的桑葚，然后在干草里捡出一颗颗桑葚，小心翼翼地装满一大布袋。姑奶奶赶时间送桑葚到我家，因为桑葚易烂。她一手捏着驮在背上的布袋子，一手拄着拐杖，杵着小脚，一步步向我家戳来。她走得看似急促，其实不快，不知走了多长时间。

那时的桑葚，对于我来说，就是"人参果"，我曾吃醉过一次。每一次吃桑葚，果汁淋到衣服上，母亲给我换衣洗衣总是忙上一通，院子里不时响起"噼里啪啦"的捶衣声。

姑奶奶送过桑葚后，父亲隔三岔五就去她家，给姑奶奶摘下几箩筐桑叶喂蚕。

我也爬树摘过桑叶，听蚕宝宝吃桑叶时小雨般的沙沙声，看蚕宝宝扭动胖嘟嘟的身躯，我好奇地问姑奶奶，养蚕干啥，是不是可以炒着吃？姑奶奶脸笑得像菊花，告诉我蚕宝宝吃饱了就吐丝，吐出的丝可做好衣裳。

尝过桑葚的美味，留在舌尖上的酸与甜沁人心脾，成为永远的记忆。我像一只候鸟，每年到桑葚成熟的季节，身体就有本能的反应。那个季节里，我盼望着驮布袋拄拐杖的姑奶奶早日出现在路口。实在熬不住，就独自去姑奶奶家。

姑奶奶家门前的桑葚还半青半红，这使我很失望。已是吃中饭时间了，她家一口锅里正"咕嘟嘟"地响，姑奶奶揭开锅向锅里撒菜叶子。不一会儿，有人来串门了，揭开锅说，老奶奶，侄孙来了中午就吃菜粥啊！那人走了，姑奶奶关上门，屋子一下子灰暗起来，姑奶奶一只手伸进一口罐里捞米，传来指甲刮到罐底的声音，捞了几次，才捞出大半碗米来。姑奶奶说，孩子别急啊，等锅里粥好了，姑奶奶煮白米饭给你吃。

突然传来敲门声，连续敲，开门，看见父亲铁青着脸站在门外。父亲一进门就揪起我两只耳朵，像过年杀年猪似的把我提出门外。姑奶奶连忙扎进我和父亲之间，见父亲一个巴掌在空中扬起，我吓哭了，姑奶奶也拿起靠墙的拐杖说，再打孩子试试，我就用拐杖敲破你的头！

我很委屈，我是来吃桑葚的，不是来蹭饭的，我禁不住泪流满面。姑奶奶抚摸我的头，捏捏两只被揪红的耳朵，揩去我淋在下巴上的泪水，说，我孩子双耳耳垂多厚，下巴向上兜着，长大是个有福的人。

姑奶奶家这顿饭没吃成，父亲驮我回家，我在父亲肩膀上睡着了。回家后，父亲态度变得亲切起来，开导我说，你这么大了，应该懂点事，姑奶奶家的口粮都是队上社员从牙缝里省下来的，按斤按两称给你姑奶奶的，你去吃，别人会怎么想呢？

姑奶奶长寿，活到八十六。父亲和我给她送了"老"。石湾的队长说，老人家临死前一天晚上就在"游气"了，硬撑着见到娘家来了人才走。我们到她床前时，她看上去像睡着了，但突然又缓过神来，眼睛睁开一条缝，嘴巴张得很大，发出含糊不清的声音，父亲贴近细听，努力听她最后想说什么。终于听明白了她的意思，把床前那根拐杖握在手里，姑奶奶闭上嘴，安静地走了。

拐杖是父亲制给姑奶奶的，姑奶奶又还给了父亲，父亲心里猜想，姑奶奶想让我们在她死后看到此物便想起她！

石湾的队长问父亲关于姑奶奶的后事有什么要求，父亲说出了姑奶奶的遗嘱：一间房子和屋内几件家具全归队里，入殓棺内的裹身丝绵不用买了，她这些年养蚕存了不少丝绵，多余的部分卖掉，以补办丧事开支。还有一个非常重要的要求，姑奶奶想让队里为她开个追悼会，追认她是烈士遗孀。

队长犯了难，他也听人说过姑爹爹和姑奶奶拜堂的当天晚上，客散后就去参加桐西姚会甲领导的抗日游击队伍，在桐城范岗鸡冠山一带打游击。但此后再无此人消息，有人说战斗中牺牲了，还有人说后来参加了别的什么部队。这是件查无实证的事。

这是姑奶奶终生的憾事！

另一件令我遗憾的事是，姑奶奶那根拐杖因我并没有存留多久。上小学时看过几场抗日的电影，几个小伙伴模仿战斗场景"拼刺刀"。我的武器是姑奶奶留下的拐杖，和对方几个来回碰撞，拐杖开裂了。但有个意外发现，开裂的拐杖里露下几张五元人民币。这一发现，不但没使父亲欢喜，反见父亲哭得像个泪人！

作者简介：

吴家发，中学高级教师，在《海外文摘》《散文选刊》《安徽日报》等发表散文等数篇。

食花记

吴 静

喜欢已久的博主，录制过一期以花卉为食材的视频：一袭红衣，策马归来，她手中的一捧鲜花，魔法般变作了赏心悦目的梨花蛋卷、芍药饭团、酒酿桃花丸、萝卜紫花糕……粉丝们惊呼：美哭！

食花，确为一件雅事。花各有香，将四时鲜花烹饪成各种点心或菜肴，既可饱腹，又养眼入心。

水陆草木之花，可爱者甚蕃。菊花、茉莉、金银花，皆能用来沏茶。将新鲜花朵采摘晒干后，用沸水徐徐冲泡，三五朵干花，于杯中上下翻腾、舒展，倏忽之间，暗香浮动，美哉俏哉，惊喜自不必说。

从教多年，慢性咽炎成了职业病。桌上常备一杯花茶，唇干舌燥之时，啜饮几口，清咽润喉，消炎去火，顿觉清爽。

云南盛产鲜花，鲜花饼是当地最出名的点心，其做法也讲究，需采摘清晨将开未开的玫瑰花苞，去蕊切碎，加糖和蜂蜜腌制做馅儿，再裹上面粉烘焙制作而成。

有年春天，闺蜜到云南旅游，捎回一盒玫瑰鲜花饼给我。撕开精巧的独立包装，玫瑰的清香扑鼻而开，酥脆的白色面皮里，玫瑰酱隐约裹藏着片片鲜红的花瓣……入口，恍若千万朵玫瑰在舌尖上次第绽放，叫人唇齿生香。

入夏，宜拿莲花入馔。老舍先生爱莲、种莲，并引以为豪。朋友约游大明湖赏莲，他确信自家莲花很美。朋友在老舍去书房之时，采摘了莲花，拿给厨子油炸，他顿觉"天旋地转"。是啊，爱莲之人，断不能接受心中圣物成了食物，老舍失花之痛难言，只有"焚稿祭莲花"了。

紫玉兰又叫辛夷，花瓣肥厚，与莲花一样，可油炸食用。用面粉加盐搅拌成糊，将花瓣洗净晾干，投入面糊中均匀裹之，入油锅，大火煎炸至金黄，捞出晾凉，撒上葱花即可。

刚采摘的辛夷花，沾着露珠，魂灵儿都还在。一道软炸辛夷，颜色淡雅，香脆爽口，宜做下酒菜，白嘴当零食吃也是极好的。

桂花芬芳馥郁之时，定要做上一大瓶桂花蜜。新采的桂花去蒂，洗净晾干，用白糖腌制，入锅蒸熟取出晾凉。一层桂花一层蜂蜜码好后，搁置冰箱冷藏，美味告成。

闲暇，煮一碗酒酿元宵或炖上一截香藕，舀上两勺桂花蜜，日子都变得软糯香甜。

梅花与雪，是隆冬里的一对佳偶。宋时，文人雅士皆喜食梅花。杨万里曾倚着老梅树"自要嚼梅花"，豪放恣意得很。

林洪所书《山家清供》有记载，将梅花洗净，再用雪水煮熟白粥，加入梅花，可做成花粥。去年冬，我早早采摘了一布袋梅花瓣，却终未等来一场雪。品尝一碗泛着冷香的梅花粥，大抵是需要一些缘分的。

这世间，唯美食与鲜花不可辜负。烟火厨房，食花饮露，俗事不俗。

作者简介：

吴静，女，散文《静待花开》入选安徽省散文教师百家《诗意的红烛》（第四辑）；获"红烛颂"全国征文一等奖，全国第九届"书香三八"读书征文活动一等奖；散文《母爱的天空》入选2020年湖北省中考语文试题卷。各类报刊总计发表二十万字，2023年出版散文集《静待花开》。

嗣　母

吴显为

　　三妈是我嗣母。我一直喊三妈，没喊过妈妈。

　　按风俗，过继给胞弟兄的儿子叫嗣子，由嗣父母养大，须改称伯伯妈妈；由父母养大，叫"卖马不离槽"，无须改称，该叫啥就叫啥。

　　我就是"卖马不离槽"的。对于三妈，我是谱上的嗣子，碑上的孝男。三伯1960年去世，1962年下葬时，我才三个月，伯伯做主，将我名字挂到三伯的碑上。

　　伯伯的决定，决定了我和三妈的特殊关系。

　　三妈有两个女儿。大姐姐霞云，童养媳，月子里抱来押子的。没押来儿子，倒押来了一个女儿，小姐姐水凤。

　　三妈骂过大姐打过小姐，见我总乐呵呵的，毛儿长毛儿短的，没高声一句。其实小时候，我老黏着堂大妈，三妈的心里一直泛酸水。

　　三妈说："毛儿，我们是娘儿，比她亲得多！"

　　亲是亲，第一次见三妈，吓了一大跳。她颈子上吊着个大包（吴花屋人叫破颈，甲亢引起的），像小葫芦，眼里翻着白眼珠子，脸昂着，朝着声音的方向转来转去。她个儿矮，头发蓬着，灰蒙蒙的，补疤的大襟褂子，补屁股千层的抄腰裤子，靠墙听着，偶尔插上一句。吴花屋人难见她的身影——不在山上砍柴，就在家里摸索。

　　小时候到吴花屋，大姐姐出嫁了，三妈带着小姐姐，北瓜红薯渣可松着裤子带吃。我在她家吃过了瘾，开阔了眼界。引火，不擦火柴，从人家灶笼里借来火种，不用还，最划算。喝热水，端出灶笼里的麻罐，或端起炉子上的瓦钵，倒到大碗里，仰着脖子灌，咕噜咕噜，有时呛得溅出了满嘴的水滴，咳——咳，好解渴。油锅不洗，舀进半瓢水，烧成了油水。三妈端着一个蓝边碗，靠着锅台嘬着嘴，哟哟地吹着、吸着，吸饱了抹抹胸口，嚷着还是油水有味啊。腌菜水不倒，腌第二回，或当盐水烧菜。三妈说盐是个宝贝，倒掉了叫糟蹋皇粮，老天爷都不会饶过你的。

小姐姐嫁到马鞍山南山镇后，按政策，三妈被评为五保户。吃的，年终大姐夫挑着稻箩到各家收稻（三妈家四个户口的田地分到了各户），加上政府救急粮，敞开肚皮吃。喝的，吴花屋龙井眼里冒出来的，戳着木棍提来两桶三桶，躺着喝。烧的，山上长的，四个人的山头一个人烧，堆着烧。住的，几十年前祖传的一间老屋，加上十来平方米的木楼，能跳广场舞。

天有不测风云。大雨屋漏，土砖壁化了，轰然倒了。祸不单行，两年后灶门口失火，新房又啪啪烧了。好在是五保户，国家发了粮油衣被，盖了一间水泥砖盖板子的屋子，防水防火，没窗子没亮瓦，但有门有灯——夜里从不拉灯。

三妈极富天赋，看人靠听，看物靠摸。

她的耳朵，比眼睛尖得多。我一踏上门前的石头，门里的三妈就笑了："我毛儿来了！"

她的手指也灵。指头短而粗，茧厚，能摸出布匹米粮钱币的名称质量数量。至于筷子水瓶饭碗锅盖油壶，一摸就晓得了。全世界也没谁，比她熟悉自家的坛坛罐罐，摸得个清清楚楚，数得个明明白白。纸币硬币，一摸就报得出是几元几角几分。她有个癖好，同样面值的纸币单收在一起，藏在米缸里，枕头里，被絮里，稻草里……

我问为什么不藏在一块。

她说怕偷。门有锁，一撬就开了。偷了一处，嘿嘿，我还有很多呢。

她喜欢关门摸钱，数钱。随时随地，能报出自家钱的总数，精确到分。有时捏着纸币在空中甩一甩，啪啪，清脆悦耳。她昂着的脸，绽放出孩子般的童真笑容，甜蜜，芬芳。

不料一场大火，烧了房子稻米柴草，烧了她一辈子存的纸币。抢了几样东西出来，其中棺材最金贵。

第一次看到三妈哭，拍得棺材板砰砰响："我不活了，我不活了！"

进了新屋，三妈摸着棺材板，露出了笑容。大姐夫找小六漆了，棺材面摸起来光滑、舒坦。

柴草没了，找山头要。

要上山，得靠棍子开路。路仅三四百米，弯曲，起伏。两道沟，沟上架块石头板子。三妈背着竹篓子，哈着腰前倾，棍子咚咚戳着。前戳左戳右戳，戳一圈又一圈。探明了，抬起脚，小步地移，比慢镜头还慢。两沟之间是塘埂，两三尺宽，一侧是高坎，一侧是深塘，跌下去不死就残。四十米塘埂，蹭了七八分钟，甚至十多分钟。过了第二道沟，上了塘沿上的山路。山路一尺宽，满是碎石子，滚下去是水塘，就见了龙王爷。小心！每一步，棍子要杵两三分钟，棍子头杵开了花。有时蹲下来，用手摸地，摸清了才拖脚。有时干脆坐着，屁股磨，左右蹭。慢是慢，幸好她有的是时间，比万岁爷都富裕。

磨过去，是一方洼地，平整。这儿是幼坟地，其中有三妈的几个儿女。幼坟，没有碑，没有包——粪箕装着埋的，早踏平了。这儿也是烧灵屋的火场。那年三妈的灵屋，就是我在这儿点火送给她的。

三妈戳地的时候，肯定戳到过她儿女的坟头。

戳过洼地，又上山了。山势舒缓，草树茂盛，这就是三妈的柴山。

吴花屋人照顾，三妈的柴山连成了一片。三伯的坟墓，也躺在这里。竹篓子放在三伯的碑台上，取出柴刀割。割累了，摸到碑台上歇一歇，喝口水，喘口气。闲心来了，跟三伯说说话。说说大姐姐，说说小姐姐，说说毛儿。

"毛儿养了个儿子，你有孙子了。好哦死鬼，躺在这里做爹爹（祖父）了。"

山风嗖嗖吹来，凉快。林鸟叽叽唱歌，好听。

搓着狗尾巴草的穗子，穗粒托在掌心里，噘着嘴吹，吹散了，散到了四方，飘到了衣服上头发上。站起来拍拍灰拍拍草，跺跺脚下的土地。"这个地方，我的，死鬼耶，守好了。有一天，我来陪你。"

歇够了，再摸起柴刀，左手在地上揪，揪到一把草，右手持刀，在草根处割，"嘎嘎嘎"。割断了，扭成草把，摆在山上晒。晒干了，竹篓子背下山，轻松。

背竹篓子过山路，屁股地上磨，活像蜗牛爬，慢到了极致，慢出了诗意。

偶尔遇到暴风雨，雷电交加，"啪啪"，在她头顶爆炸。她端坐不动，像观音娘娘一样坐禅，在风雨雷电中修行，净身、净心。

有一回大姐偷偷背三妈的竹篓子下了山，遭到了三妈的一顿骂。"我能做的，我自己做。什么事都找人，我这个人，活着不如死了算啦！"

独居二十多年，死都不求人。过年过节，大姐叫她去，她偏不。她说半升米是个家。"米在哪儿，柴在哪儿，我不摸都晓得。上厕所，不用棍子，好方便。"

三妈求过我——准确地说，是吩咐我。接受起火的教训，有了钱，叫我收起来。我说："大姐在身边，她收方便些。"她说："我们是娘儿，我的，就是你的。再说了，你收着，是要帮我做事的。要棺葬，我怕烧，烧着痛；要葬在吴花屋的山头上，你三伯的身边，生为吴花屋人，死为吴花屋鬼；要请道士做个法事，敲锣打鼓地，热热闹闹地，去见你三伯。"

我说好，三妈就笑了。

笑得最开心的，是1984年我陪她过了个大年。年夜饭，是我烧的，有肉，有鱼，有豆腐，有小炒。也请来了堂大妈。两位老人高兴坏了，嘴都笑到了耳背后："我毛儿好，我毛儿好哦！"

她笑着走了——2004年7月6日，上山陪三伯去了，享年七十九岁。

三妈来吴花屋六十年，没出过马蹄冲。来时，视力正常；两年后，完全失明了，一直在黑暗里摸索。摸了一辈子，留下了一块碑，长在吴花屋的山上，名曰"吴母马氏"。

哦，也留下了故事，很平凡，又很传奇，在吴花屋在马蹄冲口口相传。还留下了名字，很平淡，又很惊艳——马桃香，"桃花嫣然出篱笑，似开未开最有情"。

清明腊坟祭扫，我都在吴母马氏前转一转，想一想，说一说。2014年腊坟，我说："老奶奶，你有曾孙了，做婆婆了，开心吧。"2020年腊坟，我又说："老奶奶，你添了第二个曾孙，又做婆婆了，好开心吧。"

吴母马氏，在风中肃立，沉静。小草小花，在阳光下点头，微笑。

作者简介：

吴显为，"同步悦读"签约作家，中学英语高级教师。在各类报刊发表作品一百余篇。

包 河

萧 寒

合肥因包拯拓宽了文化维度，廉文化滋生的这条包河，又名"包家河"，部分文献又称作"包家池"或者"包公池"。传说，宋仁宗要将庐州城赐予包公，包公坚辞不受。在皇帝的坚持之下，包公只选择了一段护城河，留与子孙。子孙依河而生，每日捕鱼取藕，有所生计，却也不致暴富，失了勤俭持家的好门风。

包公家训，寥寥数语，字如金石，掷地有声，"后世子孙仕宦，有犯赃滥者，不得放归本家；亡殁之后，不得葬于大茔之中。不从吾志，非吾子孙。"庐州城这段护城河改名为包家池（包公池），包氏子孙沿河而居，繁衍生息，代代坚守家训，克己正身，直道而行，不堕门风。

今日的包河早已不是旧时私家产业，而是国家 4A 级风景区。包孝肃公祠、包公墓、清风阁、浮庄等景点组成了一片占地颇广的风景园区，其中水域面积几近一半。今日包河风光秀美，古代包河的环境也是相当优美的，明末清初时《芥子园画传》的编绘者王概游览包河时评价说："水木明瑟，凫鱼上下，颇极林野之盛也。"《庐州府志》再次肯定了包河的秀丽风光："蒲苇数重，鱼凫上下。长桥径渡，竹树阴翳。"

游包河，就不能遗漏香花墩上的包孝肃公祠。祠堂是整片园区的核心，自明代以来，无论是官员上任，还是士人游历，都会到此凭吊一番。文人墨客除了表达对先贤的敬佩之情，还要瞻仰存放在祠中的包公告身、画像和朝靴。

祠后东侧是廉泉井，这也是一处非常神奇的所在。传说，历代到合肥上任的官员，必要亲自品尝这井中之水。凡是清廉居官者，必觉清凉怡人；而贪墨污吏，喝下必定头痛难忍，直至认错悔过为止。到了清末，李鸿章的侄孙、举人李国蘅听说了这个故事，在一众帮闲的怂恿之下，亲尝了井水，在确认并无异常之后，洋洋洒洒写了篇《香花墩井亭记》，并刊刻成碑，立于井后，以供后世品评。

包河中还有一处不起眼的遗迹，叫作"脚印塘"。脚印塘长近20米，宽约8米，颇似巨人留下的一个深深脚印。它拦腰横卧在包河当中。传说，幼年包拯在香花墩读书，闲暇常到此处游玩。那时岛上并没有"玉带桥"，一日包拯突然想到对岸去看看，无桥无船，只好猛地向前一跳。他本是天上文曲星下凡，这一跳便在小岛上留下了一枚又深又大的脚印，天长日久形成一个小塘，人们称之为"脚印塘"。合肥地区流传的许多关于包公的传说都充满了神话色彩，其根源正是广大百姓对这位清官的由衷崇敬。

包河的水面曾一度布满莲荷。荷花，出淤泥而不染的清白品质，历来是国人感物喻志的对象。清乾隆四十六年（1781）的秋天，礼部侍郎钱载赶赴江南，主持即将到来的庚子科秋试。一行人走马道经庐州，住在城中金斗驿。这天清晨，这位秀水派著名诗人在送走了怀揣种种目的前来拜访的人群之后，催促随从，一行人悄悄地从庐州城内穿过转至城南包河。诗人在包河边停下了车辆，在堤柳、白莲、秋色、微风的包围中，暂时忘却了那些投机者带来的不快，青天遗迹尽在眼前，崇敬之心犹如泉涌，此情此景，焉能无诗？于是诗人口占五律一首："金斗驿东别，晓烟施水昏。鞭丝湿秋气，已转南城根。白花露方泫，翠叶风多翻。脉脉冷无际，迢迢愁不言。堤柳一相拂，若笑何婵媛。得非兰芝女，化此寂寞魂。皎洁夺波色，稀疏出沙痕。伊人不可亵，槛外香浮墩。"这首题作《庐州城外白莲》的五律，落笔之处在于洁白的莲花，表达的却是诗人对于先贤高洁品格的赞美，同时也表达了要以此为警，不为邪魅"可亵"的心情。

包河成为包公品质的象征，砥砺无数士人廉洁奉公，以民为先。除了荷花，包河的鲫鱼和藕，在古代也曾是合肥的著名土产。

道光十二年（1832），江苏武进人汤贻汾退隐江宁，重设并寓居琴隐园，悠然尘外，时常与大江南北文人墨客聚会赋诗。这位身兼画家、诗人、武官多重身份的晚清名流在自己的《琴隐园诗词集》中记载了合肥包河出产鲫鱼的情况："香花墩池中产金背鲫，名包公鲫。""包孝肃祠居水中。产金背鲹鱼，人呼为包公鲫。"

无独有偶，定远人方濬颐则写道："香花墩畔钓鲜鲫，筝笛浦上烹霜蟹。"定远、合肥相距不远，从诗意中看，作者必有所经历，方才有此回味。

这些诗句除写实的描写之外，也包含了一些"爱屋及乌"的心思。包河的鲫鱼号称"铁背鲫鱼"，是因为背上的颜色要比别处的乌黑许多。再者，别处的藕切开后都是藕断丝连，这里的藕却没有丝。人们都说，这包河中的一鱼一藕，都是为包公铁面无私的精神所感化的。天人合一，共同体现出一种清正廉直的道德节操。

包公的形象太过深入人心。带着玄幻色彩的传说，是民间诉求和情感的宣泄，表达了老百姓对公平、公正、公道的期待和诉求。正是源自社会和百姓的热切需要，包公成为古往今来代表廉洁公明、为民做主的理想人物，成为代表合肥城市精神精髓、文化内核的名片人物。2002年，原合肥市郊区正式更名为包河区。

至此，包河的故事并未完结。随着新时代号角的吹响，勤政爱民、秉公执法、勇于担当的包公精神品格，正激励着更多的党员干部清心修德，崇廉尚廉，肩负起现代"铁包公"的职责，做人有底气，做事能硬气，做官有正气。

作者简介：

萧寒，1984年生，安徽合肥人。毕业于东北师范大学汉语言文学专业。安徽省档案学会档案文化研究委员会副主任、合肥大学环巢湖文化与经济社会发展研究中心研究员。长期独立从事人文地理暨地方文献的探索和研究工作。

柿红寄乡思

解 帮

乡居人家多喜欢在自家屋后种棵柿树。除了柿子甘甜可口外，还因柿子有一层红红火火的美好寓意，寄托了乡居人家对美好生活的期盼。

秋尽冬来，柿树叶子已然落尽。遒劲的枝干，生硬如铁，如寥寥的几笔文人画，以天空做底色，一撇一捺的笔势则是稀疏的枝丫，姿势僵硬而坚决。一树青柿，历经岁月浸染，从纽扣般大小，淋过雨、扛过风、忍过虫袭，一部分最终挺到了初冬，坚强地高悬枝上，义无反顾地红了。

枯黄，是初冬的底色。夕阳下的庭院，一副衰败气象。但这树上零零散散的一些红柿子，让一院的寥落顿时显出了成熟、生动、收获的色调。殷红的柿子，于晨光中，红得像一枚一枚绣球。于冬阳下，红得像正燃着的火球。至傍晚，高悬树上的柿子像一盏盏晕晕红灯，在残阳中红得有几分醉意。夜幕降临，庭院里一片黑暗，几乎什么也看不到了。但红扑扑的柿子，记挂在这家人的心里。如果明日客至，用现摘的柿子招待，不跌份的。

幼时，家中院里也栽有一棵柿树。夏天，柿子刚开始茁壮，我就等不及了。这时的柿子还未到可食的时候，涩。我经常挑大个的摘下几个，放村外稻田的淤泥里沤着。过四五天，扒出来洗净，涩味全除，柿肉酥软，可解馋念。初秋，柿身肌肉凸起，棱角分明，像一个个健美运动员。柿子熟时，母亲趁闲摘下一些放温水里泡着，过几天，涩味去了，口感脆嫩且甜，嚼劲十足，有着独有的口感。

大地上的叶子渐枯，满树的柿子渐红。这一树的红，招人的眼，也招鸟雀的眼。深秋时节，我每天放学的第一件事就是拿着弹弓，悄悄地对着柿子上的鸟雀瞄准，砰的一声射出一个石子。虽然鲜有打中的时候，却能吓唬一番，使它们在啄食柿子时心有余悸。

　　后来我家搬到了镇上，但隔些日子我总要回村与昔日的旧友玩耍。每次一踏入奶奶的家门，便可以看到她盈盈的笑容。"大孙子回来啦！"接着便是一阵嘘寒问暖，最近成绩好不好啊，中午吃了什么啊……"奶奶拿点儿什么给你吃呢？"奶奶像突然想起了什么似的，匆匆向厨房走去。奶奶前些日子已经把树上能摘的柿子都摘下来了，然后放在一个装满了稻壳的纸箱里。箱子里面松软、温暖，让这些柿子在里面美美地睡几个懒觉，它们的身子便软和了。奶奶手伸进纸盒里，轻轻地摸、捏，最终取出两个递给我，"吃吃看，甜得很。"与经过处理的柿子不同，自然熟的柿子，果肉被一层果皮包裹，里面全是流质。苦涩随风去，凌霜味更甜。撕了果皮，柿肉如酸奶一般甘之如饴。透过窗户，我见院中柿树上还剩几个。"树上还有几个呢，不打下来都让鸟吃啦。"奶奶赶忙阻止，说："摘得够吃了，给鸟留个几个吧！"

　　给鸟留下几个，是人性善意的原始流露。作家陈满意有一篇散文《留两个柿子看树》。有一年作者回到老家，准备将家中院内树上的柿子全摘下来。他的母亲说："别摘了，留着吧。"作者说："留着是浪费，摘下来吧。"母亲感叹道："留下两个柿子看树。树老了，一个柿子都没有也是很难过。"

　　一年一季，青柿最终在隐忍中倔强地红了。红，才是柿子最终的颜色。那火样的岁月红，即使只剩下一个，也是这一季最璀璨的一抹亮色。即便所有的繁华落尽，这一枚红果被鸟雀啄得千疮百孔，但因为这份倔强，这份坚守，也足以笑傲成一种成熟的美感，让人心生感触，给人启示。

作者简介：

　　解帮，80后，安徽合肥人，定居芜湖。作品散见《天津文学》《散文选刊》《草地》《延河》《小说林》《鹿鸣》《中国铁路文艺》等报刊。

阅读白马尖

徐 缓

一年一度秋风劲，便感觉秋意浓酽。朋友说，此时进山最美。"山势雄杰，如天马振鬣行空，雄峻险隘，横控水西。"深山有静处。秋冬之交，我们踏进霍山白马尖，就如同找一处静静的地方阅读一本心仪已久的书。

较之山外，山中微寒，木屋错落有致，秋景色彩斑斓，依山而建的亭阁，扑入眼帘。有旅行团举旗而入，有一家人缓步赏景，也有坐在平台石桌旁喝茶聊天的，没有喧哗，时闻鸟鸣，更添幽静。远山，林木，不由你不神清气爽。

一

缘山而上，木板路嘎吱作响，像极了钢琴的琴键，走在上面仿佛可以听到隐隐悠长的琴声；又好像一条DNA，编码着飞流的时光。我就这样缓慢地、不着目标地走着，不是翻越一座山，而是在翻阅一本书，点评一幅水墨画。

缘径而行，常遇闲游散客。山石不语，草木不言。秋阳下微风吹拂，周遭水浒，蒹葭苍苍，藤蔓披拂，似在看我。环绕山庄处，静卧一泓池水，波澜不惊。水滨几丛野芦苇，与红枫相对，白的如雪，红的如火，将初冬的景致概括殆尽，令人心生苍茫。

二

竹林依然翠绿。竹间石边，尽是簇簇丛丛的野菊花，远远看去，像繁星点缀在山野之间。缀满黄色花朵的修长枝条，纷乱垂落交叉，尽得野趣。

想起林志颖的那首《野菊花》:"走过一地黄泥巴,地上一朵野菊花;枝头花朵正开放,旁边又在添新芽;前面一排竹篱笆,农舍茅屋一人家;三分菜圃三分田,又种菜来又种花……野菊花呀野菊花,这里可是你的家?菊花轻轻摇摇头,这里不是我的家……野菊花呀野菊花,哪儿才是你的家?山高云深不知处,只有梦里去寻它。"白马尖,庶可做野菊们的家吧?

我酷爱喝菊花茶,迷恋它在水中飘逸的姿态,喜欢它淡淡的清香,对它略带苦涩的滋味,也甘之若饴。野菊花比起家菊,味道更浓。野菊是低调的隐者,隐藏在山野之间,更能使人心腑宁静。

三

次日,迎着晨曦薄雾,我们向白马尖主峰进发。沿途多斑斓秋叶,枫叶流丹,层林如染,满山云锦,如烁彩霞,它比江南二月的春花还要火红、艳丽,如大幅油画。刘禹锡说:"我言秋日胜春朝。"果不其然。

想到香山枫叶,想到熙熙攘攘的游客,在替白马尖不平之时,也为它庆幸。多么安静的秋色啊!也许,安静是暮秋初冬的天生气质吧,它本就不属于喧闹的。枫叶慢慢自燃,行云慢慢消失,泉水慢慢流淌,不宜大声,不宜打扰。

白马尖周边区域,静得听得见叶落的声音。几百种珍稀的动植物,在悄悄地做着自己。连香树、银鹊树、鹅掌楸、大别山五针松、红豆杉,这些带着保护标签的树,并不因此而悲喜,悠然享受着天地所予的阳光雨露。鹿、豪猪、灵猫、狐狸、娃娃鱼、甲板龟、穿山甲、鹿獐、锦鸡、鹞鹰、百灵、黄莺、白头翁,或奔跑,或潜游,或隐藏着美丽的羽毛,各自成为最真的自己。

山路绵长,白云缭绕。远处炊烟袅袅,鸡鸣犬吠,近处山气氤氲,人生如寄,此时我是幸福的孩子。

四

溪水潺潺,耳际叮咚。刚巧下了一场夜雨,早上放晴,山涧溪流比平日欢畅，几处飞瀑更是精神抖擞，彻见水底卵石、草叶，游人惊叹："溪水啊，怎么可以这样清澈！"

读过贾平凹的美文《溪流》：我的生命，我的笔命，就是那山溪哩。虽然在莽莽的山的世界里，它只是那么柔得可怜、细得伤感的一股儿水流。我常常这么想……溪是有根的，它凉凉地扎在山峰之下。人都说山是庄严的，几乎是死寂的，其实这是错了。它最有着内涵，最有着活力；那山下一定是有着很大很大的海的，永远在蕴涵感情，永远是不安宁，表现着的，恐怕便是这小溪了……正因为寻着自己的道路，它的步伐是艰辛的。然而，它从石板上滑下，便有了自己的铜的韵味的声音；它从石崖上跌落，便有了自己白练般的颜色；它回旋在穴潭之中，便有了自己叵不可测的深沉。

白马尖的溪流，从大别山最高峰跌宕而下，一路摔打，一路高歌，一路接纳着飘落的红叶。它流着，流着。山给了它生命，它是充实的、富有的；它也在探索自己的路子。

水向下流，我向上走，不一会儿就到了山巅。站在白马尖主峰上，手扶巨石垒起的"1777"，眺望峰峦如聚，波涛如怒，太阳从波涛般的山脊升起，阳光像野菊花一样朵朵开放，金光灿灿，心胸顿时开阔起来。

作者简介：

徐缓，主任编辑，六安市作家协会副主席，安徽省作家协会会员。

写作的意义

徐永健

看到一句话:"现在搞文学似乎不是聪明之举,圈内人都自叹别无他能,才不得不搞文学。"这让我想起另一本文学理论上所说的:"文学艺术在现代社会里,在世界范围内,普遍衰退了。文学艺术陷入了前所未有的危机和困境。艺术似乎确实丧失了以往所拥有的崇高而神圣的地位,艺术沦为资本的奴隶,沦为文化工厂的产品……文学艺术不再是艺术家独一无二的伟大创造。坚守文学的传统阅读阵地的人日益减少,一部文学作品轰动了世界,这只能是一种美好的回忆了。总之,文学艺术的今天,的确大不如前了。"

心中涌起一丝惆怅。柔和的阳光投射到了书桌一角,我把冒着热气的茶杯移到阳光下,光线穿透玻璃杯,茶叶慢慢沉入杯底,斑驳的影子留在桌上,恍惚的却是我渐行渐远的思绪。

记得当时为了写作,我读了大量文学理论的书籍,做了十多万字的笔记,但现在如果有人问我:"文学到底是什么?写作究竟有何意义?"我难以回答。

或许文学是灯塔,照亮了黑夜中前行的道路;或许文学是镜子,让我们看到了自己;或许文学记录着我们的时代;或许文学是刀,针砭时弊;或者文学并没有那么复杂,它就是我们朴素情感的表达。

又或者文学是非分之想,是茶余饭后的消遣,就像孔子所说的"行有余力,则以学文";抑或像《剧本》一书中提到的那样,似乎只有足够疯狂,又足够幸运的人,才得以投身于这种带有殉道精神的自虐事业。

穷而后工,自古文章憎命达,古人的话并非一点儿道理都没有。

从商业和经济的角度来分析，写作，尤其是纯文学写作的投入产出比远远低于其他行业，那为什么还要坚持写作呢？

我想到我曾辞去工作，用了两年时间全职创作了"织网人"系列小说。这套书的出版发行，除了受到不少读者的喜爱之外，还有一些互联网从业者发出了不同的声音。他们质疑我抹黑互联网，唱衰科技，说书中那首名为《丑陋的织网人》的歌，深深伤害了中国两千万"织网人"的心。

其实，我以为文学作品或许就是作家对现实的叩问。恰恰因为科技的发展迅猛，才需要有人不合时宜地"唱反调""拖后腿"，提出"这真的没问题吗？"以此引起大家的重视和思考。任何一件事物，如果看似只有好的一面，就需要有人提出不一样的声音。每一个作者，都希望问题只出现在他的虚构作品里，而不是现实生活中。

又有一些人说我写的是推理小说，而写这类小说的人，大多心理有点不正常。这种偏见，大概是出于对类型文学的了解不够多。

推理作家通常都有着任侠仗义的江湖情结。推理小说的结局，一般都是善恶终有报，正义在最后一定会得到伸张，罪恶也必然会接受应有的惩罚。相较而言，推理作家更加关注现实生活中的各类案件，甚至有些作家本人就接触过真实案件，比如柯南·道尔、阿加莎·克里斯蒂、奥斯汀·弗里曼、多萝西·L.塞耶斯等。其中，安东尼·伯克莱，这位"侦探俱乐部"的发起人，他的所有解谜作品都是基于对社会真实案件的关注而写成的。

也许我能够对别人的不理解进行解释，但当我收到每个月都会准时到来的银行还贷信息时，我又如何对一家老小交代呢？在现实与责任面前，写作确实成了非分之想。

话虽如此，完全断绝写作念想，并没那么简单。西方人常把普罗米修斯视为艺术创作者的原型。普罗米修斯因为盗火得罪了天神宙斯，宙斯就把他绑在高加索山上，还派了一只鹫鹰每日啄食他的肝脏。白天肝脏被吃完，但夜晚又会重新长出来。这样日复一日，年复一年，普罗米修斯就一直承受着鹫鹰的折磨，痛苦永不消失。

大多从事文学、绘画、音乐等创作的人，在现实生活中往往穷困潦倒。夜深人静的时候，他们会下定决心，明天还是要老老实实地找份正经工作，好歹有个稳定收入能够养家糊口。可到了第二天，被吃掉的"肝脏"又长出来了，又会不由自主地继续疯狂下去。如果有命一说的话，这可能就是他们的命。

温暖且柔和的阳光，此时已经离开了我的书房，室内温度似乎瞬时降到了冰点，让人感到阵阵寒意。书桌上的那杯茶，也不再冒热气了，但我还是端起杯子，喝了下去。

凉茶让人清醒，将我杂乱的思绪拉回到现实中。我再次取回那本小说，看到了扉页上印着莫言2012年诺贝尔奖晚宴致辞，其中一段这样说道："我深知，文学对世界上的政治纷争、经济危机影响甚微，但文学对人的影响确实源远流长。有文学时也许我们认识不到它的重要，但如果没有文学，人的生活便会粗鄙野蛮。因此，我为自己的职业感到光荣也感到沉重。"

作者简介：

徐永健，新锐悬疑推理作家，目前已出版发行《织网人：畸零者之罪》《织网人：1024之谜》。

家乡的味道

鄢钱芳

每一道菜背后，都有其独特的故事吧，那些融入其中的情感、记忆与传承，使得一道普通的菜肴变得与众不同。在安徽安庆地区，山粉圆子烧肉就是这样一道被无数人心心念念的家乡菜。

小时候，每当过年过节，山粉圆子烧肉总是饭桌上不可或缺的一道菜。那个时候，家家户户都种红薯，而山粉则是将红薯碾碎、洗浆、晾干后得到的白色淀粉。对于安庆人来说，山粉不仅仅是一种食材，更是一种情感的寄托。

我曾经无数次听妈妈讲述她小时候的故事，那些关于饥饿、关于食物的记忆，在我心中留下了深深的烙印。她说，小时候，只要地里还有红薯，他们就有了依靠。哪怕番薯渣，也能成为一道美味的食物。

长大后，我离开了家乡，但每逢佳节，妈妈总会寄来一盒山粉圆子烧肉。那香气扑鼻的味道仿佛能穿越千山万水，带我回到那个熟悉的小城。而每一次吃到这道菜，都能勾起我对家乡的思念。

直到有一天，我决定自己尝试制作这道菜。妈妈给了我她的"独家秘方"。首先挑选上好的五花肉，切成块状。然后是山粉的调制，需要加入适量的水搅拌均匀。接下来就是烹饪的技巧了，先将肉煸炒至金黄，再加入适量的调味料和清水煮开。最后将调制好的山粉糊慢慢倒入锅中，不停地搅拌，直至全部熟透。

在烹饪的过程中，我仿佛感受到了妈妈的味道。每一个细节、每一个步骤都蕴含着妈妈对这道菜的热爱与执着。当山粉圆子烧肉出锅时，那香气四溢，让人忍不住想马上品尝一口。

而现在，这道菜已经成为无数安庆人心中的思乡之菜。每当远离家乡的游子回到故土，总会点这道菜来品味家乡的味道。那微甜软滑的山粉圆子与鲜嫩多汁的五花肉完美地融合在一起，仿佛诉说着一段段美好的回忆。

如今，随着生活水平的提高，许多传统的食材与烹饪方法都逐渐被淡忘。但山粉圆子烧肉这道菜一直被安庆人珍藏在心中。它不仅仅是一道美食，更是一种情感的传承与延续。

每当我品尝这道菜时，总会想起妈妈在厨房中忙碌的身影。那些关于食物的记忆与情感都深深地刻在了我的心中。而如今，我也成了一个母亲，我希望能够将这道家乡菜传承给我的孩子，让他们也能感受到那份独特的味道与情感。

如今的我站在厨房里，手中拿着筷子品尝着这道山粉圆子烧肉。那香气、那味道、那回忆，仿佛都凝聚在这一刻了。我明白，这道菜已经成为连接我与家乡、我与妈妈之间的一道桥梁。无论身在何处，只要能够吃到这道菜，那份对家的思念与对妈妈的感激便永远不会消失。

作者简介：

鄢钱芳，安徽望江人，文章见于《作家新视野》《文学经典》《文学讲堂》《振风》《安庆日报》等报刊。

童 窑

杨维全

看到幼儿园师生共同挖红薯、烤红薯的照片，不觉想起童年的"红芋窑"来。

20世纪80年代的童年是美好而自由的。天总是很大很蓝，凉风吹走了燥热，不时有成排的大雁从头顶飞过，庄稼已经收割完毕，放眼望去，一马平川的黄土地，我们一群大大小小的孩子在这广阔的田野上奔跑着。这个队伍分三个部分，最前面的是一两个带头的大孩子，中间是稍微小一些的孩子，我们最小的跟在最后边奋力追赶着队伍。身边有谁带来一条黄狗，跟在旁边忽前忽后地跑着。收过庄稼，野兔无处藏身，会突然从身边冒出来，箭一般地蹿了出去，黄狗不等主人命令，奋力追了出去。前面野兔拼命奔跑，后边黄狗拼命追赶，我们在拼命给黄狗加油，一前一后，一小一大，越跑越快，越跑越远，最后野兔、黄狗都模糊在颜色差不多的土黄色的地平线上。通常，黄狗会耷拉着舌头独自跑回来，但我们也不会失落，因为接下来我们要烧红芋窑了。

土黄色的深秋大地上，只有红芋地还是深绿色的。红芋收获晚，排在稻麦等庄稼之后，所以深绿色的红芋地在以黄色为主的秋天里格外抢眼。

天高地阔，土地松软，我们尽情地放飞自己。找到一处犁好的地，满地的坷垃便是建红芋窑的材料，一群孩子中间总是有一两个大孩子是领头的，他们分派工作，指派稍微小一点儿的去扒红芋，最小的去搬坷垃、拾柴火。垒红芋窑这种技术活就由领头的大孩子自己来干。分工完毕，各干各的活。说是干活，但是一点儿也不感觉到辛苦，比家里大人叫干活快活得多，也卖力得多。

垒红芋窑要先选好地点，在地上挖出一个直径半米左右的小坑（用来存储烧过的灰烬），留出一个豁口作为窑门，坑的大小根据人数的多少或者扒来的红芋多少而定，然后围着这个坑往上垒坷垃，最下边除了留出的窑门之外围上一圈大坷垃，接着往上边垒的是较小的坷垃（因为小坷垃更容易烧透），越往上坷垃越小，越往中间收缩，最后收工的时候，不用任何支撑，窑顶的坷垃要搭在一起的，形成一个拱形的顶。垒窑的难点和关键就在最后收工的时候，垒窑的人这时候总是小心谨慎，如果一不小心坷垃就会塌下来，还要再重新开始。垒好拱形结构的窑顶，就很结实了，可以在上边放上毛豆子、蚂蚱烤着吃，也不会被压塌。那时候最佩服的就是会垒红芋窑的大孩子，他们垒的窑是那么坚固精美。

窑垒好了，柴火也捡来了，清理一下窑内的坷垃和余土，就开始烧窑。烧窑也是有技术的，也是由大孩子负责，有人往里面添柴火，有人吹火。烧窑的时候，扒红芋的也回来了，大大小小的红芋送到红芋窑的旁边。这时，其他孩子没事做，就在松软的地上摔跤、玩打仗等游戏。一群孩子大小不一，不是一个重量级，摔跤的时候，显得不公平，于是一个帮俩（一对二），或者搂后腰、扛大腿等方式才能公平些。土地松软，摔倒了也不怎么疼，胜负也不那么重要。

最后，不管捡了多少柴火基本都要烧完，当把窑顶的坷垃烧红了，烧窑的大孩子就会用树枝夹一下窑顶的小坷垃，往上吐一口唾沫，坷垃由红色变成了青色，窑就烧好了。这时候把红芋从窑门送进去几个大的，用大坷垃把窑门堵上，在窑顶打一个洞就可以把所有的红芋都放进去，然后把烧好的坷垃全部敲碎盖在上面，再用土覆盖成一个小土包，用脚把土包踩得结结实实，灰烬和烧红的坷垃的温度会慢慢地把红芋焖熟。这时候，我们是不需要在一旁守候的，摔跤、捉迷藏等游戏，在广袤的田野上，在广阔的蓝天下，热火朝天地进行着。差不多一个小时之后，红芋的香气忽然磅礴起来，如洪流一般在大地上流淌，不知是谁喊了一声"熟了"，就如鸣金收兵一般，野得再远，也纷纷回到窑边——我们要开窑吃红芋了。

捡出来的红芋，外表或焦黄，或依然保持原色，或焦黑，不管怎样，都是皮松瓤软。大孩子秉公分芋，拿在手上，烫，左手倒右手，右手倒左手，终于冷却一些，或者说适应了，这才撕皮，或是干脆就皮一起，大口吃起来，那叫一个香甜，比家里用锅煮的红芋要好吃得多！秋高气爽，快乐地享用着自己的劳动果实，嘴里唱着"烧的红芋香，烧的红芋甜，煮的红芋不沾弦"，每个人都有一种成就感。

许多年过去了，再也没有吃到过那样香甜的红芋了，也没有那样与大自然亲密接触了。只是一到深秋，眼前就会浮现了这样的景象，天清气朗，一群孩子在乡间的路上奔跑着，前面是领头的大孩子，中间是稍微小一点儿的，我们最小的跟在最后跑着。跑着跑着，我也变成了大孩子，后边跟着小的和更小的，一年年，一茬茬的孩子逐渐长大。不知什么时候，田野里不见了这群孩子，我们跑着跑着就老了，跑着跑着就散入人群，彼此找不见了。

作者简介：

杨维全，亳州谯城人，2015年从事文学创作以来，先后有散文、小说、诗歌等在《亳州晚报》等发表。2020年以来，先后主导拍摄微电影《漏洞》《爷爷们的抗日故事》《返乡》，分获不同奖项。

龙岗路：行走在边缘之间

叶　纯

　　合肥向东，进城出城，龙岗是大门。

　　龙岗路与长江东路交口，这条南北向的交通要道，宽敞大气，东南西北四角都有地铁口，站名叫"龙岗"。

　　龙岗所处的位置很特别。20世纪90年代初，合肥迎来一波三线军工厂的内迁潮，我家也随着三线厂迁到合肥，厂区就落户在东二十埠龙岗附近。那会儿这里是郊区，虽属于肥东麾下，但离肥东主城又有些远，很长时间它属于"中间地带"，市里的二路公交车从长江批发市场底站发车，到市区比到肥东还方便。因为是交界，管理上很多时候是"两不管"，因为"扯不清"。

　　在老地图上，龙岗原叫"斩龙岗"。相传明朝初年，御史中丞兼太史令刘伯温巡察庐州府，见廿埠东边高岗祥云朵朵，瑞气千条，隐见一条青龙盘旋其间，刘伯温深谙天文地理，认为此龙离金陵太近，对朱元璋的皇位构成威胁，遂挥剑斩龙，并开挖板桥河断其筋脉，"斩龙岗"由此得名。后人觉得"斩"字不吉利，改称"龙岗"。

　　龙岗还是个开发区，颇有故事。1991年，肥东县为接纳合肥市的工业扩散，落实"工业立县"战略，拟在邻近合肥东郊的龙岗地区建立一个工业园区。时任合肥市长的钟咏三对开发区的启动很关心，认为这个地段不错，离市区和县里交通距离适中，当时长丰县拟建双凤工业区，正好对应，你有龙，我有凤，龙凤呈祥。1992年1月，经合肥市政府批准，"合肥龙岗工业区"设立。2001年10月，经省政府批准，合肥龙岗开发区晋升为省级开发区，更名为"合肥龙岗综合经济开发区"。开发区的发展囿于条件限制，一直不温不火，县与区在区域管理和执行政策标准上存在差异，龙岗开发区一度成为一座"孤岛"，区域调整的呼声不断。2009年11月1日，是一个载入龙岗发展史册的日子：龙岗开发区正式由肥东县划归瑶海区管辖，并被定位为东部新城。

因为有这些渊源，在这里买房比较魔幻，你看中的房子可能就因为隔着一条路或一条河，比如临泉东路上的很多小区，房产证就是肥东的。那年龙岗划归瑶海，很多业主涌去换证，以致专门出政策说不用换，需要交易时，电脑会显示是合肥。时至今日，这里众多的小区，燃气用的是肥东深燃，有线电视的地址是肥东县龙岗镇。龙岗，就像是以四牌楼和店埠为圆心，各画一个圆，它是两圆相交的公共部分，处于边缘还两头向心。龙岗路的神奇在于，它处在两圆交点的连线上，正好一半对一半。

龙岗路与郎溪路、广德路组成龙岗区域交通"三纵"。龙岗路北端与新海大道相接，向南串联包公大道、临泉东路、长江东路、新安江路，一直延伸至裕溪路。未来，龙岗路将继续南延，跨越南淝河，最终在南淝河路与龙川路相连。建设中的龙岗路跨南淝河特大桥设计为独塔不对称混合斜拉桥，据悉将是安徽省首座竖向转体桥，也是目前全国吨位最大的竖向转体桥，人们翘首以盼。

行走在龙岗路上，处处都能感受到东部新中心建设的日新月异，"破烂路"少了，"断头路"通了，二十埠河不再是"龙须沟"。从龙岗地铁口向南，在襄水路交口西南角，提升改造后的龙岗游园风景如画，面积约44000平方米的游园，是瑶海众多街头公园的一处，开放式的城市公园极大提升了周边居民的宜居体验感。在新安江路交口东北角，龙岗开发区党群服务中心设有"一所一站一馆四中心"等多个功能区，便民利民，效率奇高。不远处，是一处名为"冬韵书屋"的悦书房，这是瑶海最东边的一处悦书房，书香致远路有径。在和平路交口西北角，合肥一中瑶海校区悄然绽放，中式连廊融入徽派古典文化，校园安静和谐，教学楼墙上的镶刻格外醒目，"怀天下抱负，做未来主人"。瑶海湾湿地公园在龙岗路东侧，占地面积广，又名青年创意田园、二十埠河中游湿地，公园内有彩虹塔、七彩花谷等网红打卡地，东部新中心在这里化茧成蝶，前途无量。

龙岗路往南的尽头是裕溪路高架，再往前，是一片土壤修复工地，"合肥东部新中心欢迎您"立在工地大门头上。这项绿色生态恢复工程，重点实施马（合）钢工业遗存建构筑物和用地的修复，腾笼换鸟，为东部新中心的发展保驾护航。

李鸿章享堂坐落在高架桥西侧，在高架的衬托下宁静安详。享堂是李鸿章墓园建筑的总称，灰墙黑瓦，绿树如荫，碑亭林立。20世纪50年代，这里曾作为合肥钢铁厂的仓库和学校使用，后在文物普查中发现并修复。据《李氏家谱》记载："茔东北之享堂计屋四重，连东西花厅在内四十六间，还有东西寮房四十二间，照壁墙外立有御制碑、谕赐祭文碑三座，享堂东有库房仓库各一所，仓库东有庄房三宅，每宅屋三重，有护坟祭田。"享堂前的石牌坊，刻有光绪帝在李鸿章七十大寿时，亲赐的"钧衡笃祜"四个大字，石牌坊中间刻有李鸿章的封号及官职——"文华殿大学士直隶总督晋太傅一等侯"。

李鸿章平生服膺包公，在世时就选中夏小郢（今大兴集附近）为安息地。他曾在致长子李经方的信函中提及"现令卫汝成勘办中庙昭忠祠之便，就近在夏小郢建造享堂，以便柩至暂停，亲属有所寄寓……"李鸿章去世后，家族后人在其选定的夏小郢修建了享堂。原墓前大道直通南淝河，方便祭祀的官员由水路上岸。"出将入相四十年，东亚西欧涉九万里""性秉忠纯，道宏开济"，李鸿章百年前的选择，这片家乡的风水宝地没有辜负他。

行走在龙岗路上，感受着其呼吸与脉搏，曾经的泾渭分明，渐渐模糊消失，时间淡化了距离，远方渐渐清晰。在这里，一切重整旗鼓，一切厚积薄发，一切向新而行。二十埠河的河水，静静流淌中，百折千回，永不回头。

作者简介：

叶纯，男，安庆潜山人。在《合肥晚报》《合肥日报》发表作品若干，散文作品入选《阅读合肥》《以书的名义聚会》《合肥文字》等文集。

春节散记

叶礼文

今年与往年不同，年还没过，春就迫不及待地来了。蜡梅凋落，初春气象呈现，隐隐约约的绿缀在点点的雪团中，早春之气初显。公园里，红梅燃出喜悦。立春过后，年就到了，路上的车比平日多了许多，一切都是欣欣然的样子。贴门对子，洗晒，扫尘，买年货，做美食，孩子们早买了烟花和摔炮，在家前屋后放开去。节日从小年开始进入状态，开始准备食材，做米花糖，蒸米糕，磨豆腐，磨糯米面粉，杀年猪等，然后是炒花生、瓜子，蒸馒头，炸圆子。整个村子热气腾腾的，喜庆、热闹，开始预演。

蒸馒头，磨豆腐，磨糯米面粉，小的时候不仅看见过，还亲手做过。杀年猪以前只听人说过，从未看见过，今年着实看到了过程。小年前一天，同学说他在老家养了几头黑猪，明天准备杀两头，让我们去吃杀年猪饭，说要不去就送些肉过来。我当然是愿意去的了，不仅是为了吃杀猪饭，更想看杀年猪。第二天一早吃过早饭，驱车到达。嚯！一片欢声笑语，大人们走来走去，孩子们鸡飞狗跳，同学两口子快活地忙活着。杀猪的工具和盛放器皿都准备好了：不同大小的盆、桶、簸箕、篮子，一张很大的塑料布，都是干干净净的。同学开始上香，几大锅开水在厨房翻滚，水雾缭绕。杀猪师傅已经在圈里逮猪了，他果断的指挥声与吆喝声，猪的号叫声，声声传来，终于猪叫声戛然停止，我知道事情结束了。说是来看杀猪，却没有上前围观，做了一次好龙的叶公，终究是因为胆小。

大木桶边热闹起来，我这才走上前去。师傅正在刨刮猪毛，不一会儿，一头圆滚滚、白生生的大肥猪就处理好了。师傅缓口长气，几个人将肥猪抬到长长的案板上，师傅开始利落地分割猪肉，肉与下水放在不同的器物里。

中午吃年猪饭时，人就很多了，不只是杀猪师傅，亲朋好友，帮忙的邻居，村里看热闹的人都留下来。同学夫人忙得不亦乐乎，杀两头猪的工夫，贤惠能干的弱女子也忙出了两大桌子丰盛鲜美的菜肴，大声招呼所有人围坐桌子，大家吃着，说着，笑着，火红的炉火跳跃着年的欢腾，勤劳的人们享受着当下日益富足的幸福年。

新年是从农历正月初一拜年开始的。俗话说，"初一家，初二舅"。小时候，初一早上是不准睡懒觉的，因为要等一家人起来放开门炮，穿上漂亮的新衣服，吃过饺子、"元宝"后就去拜年，爸爸领着我们先去给大爷爷、大奶奶拜年。头是必须磕的，因为有压岁钱，虽然很少，但对我们来说十分珍贵。然后逐一去几个叔叔家，叔伯们在一起说说今年的收成，谈谈孩子们的成长，说些平安吉祥的话，亲切热闹。拜完了自家长辈，之后的时间就由我们自己支配。我们会挨家挨户去给村里长辈拜年，捡早晨没炸开的炮仗，碰到同龄的就一道去拜年，齐声说着吉祥话，叔伯婶子、大爷大妈就会笑着夸赞我们，并抓点瓜子花生，条件好的会给每个孩子一两颗糖果，大多数人家只给欢团。欢团家家都有，我们就不要了，口袋里装的都是散的炮仗，三个一组、五个一群聚在一起，比谁捡得多，颜色红，放得更响，听到"噼啪噼啪"的响声，开心得手舞足蹈，整个村庄其乐融融。

初二，娘舅姑姨就走动起来了，亲友的名姓与尊称在酒桌上又被推杯换盏一遍。笙歌散后酒未醒，外面天朗气清，阳光甚好，适合散步，午饭后就走出楼，来到新建成的二期工业园区内，因还没全部完善，入驻企业不多，加上春节放假，除了两个保安，没再看到其他人，安静极了，鸟儿也走亲访友去了，不见踪影。园区很大，绿化密度大，布局很美观。已过立春，太阳暖暖地照在身上。园区南边，有大片绿茵茵的草坪，嵌在开阔整洁的广场中央，刚经过一场雪的清洗，似一块碧绿翡翠。席地而坐，矮了的视线犹如进入草原之感，眼眸在这宁静柔和里，越发有草木自然的清气。

出工业园折返，入金珠路，长约一公里，无高楼之辉煌，无亭阁之锦绣，素有"美食街"称号，即使在春节，也人流熙攘，烟火不息，琳琅满目的美食，名称不同的土菜馆难以计数，以至于这里的生活消费比一路之隔的邻近小区要高许多。辅以大红灯笼，间或烟花、爆竹的炸响，满街五味杂陈，和着爆竹的烟味四散开去，街道的烟火味与两边高低错落的楼房景致互补，动静自适，倒也安暖。

春风映白雪，忽有喜鹊在梅枝上喳喳叫，报告人勤春早，新的一年希望与幸福的仪式感开启。

作者简介：

叶礼文，笔名沐叶，有散文、诗歌在多家刊物发表。

心念的故乡

叶荣荣

临水宜怀人。每一次路经渐江,那条街就会在心中隐现,若花香,若笛声。

老街是外婆的一处人生驿站,她在这里停留了三十四年。她从休宁商山启程,来到这里,从此飘摇一世。

一马路牌楼的左手边,很多年前是一个澡堂,牌子很是醒目。跺着小碎步穿过澡堂长长的甬道往左一拐,一扇木门现了出来。使出浑身的力气推开,跳下门槛,黑黢黢的,只有里间的房亮着一盏孤灯。

"饿了吧,伢。"一声招呼,驱走了黑,眼前的那盏灯仿佛立即亮了许多。这盏灯穿越四十几个春秋,一直照到今天。世间多歧路,走得身心俱疲,走得心酸凉薄,走着走着就断了,走着走着却发觉不是路。这盏灯铺下一条光辉的路,我才没有走失。

外婆的斜襟布褂白如银发。她笑着,把一个热乎山芋塞到我手上,"垫垫肚,饭一会儿就好。"

我拿过山芋,双膝往门槛上一搭,刺溜一转,起身就往邻屋跑去。前屋是三叔公的家,三叔公的儿子,堂叔"大头",是我的玩伴。"大头"肥头大耳,患过小儿麻痹,目光呆滞,说话含混不清,我听得明白的只有四个字:"打,打死你!"这只怪我,在他坐着瞌睡时挠他的后脑勺,趁着不留意拿走他的拐杖。他被惹恼了,便举起另一只拐杖,眼瞪筋爆,凶神恶煞般要我把吃了。我一溜烟跑开,远远地扮鬼脸。他便如一只泄了气的球,瘫在竹椅上,无奈地生着闷气。

喜欢老街的夕阳。三叔公的房子邻街，对着牌楼前的小广场。木质的牌楼，古朴沉静得像时光一样深邃。夕阳在西沉前，不再吝啬，将剩余的金色全部泼洒出来，红麻条石泛起了金光，黑瓦白墙像喝了酒一般红光满面，路人的身影越来越瘦，互相交织又转瞬分开。"汪一挑"馄饨的炉火可以熄了，货郎把拨浪鼓塞进了货担，店铺的门板一块一块地又被拼成清晨时的模样。喧闹，渐渐走远；黄昏，姗姗来临。

"大头"此刻宁静无声。他只是偶尔摇晃一下脑袋，发出一声沉重的喘息。他对夕阳很是着迷，总是眯着眼看残阳如血。我亲密地依偎着他的大腿，他也会把手掌搭在我的脑门，路人时不时会投来好奇的一瞥。

当人流散尽，牌楼前的小广场接过了白天的喧嚣，外婆担着水桶出了门。我一骨碌起身，向外婆飞奔而去。我接下她卸下的水桶，对准水槽上方的水龙头，跟跟跄跄又帮忙担起，随她蹒跚回家。身后的长队像蛇一样懒懒蠕动，人们焦急难耐，像鹅一般伸长着脖颈。

夜幕垂下，灯稀稀拉拉亮了起来，老街变成了一条河，而我是一条深潜的鱼。深蓝色的天幕下，飞翘的马头墙檐角，乌黑的老字号招牌，垂晃的一片片店幡，都吸引我冒出好奇的泡泡。夜深星落，灯熄人静，老街终于从一天的喧哗中彻底挣脱，进入了梦乡。

清晨，老街的梦被一阵阵棒槌声唤醒。睁开眼，外婆正要出门浣衣。我又是一骨碌起身，抱起小板凳，跟着向江边走去。外婆蹚过鱼骨般的窄巷和滨江西路下到江滩，她的脚步如同一枚缝针，在老街和渐江之间来回穿梭，将这条路缝得像千层底一样结实。她的身影就是一根老麻绳，把渐江和老街紧紧捆在一起，丢进我幼年的记忆中。

晨曦中的渐江散发着母亲的气息，金色的光芒刺破了江雾的朦胧，江面变幻为粼粼的波光。江水哗哗地流，悦耳、舒畅，不时掀起纯白的浪花，一朵接着一朵。外婆的棒槌抡起落下，一声高过一声，合奏着渐江的晨曲。我坐在板凳上，嚼着牛屎糖，迷蒙着眼看江水东去。渐江从哪里来？奔流了多久？要到哪里去？我第一次想要远离，向往起远方。

乘风　　227

外婆又一次启程，却不是牵我去远方，而是跟随我走向下一处驿站。我与老街暂别，回到休宁。休宁的西街与屯溪的老街颇为相像，横江与渐江也是上下游的渊源。徜徉在相似的红条麻石上，凝视奔流向东的江浪，情感没有理由不思念它的故乡。

如今，能清晰地记起再次回到老街的场景，是已经在徽州师专上学的我去探望三叔公。暖阳当空，三叔公在屋前的方寸之地照顾生意。那是一个天生的摊位，布鞋、解放鞋、鞋垫、棉袜、扎绳、挂饰，琳琅满目，满满当当。光顾的人流持续不断，三叔公忙得像只陀螺，笑把褶子挤成一条条沟壑。现在想来，那里藏着幸福的时光。

我不能不寻找"大头"，他是我在老街又恨又爱的伙伴。当我立在他肥硕的身影里，他射出迷茫、困惑、猜疑的光。

"打，打死你！"我扮演他往昔的凶狠，却是笑脸盈盈。

那束光忽地闪了一下，飞过来一片恍然。"大头"的头又大了一圈，身子几乎要把竹椅塞爆，只有那副拐模样依旧，静静垂在椅旁。

我突然鼻子一酸。

穿过三叔公的堂屋去看外婆的旧宅，这条路我曾经跑了无数遍，很多次是慌不择路。"大头"被我逼急了，会拄着单拐玩命追赶。恐惧像魔爪向我袭来，我拼尽全力逃窜，心里念叨，只要推开那扇木门，就能到达安全的港湾。

木门上着锁。外婆不在，她已经躺在了商山的一座山丘上，向阳，面朝老街的方向。我回头茫然，"大头"的友善让我想不起他的凶狠，我终于可以不慌不忙。

老街的夕阳一次次西沉，游人换了一拨又一拨，木质牌楼一晃变作了钢筋水泥的铁骨，三叔公和外婆的屋子连同澡堂都倒在瓦砾尘土里。老街的店铺不停地换着新装，穿梭其间，总是不自觉极力回想它曾经的模样。

"大头"的人生一如渐江水的前浪，总是被后浪左右。他又是一只折了翅的鸟，没有笼子的羁押，也飞不上辽阔的天空。在三叔公、三叔婆都相继离世后，"大头"被我的两位堂姑接走轮流照顾。如今，他已年届六十，在福利院安度晚年。听说他很安详，不过他的一生都很安详。可恶的是，一个顽皮的孩子曾惹得他气急败坏，短暂地打破过这种安详，他是否会记恨终身？

渐江不再哗哗流淌，它在静默，静默之下是青春波潮的迸发。河街横空出世，那么靓丽，我猜疑那是老街千年前的新妆。时空的纽带把渐江、河街、老街牵在了一起，大美黄山的蓝图赋予它们淡妆浓抹的绘笔。在这幅锦绣长卷里，老街泼洒着最动人的色彩。

外婆又回到了屯溪，不过不再是老街。我在假期一次又一次与她相聚在这里。突然发觉，我在屯溪留下的所有足迹，都紧紧依偎着渐江。老街自不必说，长干磅上火力发电厂前倾倒煤渣的巨坑，卧龙一般扑向江心的古老水坝，咿咿呀呀哼着老曲的旧水碓，都目睹过我幼年临水的孑影。

渐江，从三江口出发，告别繁华之境，以一去不归之势轻缓执着地奔向远方。它翻涌起慈爱的浪花，将少时的欢欣与孤寂、憧憬与期许、成长与怀念拥入怀中。它承载不了一只归帆，却背负得起深重的眷恋。但这也羁绊了它的脚步，一步三回首，走得激越又留恋，澎湃也沉静，决绝还多情。

因为这条江，我恋上了这座城。

我多少次立在市医院巍峨的大楼下，喃喃自语：我出生在这里。

我记不清多少回，在梦里重回老街，推开那扇木门，找寻那一盏孤灯和轻唤。

我更是无数次纠结迷糊，在籍贯的空格中，我到底属于哪里？

渐江水粼粼，屯溪思悠悠。回首向来处，梦里依稀中。那记忆中的巷隅，绝不只是人生的驿站，它是放不下的情感故地，更是心心念念的精神归处。我从这里启程，终究还要回归这里。

所以才不觉奇怪：我是休宁人，却总是把屯溪认作了故乡。

作者简介：

叶荣荣，男，70后，供职于税务系统。作品散见于多种报刊。

情系三角梅

于有训

清晨，春光煦暖，阳台上那一盆三角梅正在热烈地绽放着灿烂的色彩，那一抹透心的紫色，摇曳着心海那叶温馨的小舟，荡起涟漪串串……

初识三角梅，还是在2019年的一次南方之行。

无论是在深圳、珠海，还是在厦门，路两旁、公园里，抑或小区内外，随处可见盛开着的三角梅。径直而往，俯身端详，三枚鲜红色的花瓣围着花蕊，俏皮中带有几分恬静。换个角度去看，又有一种野性的美，简单、执着、奔放、泼辣、旁若无人。喜爱之情，油然而生。

读过舒婷的《日光岩下的三角梅》："是喧闹的飞瀑/披挂寂寞的石壁/最有限的营养/却献出了最丰富的自己……"更对三角梅心生敬意。

三角梅，紫茉莉科，叶子花属，木本植物。花很细小，多呈黄绿色，三朵聚生于三片红苞中，外围的红苞片大而美丽，有鲜红色、橙黄色、紫红色、乳白色等，被误认为是花瓣，因其形状似叶，故也称其为"叶子花"。娇艳的三角梅，喜温暖湿润，却极不耐寒，听人说它不能待在低于5摄氏度的地方。果不其然，前年，文友送我一盆三角梅，严冬过后，它枝叶枯黄，花朵凋谢，令人气馁。

见我对三角梅如此钟爱，去年2月，妻子毫不犹豫地买了一盆回来。为避免重蹈覆辙，防止它受冻，妻子为三角梅穿上了靓丽的"外衣"，放置于通风处养护，给予其充足的光照，并勤施薄肥。当年4月间，三角梅突然冒出了嫩芽，继而长出了嫩叶，再逐渐变绿，又露出了花蕾。5月，它终于开花，张开笑颜了。

哦，那便是我一见钟情的三角梅！那般鲜艳，在阳光的照射下，宛如刚出浴的美人，披着缀有几十颗紫红宝石的绿色纱衫，细长腿，真可谓风姿绰约，气度非凡。妻子甚是得意，边为它松土边夸赞说："看，我这三角梅开得多艳。"她的眼前一定出现了一株枝繁叶茂的三角梅树，绿绿的叶子，颀长的枝条如瀑布般挂满阳台，甚至垂挂到阳台之下。

这棵三角梅也真争气，数月后，它又开花了。但见三片紫红色叶片围在一起，顶端岔开形成了三个角，花叶中间有三根小小的毛茸茸的花柱，花柱末端各有一小朵黄白色的小花，像三个保龄球各顶着一个小菜碟，煞是可爱。一朵朵三角梅聚集在一起，在我家的阳台上竞相绽放，远远看去像一位美丽的花仙子，穿着紫红色的霓裳在那里翩翩起舞。

三角梅喜欢阳光，只要有阳光，四季都会开花。没有牡丹的倾国倾城，没有玫瑰的娇艳欲滴，也没有芍药的风姿绰约；时而烂漫簇拥，时而星罗棋布，时而斗妍争奇，时而孤芳自赏。与其他花儿比，它不娇羞，也不高贵，但是潇洒、自由。它在哪里，哪里就热闹了。

去年至今，我们像爱护自己的孩子一样关照着这盆三角梅，而它也像是懂得感恩的人一样，适时把最美的能量释放出来。

三角梅，越是贫瘠、凶险的环境，越显得勇敢、坚强、美丽。它不拘小节，气度超凡脱俗。那翠绿的枝叶，鲜艳的花瓣，尽兴地装点着大千世界。

我爱三角梅！

作者简介：

于有训，先后在《广东文学》《黄河文学》《世界华文作家》等报刊上发表散文作品，并出版发行个人散文集《岁月如歌》。

老家的炖咸猪蹄

俞 亮

照例,今年的元宵节,公公婆婆依然是在我家过的,我们一共五个人,所以菜烧得不是太多——有我们共同喜爱的红芋圆子、面鱼、冬笋炒腊肉、牛肉烧萝卜、牛肉胡萝卜榨酱等,要说最受欢迎的,当是公公婆婆最爱的清炖咸猪蹄了。

炖咸猪蹄,说起来炖的过程并不十分复杂,看起来也就是一道极简单的菜品,但就是这道简单的菜品,在夫家,每年过年,都是一道必不可少的当家菜,也是最受欢迎的菜品之一。既为当家菜,可见对这道菜的看重程度了。我其实并不明白他们对这道菜情有独钟的原因,只是记得每回过年回老家,公公总是忙着做一件事,那就是腌猪蹄。他乐此不疲又极其慎重地把猪脚连同猪大腿一起腌好,好像他不把这件事办得完美,就辜负了这年景,辜负了这来之不易的猪蹄。

公公腌猪蹄时的样子很认真。腌猪蹄其实是个绝活,有肉有骨不好腌,咸了不鲜,淡了肯定有异味,大多数人宁愿腌咸也不敢腌淡。公公腌肉的水准很高,不咸不淡,对盐拿捏得那是恰到好处,无可挑剔。他抓一把盐抹在猪腿上,用手使劲地来回在猪腿上按压,使每一寸肉上都沾上盐,就这样低着头慢慢地来来回回地抓盐、抹盐和按压,不急不躁。腌几天,晒多久太阳,在公公看来,都是有特别的讲究的,容不得半点马虎。

嫁入夫家之后的每年大年初一,早餐必为咸猪蹄汤煮面。我曾一度揣测过,这道饭食会不会是夫家内心隐秘的精神图腾,或者是夫家某种家族文化的沿袭?不管如何,我也成了夫家风俗传承中的一员,后来,又有了我的孩子。

我在想,可能没有那么多复杂的内涵,或许就是他们觉得好吃罢了。但后来我又发现,老公不怎么爱吃。他是个孝子,看到一家人吃得其乐融融,他是快乐的。后来,我竟越来越喜欢吃炖咸猪蹄了,我从没吃过那么好看,那么香,又那么美味的猪蹄。自从吃了公公婆婆做的炖咸猪蹄汤,别处的猪蹄是连尝也不想尝了,连妈妈做的也不爱了。

每年的大年夜,吃完年夜饭,婆婆便开始准备第二天的食材,她先把猪蹄剁好,再泡一个时辰,然后在热锅里炒得油光发亮,加入洗净的大豆,一起放入吊锅中,睡前再小火慢炖一夜。第二天早上,一锅红亮香醇、浓郁鲜美的猪蹄汤便炖好了。

七年前,公婆与我们一起住了,因为血脂血糖问题,便很少做猪蹄汤了。最爱吃的小叔也因为血压高,极少炖猪蹄汤了。公公婆婆偶尔会在亲戚家吃猪蹄汤,依然吃得很欢。他们炖的猪蹄与公公婆婆炖的无法比拟,无论从色泽、香味、口感来说,差得实在太远。我忽然替他俩难过起来。

今年恰好一个朋友送了几块家养的黑猪肉,其中就有一条猪腿,我把猪肉送给远方的朋友了,独留下这条猪腿。我根据记忆,完全复制公公腌猪蹄的动作,精心地腌制,适时给它晒太阳,认真而细致,不敢有丝毫马虎。元宵节中午的大餐中,腌猪蹄炖汤隆重登场,公公婆婆吃得很香,婆婆一再要求再给她一块,连老公也吃得很香,我的心里流溢着幸福。趁着微醺,我忍不住问公公是从哪一年开始初一吃炖猪蹄汤面的。公公说在他小时候就在吃了。我又问为什么不吃鸡汤面,婆婆说那时家里十几口人,一只鸡不够吃,鸡还得留着生蛋和送礼,而猪腿一大家人基本够吃了,一家人吃得饱饱的,吃了肉,喝了汤,就解馋了,年也就过去了,之后肉就要省着吃了,留着招待客人。多年的疑惑终于解开时,我的心头涌起的,是对现在美好生活的感恩。

那天闲聊,我问爱人,明明他不喜欢吃猪蹄,为什么还年年初一吃?他很诧异,说,谁说我不喜欢吃猪蹄?我一直喜欢吃啊。他又对我说,其实你不知道,我小时候是特别爱吃猪蹄的,后来年龄渐长，我懂事了，我就想着自己若少吃一点儿，爸爸妈妈和弟妹们就能多吃一点儿。毕竟猪蹄是有限的，而平时因为生活拮据，一家人是很少吃肉的。并不是我不喜欢吃，也不是我不敢吃。

原来是这样！

老家的柴火灶早已沉寂许久了，再也回不到从前了。我会年年炖起咸猪蹄，为公婆，为丈夫，为传承，也为那浓浓的乡愁。

作者简介：

俞亮，霍山县作协主席，霍山县小南岳文学社副社长。2002年开始写作，主要创作散文、诗歌，作品发表于《皖西日报》《中国铁路文艺》《河南文学》《淠河》《映山红》《迎驾》等报刊，多次在各类征文比赛中获奖。

露天电影

俞乃思

在那物资匮乏的年代，看露天电影是莫大的快乐。四乡八邻中，我们卧龙墩是放映场次最多的自然村。村里时根堂叔与县电影公司一位姓古的放映员结成亲戚，于是，村里隔三岔五放一场电影，叫外村人既羡慕又嫉妒。

每次放映前，孩子们未等太阳下山就扛着长凳早早地来到打谷场，抢占最佳观看位置。有时还争先恐后为放映员挖地洞、栽竹竿、拉银幕、布喇叭线。手磨破了，脚碰肿了，毫无怨言。待到天擦黑，放映师傅调试机械时，我们又调皮地伸出"乌龟爪子"，拦住放映机的光束胡乱大叫。我们是那么期待，可又常常未等电影放完，便躺在母亲的怀里睡着了……

那时候，影片题材非常单调，记得放映较多的是《春苗》《决裂》《第二个春天》《战船台》等。尽管如此，我还是从这些影片中，知道了杨子荣、李玉和、郭建光、洪常青等英雄形象。到了20世纪80年代初，影片丰富多了，我的理解能力也强了，观影的热情高涨了，村里观影已经不能满足我了。我不仅去驻军二〇五部队看《高山下的花环》《道是无情胜有情》，还去国营铜陵顺风山铁矿看《少林寺》《明姑娘》。这期间，已不再只看热闹了，常常被影片扣人心弦的剧情感动。至今依然清晰地记得，一次在街道观看郭凯敏、张瑜主演的《小街》，当女主人公的秀发被无情地剪掉时，我也跟着张瑜流起泪来，以至于当晚回家后把张瑜的彩照从《大众电影》杂志上裁剪下来，张贴在自己的床头。

后来，随着乡影剧院的建成，我便结束了看露天电影的生活。

而如今尽管躺在豪华舒适的沙发里欣赏家庭影剧院,但我怎么也找不到过去观看露天电影时的那种激情、那种"狂喜"的劲头。也许我所怀念的,是回不去的童年,到不了的故乡吧。

作者简介:

俞乃思,农民,创作出版《乡风飞扬》《孙村我的家乡》等散文集。

晨光潋滟

张　斌

　　秋天的清晨，我沿着河边的小路，踏着朦胧的晨曦向单位走去。

　　路边的小草经过一夜的沐浴，变得翠色欲滴，也变得异常精神和活泼，毫不吝啬它们收集一夜的珍贵露水，抛洒在我的裤脚和鞋面上。

　　阳光明丽，把大地上的一切都笼罩在内，就连我小小的眼睛也成了它一探究竟的地方，我不得不把眼睛眯成一条缝，甚至用手遮挡一二。实在拗不过太阳，只好转过身来倒退着走起来，结果它又把我的影子拉得长长的，拉过了小河，印在金黄色的稻田里……

　　金色的稻田，像一块块大大的金色地毯，方的方，长的长，铺满整个田野，一眼望不到边。沉甸甸的稻穗如同少女们粗粗的辫子，齐刷刷地向一边梳着，修长的身躯、细长的叶子也如同稻穗一样金黄，它们犹如一列列盛装出席的迎宾队伍，一起弯腰施礼，一起发出热烈的欢呼声……

　　不远处，两顶草帽正在稻田里晃动，或上或下，或起或蹲。我好奇地沿着田埂向前方走去，原来是一对夫妻正在忙着收割稻子。只见夫妻二人一前一后，一起一蹲，很有节奏，镰刀在他们的手中挥舞，稻株则一排排应声倒下，齐刷刷地排成长长的一队，绘制了一幅不一样的丰收画卷。

　　"二位早啊！你们怎么还用镰刀收割稻子啊！不是早就实现农业机械化了吗？"我对眼前夫妻二人的手工操作有些不解，便上前问道。

　　"我们大块地的稻子已经用机器收割完毕了，这一块地较小，收割机不好操作,所以我们就自己动手了!"只见妻子直起身,一边用挂在脖子上的毛巾擦汗,一边和我交流,可丈夫仍是不停息地弯腰割稻子,一起一蹲,非常有规律。

"今年的收成很好吧!今年能有多少收成?"看着满眼金黄的稻穗,我不由得对今年农民的收成来了兴趣。

"今年风调雨顺,国家的政策又好,收入很好!"丈夫连忙挺了挺腰杆,和我聊起天来。"今年的(稻子)收成应该在6万斤左右,估计收入要超过10万元了!"丈夫的声音特别洪亮,这声音里有自信,也又幸福。

"啾啾,啾啾……"一群鸟儿从我身边飞过,它们争先恐后,还没等我看个究竟,已经箭一样飞到远处去了。

我猛地回过神来,差一点儿忘了上班的事,急忙转过身,几个箭步跑出稻田,沿着乡间小路像小鸟一样一路飞奔……

我喜欢秋天,我喜欢秋天的晨曦,我喜欢秋天的晨露,我喜欢秋天沉甸甸的稻田,更喜欢秋天那些忙碌的身影,还有秋天里那一群群欢快的鸟儿……

作者简介:

张斌,笔名文武之滨,安徽省太和县人,40余篇教育教学论文在省级以上刊物上发表,200余篇诗词、散文在市级以上刊物或网络平台上发表。

第一笔工资

张道勤

2022年的2月15日，我开始领工资了。

对一般人来说，领工资是一件平常的事儿，可对于从事盲人按摩的我，是非常珍贵的。发工资前的七八天，我便开始期盼。

孩提时我的眼睛就不好，做过手术，但一直未愈，四十岁时右眼基本就失明了。我一直没有找到正儿八经的工作。后来，我学习了中医按摩，2021年从阜阳来到芜湖，成为一名按摩师。

在我看来，按摩就像种庄稼。过去种庄稼，手握锄头，除去田里的杂草。现在，我手里一块洁白的按摩布，就像过去的庄稼地和锄头，承载我的精心劳作，孕育着未来的收获。

初到一个新地方，第一件事儿就是要尽快熟悉环境。摸索着，我找到了柜子，把生活用品一一放好。这家按摩店有上下两层，第一层放了五张按摩床。我挨个摸，一点点地熟悉。每张按摩床上面都铺着毯子，外形一模一样。按摩床一头儿是墙，一头儿是过道，过道的另一边放的是桌凳，供客人们歇息。

店长拿着我的手放到饮水机上，说从这里倒水喝。摸索中，手碰到饮水机上一个长方体物品。店长告诉我，这是播放器，存有很多歌曲、戏曲和小说。我听了心里乐开了花——眼睛不好的人，都喜欢听声音。我常常听收音机，听过《岳飞传》《杨家将》《三国演义》和《隋唐演义》，我有很多知识都是听来的。

二楼楼梯是木质的，能听出来。人走在上面，发出咚咚咚的响声。盲人的耳朵可灵了。

从此，我早起晚睡，每天早早开门迎客。按摩室的五张床，就是我的田地，我生活的平台和希望。

上午顾客较少，中午才开始增多，下午五六点是高峰。店里会给每个人配餐，人一多忙起来，常到夜里十点，肚子咕咕叫地抗议了，吃起饭来，那可真香。

在店里工作和生活的时间越来越久，我的手逐渐认识了每一个角落，每一个设施。店门是玻璃的，不锈钢把手很光滑，挂有两个小铃铛，开门时发出清脆的响声。进门之后是吧台，台面也很光滑；吧台左边放一张圆桌，桌面是玻璃的；再往里走，是一面木头做的花格子屏风。再往里摸，就是那一排五张不锈钢按摩床。我常常蹲下身，从床腿往上摸，每一个棱角，每一个拐角，都仔细摸过。

按摩床上的床单松松软软，我弯下腰，把脸贴在床上，闻到了一股玫瑰花的清香。

我把按摩布拿出来，这块布，对我来说有特殊意义。它是什么颜色？我看不见，就连我身上的工作服是什么颜色的，我也看不见。但我想象它像医生的白大褂，也是一尘不染的白色。因为，医生可以给患者带来健康，而我穿上这白色衣服，也能给顾客带来健康和放松。

以前做过的活儿，有一桩是往独轮车上装土，送到生产砖机的机器旁边，当时天气很热，汗水顺着脸庞往下淌。而今天从事按摩，就如同当初干活，客人的后背像平原，身体上的经络就像平原上的一条条铁路、公路，我的手就如同路上的车辆前行，驰骋在按摩的中医理论中，让这块"平原"生机勃勃。

记得第一天按摩做下来，十根手指针扎般地疼，但是必须要坚持啊。第二天，手指头依然疼得像针扎骨头一样，我带着疼痛继续努力干，两个顾客忙活下来，手似乎没那么疼了。我默默地告诉自己，坚持就是胜利。

就这样，2022年2月15日，我领到了第一个月的工资。

那是个阳光明媚的日子。公司大门正对着马路，公交车、小汽车来回穿梭，呼啸而过。汽车有时会按响喇叭，"滴滴滴"，仿佛在向我歌唱。走在人行道上，听到人们的交谈声和脚步声，一切的一切，都好像是在向我发来祝贺。我抬起头，让阳光尽情照在脸上。

店长推开玻璃门，大声招呼我："来客人了。""好嘞！"我穿过盲道，抬脚上了台阶。店里，播放器里正放着歌儿《好日子》。

忙到夜里十一点半，终于下班了。

我想，我得为自己好好地庆祝。"当当当"，我敲开了小卖店的门，买了一瓶牛栏山酒和一袋花生米，找来杯子。倒杯酒，仰脖喝一口，酒很香。已是深夜，也要打个电话。"三姐，我今天发了第一个月的工资！"母亲正住在姐姐家里，我叮嘱，"我转给你一千二百块钱，给咱娘买点好吃的。"挂上电话，泪水从我的眼眶里迅速流出来。

我又拿起手机打给女儿，给她转去五百块钱，叮嘱她："让你妈买件新衣服穿。"妻子嫁给我二十多年了，由于我眼睛看不见，一家人日子过得很紧巴。

我在心中默念：亲人们啊，今天我领到了第一个月的工资，你们一定也为我高兴。谢谢你们，谢谢这些年一路的陪伴！

作者简介：

张道勤，视力有残疾，自幼就患有先天性白内障，创作小说集《光明行》。

看好自家门，管好自家狗

张桂香

外公外婆共养育六个子女，子女们都各自开枝散叶，于是这棵树就繁茂起来。

到年下聚会，一大家子人，本来是坐两桌，这几年终于要开三桌了。客厅里，一桌人在喝酒，一桌人在吃菜，还有一桌子在喝奶。这桌子喝奶的比较"嚣张"，或坐或站，或躺或打滚，一会儿哭一会儿笑，任性天真，旁若无人。外婆看着一屋子人，她总担心这个没吃饱那个没吃好，手心手背都是肉，不知该关照哪一个。大舅便常冲人群喊一嗓子：大家各自看好自家门，管好自家狗啊。

于是，便见我妈一会儿喊我家女儿吃肉，一会儿喊她喝汤，或者端着碗追着我小侄子催吃饭。几个有孙子的舅母，也端着碗追着自家孙子跑。你看，虽然人声鼎沸、人头攒动，倒也井然有序。各自都把自家儿孙招呼饱，就是我大舅嘴里戏称的"管好自家狗"。狗，在我们这里有时是对小孩子的昵称。

三舅家的小孙子最好动，喜欢"搞事情"，是个顽主"小皮货"，不是摸这个就是挠那个，要不就是抢玩具。一个奥特曼，头在这个手里，胳膊在那个手里，抢个没完。我小侄儿比他大，可我小侄儿性格温和，常被他气哭。我大舅家孙子比他小，也搞不过他。这时候，就须小八爷出面"镇场子"了。

小八爷是我小舅家的二宝，堂姐弟中序齿行八。我们这边农村把"叔"叫"爷"，八爷就是"八叔"，而爷爷呢，叫"阿爹"。在我一众表弟妹中，他最小，跟我差着三十多岁，比我女儿黄小妞还小九岁。

小八爷是有些脾气的。据说他出生时,我大舅让我小舅把捆成粽子式的小八爷搁在我小舅母脚边,说是我小舅母属龙,这小子属虎,母子俩属相都大,一"龙"一"虎",怕以后母子关系不好,先把儿子搁老娘脚下,压压他的"气焰",我大舅行事是有些讲究的。即便如此,小八爷气势还是很正,神情肃严,看人常攒着眉,眉心虽有一颗美人痣,却常被他攒得有点凛冽之气。

　　小八爷和几个堂侄表侄年龄相仿,难免混在一起游戏。某日,"小皮货"不知怎的,低估了小八爷的忍耐力,私以为他也可随意拿捏,竟动了小八爷的玩具。你知道,小八爷是有些功夫在身上的,不知道动用了哪套功夫,三招两式,让小皮货涕泗横流。我小舅母一再提醒他注意自己身份,是八爷,不要跟小侄儿一般计较,更不能动手。哪知迅雷不及掩耳,小舅母都没拦住。这让我想起胡适先生。胡适先生的侄女和胡适先生年龄一般大,因为叔叔的身份,胡适先生自小受了诸多委屈,吃喝用度处处忍让。对小八爷来说,这都不是事儿,该争的争,该抢的抢,自在自为。可见"身份"二字,有时是束缚人的玩意儿,大家不必理会才好。打那以后,小八爷的威信算是立住了,几个小字辈轻易不敢动他。

　　不过,也有不知天高地厚的家伙就去"捋虎须"。那是多年以前,也是年下,那时小八爷刚刚脱了开裆裤穿蒙裆裤。某日,我家小妞和我菊表妹家的冉宝将小八爷带到僻静处,用一根棒棒糖"诱惑"小八爷喊她俩"阿姐"。这简直就是"反天"的事儿。要知道,这两个姑娘虽都比他大八九岁,小八爷身高还没她俩大腿长,但按辈分都得恭恭敬敬喊小八爷一声"舅"。娘亲舅大,你说这事儿整的。后来事败,我小舅笑骂,你们让舅舅喊你们"姐",小心老舅爹爹把你们家锅打碎。一家子人笑倒。

　　到现在我都不知这事儿是谁撺掇的,但我疑心是我家黄小妞,黄小妞不是个好的,那时她就不服气,凭啥管穿开裆裤的小男孩叫舅,腹诽多次。可这事是能犟的吗?小八爷从他出生那天起就是你舅,没法子。冉宝乖巧得很,是我大舅家的外孙女,如今已是大学生了,她极少整这些幺蛾子。

　　渐渐地,这帮喝奶的都上了小学,小八爷也快中学毕业,见面

乘风　243

打闹也有，只是各自矜持了不少。读书使人明理，这话原是不错的。

我母亲家族这种气氛是我最喜的：温暖，团结，人情味足，有中国传统式家庭该有的样子。我们当中没有高官，没有大贾，都普普通通，都淳朴良善。

外公外婆是标准的农民。外公主外，性格刚直，又睿智；外婆主内，温和，仁慈。他们勤劳一生，给予子女的不仅是劳动的技能，更有待人做事的态度，所以才有这其乐融融的一大家子人。当然，也正是这一个一个普通而温暖的家庭，才构成了这和谐而祥和的社会。

作者简介：

张桂香，安徽无为人，初中语文教师。在《新安晚报》《安徽青年报》《江淮晨刊》等报刊发表散文。

趣话庄墓圆的

张明虎

估计很多人无法断句标题，不才便来说道几句。

长丰县有道享誉全国的名菜——庄墓圆子，央视报道过。"圆子"是书面称谓，庄墓本地人都叫它"圆的"。这里，称桌子"桌的"，称椅子"椅的"，称筷子勺子为"筷的""勺的"，称猴子兔子为"猴的""兔的"。很奇怪不是？我从小便听人说："来来来，一人扪个圆的吃。"我倒不奇怪。

相传，春秋时期楚国就有了庄墓圆的，作为本地人，我还是存疑的。春秋时期，食物加工是非常简单粗糙的。到了汉代，稍微好一点儿，谷类肉类简单涮、烧、烹、煮，放到青铜器、陶器里面就可以食用了。熬烹用鼎，煮白牲肉用的是镬鼎，盛放熟肉的是正鼎。煮饭用的是口圆、三足中空的鬲，蒸熟用的是甗，上蒸下煮水。

有了鼎鬲甗，烹制一碗粟米饭、一盘水煮或清蒸鱼，再搭配几盘水煮青菜，幸福的一餐就有了。倘若是大户人家，还可以烤一份猪肉，牛肉是寻常人家难吃到的。

庄墓圆的工序复杂，食材精细，这都不说了，就是其中的一个原料馒头，也是东汉末年才有的，传说还是诸葛亮发明的，《诚斋杂记》里面都有记载。那好事者将庄墓圆的扯上楚庄王嫁女，牵强附会。庄墓圆的的具体年限，很难考证，也不必考证。鸡蛋好吃就行了，不必追寻下蛋之鸡的羽毛颜色。

庄墓镇周边也有同类食品，如糯米圆的、挂面圆的、烧饼圆的、绿豆圆的、麻虾圆的，单单庄墓圆的驰名全国。

过去的老百姓生活艰苦，平时很少沾荤腥，庄墓圆的里面有肉和动物脂肪，吃起来很有满足感。而挂面圆的、糯米圆的、烧饼圆的就不解馋了，挂面圆的略显廉价，糯米圆的内涵单一，烧饼圆的太过敷衍，只有庄墓圆的制作考究，体现了对食材的尊重。这可能也是庄墓圆的能在早期走出去并为人民喜爱的原因。

　　小时候，元宵节的晚上，我指着白色实心汤圆，哭着问为什么同是圆的，这个和过年吃的圆的味道差那么多。母亲解释几句，我仍不依不饶，母亲生气说想吃带肉的圆的等过年再说。

　　在期盼里，新年要到了，母亲忙着蒸大馍，土灶大锅上连着蒸好几锅。蒸好的大馍要在筛子里揉碎，从筛孔里漏到大匾的细小馍馍粒子，就是圆子的精神内核。童年时期我最爱这一环节，手伸到馍馍粒子里就像在海滩玩沙子一样绵软。剩下的馍馍皮可以泡肉汤，比长大后吃的羊肉泡馍好吃。大块的五花肉在锅里煮透，剁成豆粒大小，再将馍馍粒子、猪油汁、母鸡汤、葱蒜、盐等放一起搅拌，馅就成了。

　　圆的外皮有弹性和咬劲，是因为豆粉或薯粉。有几年本地商人追求圆的夹起来变成椭圆形仍旧不烂的效果，在淀粉里掺入食用胶，圆的蒸好就像橡皮糖一样滑，口碑一落千丈。幸好这几年摒弃了这种做法，古法古味才得以恢复。

　　将圆馅搓成荔枝大小，在淀粉中滚动，最后放入沸水中氽一下，就做好了。氽过的圆的就像熟透了似的，我背着大人偷偷吃过一回，里面仍然是生的。

　　过去这圆的只在新年或者喜宴上才能吃到，那时候的人日夜劳作，没时间也没钱花在吃上。到了1996年后，不一样了，菜市场有了圆的卖。第一个卖圆的人是不被人看好的，这家家户户都会做的东西谁买？谁承想经济发展了，人的闲暇时间就宝贵起来。圆的好吃，没空做，没关系，天天买天天吃。渐渐地，圆的品种有了创新，将五花肉换成牛肉，换成鸡肉，就有了牛肉圆的、鸡肉圆的。再后来，又有了荠菜鸡肉圆的，荠菜牛肉圆的，荠菜猪肉圆的。

　　在老百姓看来，圆的是很赚钱的，价格和肉价一样。荠菜猪肉圆的卖十八元一斤，里面馍馍粒子卖十八，葱十八，蒜十八，荠菜也卖十八。牛肉圆的四十多元一斤，赚头就更大了。曾经有位商户，他家的圆的比别家的味道稍重一点点，盐放得多一点。他的理念就是盐可以卖到肉价，一个圆的多放几粒盐，一盆圆子就能多赚几十块，"咸"中有滋味，何乐而不为？

说起卖圆的，不能不提我的同学，他每年春节都会替老丈人家卖货。他曾跟我炫耀自己的生意经，他说遇到开豪车的来采购，你要向他多推荐几种，拣他喜欢听的说，各种口味圆的都让他采购，让他送给不同需求的人。遇到年轻男女一起，瞧见两人关系像初恋，就直接推荐最贵的土鸡圆的或牛肉圆的，这时候的男孩要面子，不会拒绝也不还价。遇到年龄大的人，就直接报最低价，这样的主顾往往节俭，价格稍微不对，一笔生意就黄了。

这样小打小闹卖几年，地方政府见圆的名气越来越大，就为商户们注册了商标，定制了圆的专用礼盒。逢节假日，走路的，开车的，南来北往的，都会买几斤圆的带着，送人，或者自家食用。有的外地人拿到圆的，不知道怎么食用，那时候没有包装，没地方看食用说明。

在圆的身上，可以直观地看到时代的进步。儿时看着日历盼圆的；现在想吃了，一个电话就会送上门，只要你铺好笼布，摆好圆的，大火蒸上二十分钟，一掀锅，或绿如翡翠，或玲珑如玉，或似雪似霜，香气早就溢满餐厅了。主人来不及客气几句，圆的就被分完了，很多时候，主人都会喊一句，我再蒸一锅。

婚宴上的圆的是不能立即吃的，必须等到新郎新娘出来谢客过后才能动筷子。这时候大家都很饱了，很少有人能够再吃得下油乎乎的圆的。一个老师在婚宴上和人说自己能把一盘都吃掉，众人都摇头，那个老师说："我跟你们谁打个赌？我吃一个圆的，谁就喝一杯酒！"大家都吃了这么多荤菜了，看着圆的就腻歪，谁还能吃得下？要说一两个还勉强。这一盘几十个肉圆的，就是李逵来了也不行。当即就有一人和他打赌，那老师夹起一个吃了，打赌者喝了一小杯酒。那老师又吃下一个，打赌者再喝下一杯。那老师端起盘子，扒拉着吃起来，打赌者连连求饶认输，为自己没见过世面赔不是。

渐渐地，合肥周边筵席上都有了庄墓圆的，上央视新闻，建圆的博物馆，申报非物质文化遗产，走向了全国，成为本地了不起的名片。

名片上写的是"圆子"。不过，"圆的""圆子"都一样。

作者简介：

张明虎，在各类杂志、报纸上发表大量散文、童话、小说、剧本，出版长篇科幻小说《寻找彩云城》。

失落的故乡

张培珍

我十五岁离开家乡，去往异地求学，没有想到这一走就是四十多年。当初走的时候，是那么兴奋而决绝，而今回到熟悉又陌生的故乡地，又是这样亲切而伤感。

童年总是美好的，即便那时生活特别艰难。童年总有无限的快乐和自由，父母放任孩子，你可以肆意地爬树和下河，玩到天昏地黑，玩到不知南北，回家时，锅里仍有几个能填饱肚子的红薯，或者一碗面条。你也可以纵情在月光下，在村头的麦场上，在皂角树旁，唱啊闹啊，任随时间流逝。你也可以在父亲看报的油灯前，在母亲的纺车声里，在弟弟妹妹的鼾声中静静地看书。没有生存的压力，没有外界的干扰，没有这项那项的任务，你快乐地无忧无虑地慢慢长大。

在外地上师范的日子里，靠着国家发放的每月三十六斤的饭票和十八元的菜票，以及免费的住宿，我度过了那段艰难却很幸福的求学时光。

那时每次寒暑假回家总是欣喜和憧憬的。帮父母劳作，和哥哥一起到茨河摸鱼，跟姐姐在家里学针线活，跟弟弟妹妹一起玩耍，有时独自一人在院后的果树下读书写作。但也有淡淡的忧伤，童年的玩伴很难在一起说笑了，他们有他们的事，我有我的事。

后来我外出工作，成家，回老家就变得少了。这期间也陆续得知东家谁谁参军现在是军官，西家谁谁考上了大学留在了城里，却不曾与他们相见。

这样一晃几十年就过去了。

村庄虽小,但很出名,它在东汉侯国细阳古城墙下。看风水的人说,这是一块风水宝地——聚宝盆,而我的家乡正处于聚宝盆的盆底。也许是这样,我们村庄特别出人才,所以我的同龄人要么参军就留在部队,要么上学就考了大学。当年村庄的年轻人大多走出去了,村庄上的人越来越少了。

村庄还是那么小,只是楼房代替了草房,楼房里住着不愿意离开的老人。近几年来老人也渐渐离世,村庄上的人更少了。很多的房子空置着,无奈而又落寞。

去年回家,我哥说现在村里常住人口不到五十人。虽然在外地工作和生活的人也都时常回老家看看,但他们只是短暂停留,而且随着年龄的增长,回家的次数变得越来越少。

我的同龄人,他们大学毕业后大多留在异乡。故乡是他们牵肠挂肚的所在,是爹娘的所在地。如若爹娘不在了,故乡就成了一个永远的记忆。

那些走出去打工的人,他们远离故土,为了生活奔波在陌生的城市。农闲时,他们外出打工,农忙或者节假日,他们便回到家乡,播种收割,与亲朋好友团聚,感受那份温馨与欢乐。家乡的一草一木、一砖一瓦,都是他们心中快乐的源泉。但他们常在"是留在家乡,还是留在远方"间纠结徘徊,也有着"回不去的故乡,留不下的远方"的落寞和伤感。

而那些嫁出去的姑娘,故乡永远是心中的牵挂,故乡也成了一个遥远的梦。

我的几位好姐妹,童年少年时期的玩伴,至今已有四十多年不曾见面。各自嫁人,各有家庭,犹如种子,扎根到另一个地方。

今年我回老家看望我年迈的母亲,她今年九十三岁了,行动不便,记忆力也不那么好了。她晴天还能认出我,叫出我的乳名;如果阴天或者雨雪天,就不知道我是谁了。一见面母亲就一直问我,你吃饭了吗?我说吃过了,她说吃了就好,又让我喝茶。几分钟后,又重复同样的话。她不知道坐在她面前的是她的女儿,而一直认为是远来的客人。

目前,与母亲同辈的只剩下五位了,而我这一辈人,多半生活在全国各地，过年也很少回来，现在常年在家的就是在家附近工作的人。村子很空，没有孩子仰脸笑问"客从何处来"。

在村庄里走走看看，还是那绕着村子的小河，只不过水浅了许多；还是那通向田野的路，只不过比那时宽了许多；还是那片麦田，麦苗依然绿油油地生长着。冬日寒冷，物是人非。走在田间的小道上，我目光忧伤，内心空荡。走着走着，不觉间来到亲人的坟地。父亲的坟上覆盖着干枯的荒草，还有几棵倔强挺立着。父亲的坟旁，有我的爷爷奶奶，还有我的大哥，我的二嫂。最近几年，经历了太多挚爱亲人的离去，内心常常空落落的，心如空洞，形同虚壳。

父亲是参加过抗日战争和解放战争的老兵，因伤致残，直到去世身上仍有三块弹片未取出。他曾立二等功一次，三等功两次。特别是孟良崮战役，作为重机枪手，歼敌无数，身体负伤多处，仍不下火线。父亲是九十四岁去世的，寿终正寝，长眠在生他养他的家乡，长眠在他热爱的土地上。父亲是这片土地的主人，我是客人。

在这个人口快速流动的大环境下，失落的，内心漂泊的，并非只有我。每个人都有自己的故乡。故乡就是自己的出生地，就是自己的童年，就是自己的家，就是自己的记忆，就是自己的根。它是我们的出发地，也是我们的精神家园、精神归宿。

春节过去了，我也要回去了，回到我另一个家。母亲依依不舍，我也再三回头。故乡越来越模糊，越来越像一个落寞的老人，盼望儿女留在她的身边。但是对每一个人来说，不管走到哪里，身在何方，故乡都在他的心中，故乡都是他永远的家，永远的牵挂。

我心中虽有许多的惆怅，但我也知道，我要融入他乡，因为这是孩子的故乡。因为我是他们的父母，是他们漂泊时，不断回望的地方。

作者简介：

张培珍，皖北电子信息工程学校高级讲师，作品散见于《中国档案报》《中华诗词》等报刊及网络平台。

渐行渐远的故乡

郑 策

大年初四，按父亲年前的安排，我们陪他回了一次老家的村子。父亲今年八十高龄了，他自上大学后，就离开了那里，长期在外地工作生活，算来也应该有一个甲子的时光了吧。早年间，爷爷奶奶都还健在，父亲每逢春节或寒暑假，都会领着子女回去；后来，奶奶和爷爷相继过世，但父亲和叔叔们都还年轻，也还是经常回去看看；这几年，随着父亲和叔叔们的年纪越来越大，而且都是三代以上的家庭，各家有各家的忙，老家就渐渐地回去少了。

父亲在家排行老大，下面还有两个妹妹、三个弟弟。那年代，农村条件艰苦，只有父亲一个人通过读书跳出了农门，姑姑和叔叔们都留在了老家，继续着"面朝黄土背朝天"的生活。后来，两个姑姑相继嫁出了村子，经过爷爷奶奶的张罗，三个叔叔也陆续成了家。风吹稻浪，时光荏苒。就像老屋前的那棵大榆树一样，慢慢开枝散叶，他们从一家人变成了几家人。

我们这次回去，是受父亲和叔叔们的安排，几家老小一起去给两个姑姑拜年。这次六大家人几乎聚齐，老老少少几十口人，围坐在小叔家新盖的楼房里，父亲和姑姑、叔叔们畅叙着过往，我们这帮弟兄姐妹，也一起回忆着童年时光。看着在院子里、过道里，笑闹着的我的下一辈子侄，我恍惚间回到了儿时，回到爷爷奶奶依旧健在的旧时光。

记忆里，我幼年时每每临近春节，父亲就会念叨着要"回家过年"，要带着子女们"回老家"。中国人都是念家的。对于父亲来说，家意味着父母的所在；对于我们而言，老家寓意着自己根脉的所在。

那时候，感觉老家的堂屋是那么大，能容纳那么多的人；吃饭的时候，大人聚一桌，小孩围一桌，一点儿也不觉得拥挤；饭桌上摆满了好吃的，长辈们喝酒谈心，小一辈也学着"推杯换盏"。我永远记得，喝了点酒的爷爷，微醺后的脸颊泛红，脑门泛亮；也永远难忘，奶奶堆满笑容的可亲脸庞；还有那灶间柴火炙热的温暖……

一转眼，奶奶和爷爷离开我们已有数十载了。早在二十年前，老家的村子就被附近的村子合并了，我们记忆里那个名叫"姥坞"的村子，已经不存在了，现在是陌生的"佛岭村姥坞村民组"。

乡间炊烟起，等候吃饭的间隙，一股遥远乡村的气味自远处飘来，我仿佛嗅到了儿时熟悉的味道。跟随着气味，我下意识地走出了屋子，独自向村子里走去。

故乡的土地，依旧那样厚重，我每一步走得都非常踏实；那些依旧残存的狭窄巷道、破旧房屋，许多还留有儿时的印象。虽然冬日寒凉，虽然衰草枯黄，但是故乡的阳光照在身上，依旧感觉温暖，心里依旧是回家的感动。

村旁路口，还是有几位老人倚墙而坐，微笑着注视着行人。记得父亲常说，早年他回村时，熟识的老人们看见总会亲切地说：大先生回来了。这些乡间老人，我一个也不认识，但我总觉得他们如同我的爷爷奶奶般亲切慈祥。幼时村子里总也走不完的路，现在感觉十分钟就到头了。

慢慢走近爷爷奶奶曾经居住过的老屋，老屋孤零零立在那里，门前早已荒芜，后期翻新的屋子也已经破旧。我不敢拍打那紧锁的木门，只是悄悄地从门缝探视进去，屋里黑洞洞的，依稀能看见一些叔叔搬家时留下的杂物。在我如今的视野里，老屋是那样逼仄窄小，这真的是留存着我许多难忘幼年记忆的老屋吗？似有窸窣风响，似乎听见门内有苍老而熟悉的声音，在轻声唤我，虽只是极微小的一声，我知道那只是我的幻觉。

我继续向前走着，慢慢走向巢湖岸边。巢湖，少年曾经的"大海"。面朝大海，春暖花开。我许多的少年梦境，都和这片阔大的湖水有关。我坐在湖滩上，一声不响，怕自己惊扰了湖滩旁静静生长的草和庄稼。太阳一点点向湖面靠近，身后的村庄一片昏黄，远远地看见有晚归的乡人推门进屋,那动作姿势像极了我逝去的爷爷。

父亲早年一定常在这湖滩上晨昏苦读,不知道多少次地看过太阳一点点升起又落下。他一定很感恩这片如同父母般养育了他的大湖,如果他现在也如我一样坐在这里,会作何感想?我相信,当初是大湖开阔了他的胸襟,是大湖指引了他的前行。可如今再回到大湖母亲身旁,他是不是也和我一样,有远离她的遗憾?或许,他的遗憾比我更深。

算起来,父亲应该是通过读书走出姥坞的第一批人,我更是自小就没怎么在那里生活过。如果不是老父亲一遍一遍跟我们复述着他祖辈的姓名,以及他们的往事,那曾经生活在这片土地上的先人,我们又能记得多少。

而今我的那些兄弟也都在外创业,随着叔叔们的日渐衰老,他们和他们的子女,以后也终将离开老家。今后的村子里将只剩下我们祖先的庐墓,而不再有最亲的亲人,那么,那里还会是我们熟悉和亲切的故乡吗?

我们终将与故乡渐行渐远。

作者简介:

郑策,新闻从业者,在《安徽青年报》《马鞍山日报》《辽宁青年》《星星文学》等报刊发表散文、诗歌。

亳州之行

周吉富

亳州之"亳",上面为"高"之一半,下面是"宅"的一半,合起来,是"高处建宅"之意。城中倒真有一处海拔1760米,"亳州"可谓名正言顺了。早在商朝便有"亳",属商丘之地。隆起之处商丘,有个亳地,便更加顺理成章了。

世人知"亳",多源于曹操。曹操,沛国谯县(今安徽亳州)人。作为他的出生地,他的名字出现在亳州城的许多地方,魏武大道贯通城市南北、曹操公园、曹操家庭墓分列闹市两侧。亳州还有曹操运兵道,深藏于地下。行进在这千年前的地下仅容一人勉强通过的古运兵道中,很替古人担忧:这么庞大复杂的地下工程,没有塌方,没有施工减员,是不可能建成的。

走在亳州大街上,随处可以看到建安文学作家的作品,用各种形式展现给人们。在地下运兵道入口,有一个关于建安文学的大型展区。在这里,我们可以看到"三曹""建安七子"等建安文学代表作家栩栩如生的塑像。这些人物塑像,或单个表现,或群贤毕现,或癫或狂,表现了建安人物特有的精神风貌:孤标自赏,不与世俗苟且。而他们的作品,有的通过多媒体形式再现意境朗诵出来,有的通过精湛的书法表现出来,也有的是用组雕的形式,把宏大场面还原出来。徜徉其间,真是一种艺术享受。两千多年后,这一批作家以及他们的作品,因了亳州,因了曹操,而"活"了起来,真是他们的幸运。而作为一直喜爱建安文学的我,能见到如此规模的展览,可谓三生有幸。

据说曹操把九酝春酒献给汉献帝刘协,且一并介绍酿酒古法,从此，这亳州好酒名扬天下。亳州出好酒，好酒在古井。从亳州主城区过涡河北行，约二十分钟的车程，便到古井镇，如做梦一般，有一种浪子回乡的感觉。一个个大烟囱向蓝天喷着热气，看得出依然是古法酿酒的做派。小镇空气中弥漫着酒的醇香。我们来到一家叫作青瓷坛的酒厂，进入车间，听师傅讲解酿酒过程，看到排排小窖正在酝酿着美酒。仿佛打开小窖上的苫布，便有一股酒香扑鼻而来。酒是粮食的精华，一滴甘美的原浆，从颗颗原粮，到杯中之佳酿，华丽的转身，带给人间绝世的芳醇。一车车满满的装载，把亳州精酿的激情，运到四面八方，冬日里的古井，把火一般的热情向四方传扬。

站在涡河大桥之上，冬阳之下，涡河之上，波光粼粼。涡河旁，还住着另一位辉耀万世的贤者，那便是华佗。正是因为有了华佗，天下的中草药，从四面八方云集而来，形成全国最大的中药材集散地，天下各路药商云集而至，亳州城因此称作"药都"，因此繁华，千年不衰。花戏楼应运而生，来自各地的药商们，坐在楼里，听音乐看歌舞，品茗谈生意，亳州便有了浓浓的诗意。

在华祖庵，怀着崇敬的心情，听华佗故事，对传说中和书本上的华佗有了更进一步的了解。在中药博物馆，纵览中药发展史，体会到了中药的博大精深。在中草药大市场，见到了各种各样的普通的、名贵的中药材，看到了来自各地的人大包小包地选购着。市场外，大大小小的车辆出入着，中药材交易着，带着药都得祝福，去医治沉疴微恙，去抚摸人心最软弱的地方。

一座建于高阜上的城市，安徽亳州，确实是我们物质与精神文化的高地！

作者简介：

周吉富，男，汉族，中共党员，高级教师。有近三百篇散文、小说在全国各地报刊发表。新著《二十四节气》由安徽师范大学出版社出版。

话 茶

周 军

开始喜欢上喝茶是近些年的事。

常听人说茶如人生，人生如茶，开始以为只是矫情，爱上茶后才明白，茶的沉浮，像极了我们的人生。而拿起与放下这两个动作，又何尝不是简化的人生呢？

1996年，郎溪被国家农业部评为中国绿茶之乡。郎溪茶事盛于唐，鸦山瑞草魁属历史名茶，曾为清代皇家贡品，2010年又被评为中国名茶。特殊的地理位置与气候条件使得瑞草魁数量稀少，平民百姓想尝上一口略显奢侈。陆羽在《茶经》中就有记载：古宣州鸦山产茶。这么简短一句，就足以见其品质与地位。唐朝诗人杜牧也有《题茶山》诗云："山实东吴秀，茶称瑞草魁。剖符虽俗吏，修贡亦仙才。"说的也是家乡鸦山的瑞草魁。

与茶密不可分的还有器皿和水，我一是喜欢玻璃杯，可以欣赏到茶的颜色，浮沉的状态；二是紫砂壶，它有更佳的透气性，能更好地诱发出茶的香和味，二者各具千秋。

泡茶的水就更为讲究了，最近正好在看《明朝首辅张居正》一书，里面有两章描写泡茶的细节，让我记忆深刻，时常回味着书中的每一个动作，每一个步骤。其一，张居正在自家花园得到江西巡抚殷正茂私托押运贡品官员捎来的一罐密云龙茶后，又费尽心思从天寿山上运来泉水，还是不得真味，再经过沙过滤，泉水才复归甘甜，再进行煮泡，才得到一杯正宗密云龙极品。其二是胡自皋、邵大侠、柳湘兰三人在双虹楼上，即便是在炎炎夏日，竟能拿雪烹茶！可想古人对待茶的态度与文化！古人这才称得上品茗，而我们只是喝茶而已。我平日里泡茶最喜欢还是用自家书院的山井水，为此还特意把井水拿到宣城市质检局检测，水质远超多种品牌矿泉水。

近些年流行起了黄金茶，茶农们一哄而上大面积种植，最初卖到了一万多元一斤的天价，现在几百也鲜有问津，所以事物的发展真的不能太急功近利，不然受害的还是自己。喝茶，需要定性；当然，喝茶也能喝出定性。

初喝茶一般都会从绿茶开始，纯净的玻璃杯中，沸水冲开，粒粒茶叶舒展，如天女散花，美得不可方物。形好看，色好看，口感也适中，不苦不涩，好比二八佳人。随着茶龄的增长，会越来越喜欢年份的普洱，口感醇，回甘烈，回味悠长。

近期，我在家中庭院东南角建起了一座小茶室，起名三闲居，三五好友常在此品茗叙旧，茶室门楣正中悬挂亚洲兄所题隶书"三闲居"，室内还有三样我特别喜爱的物件：一是多年前收藏到的朱颖人老先生尺寸不算大的楷书对联，"茶里乾坤大，壶中日月长"，挂于茶室东窗两边；二是2009年在日本购得的三岛铁壶一把，时至今日还没开壶，端坐主人位总喜欢观赏把玩它；再就是一尊汉代陶罐，端放于西窗南角的鸡翅木花架上，别看它土里土气的外表，却时刻散发着千年的文化韵味与魅力，我时常会随手摘来院中不同花期的花枝插入罐中，陪伴我的茶室时光。茶室虽小，但足以让我忘却一切尘世之烦恼，无论是独饮还是群品，置身其中，茶香心亦净！

在近知天命的年龄，渐渐对茶有了莫名的亲近感，也越来越依赖，耳边还时常伴着家人的叮嘱，少喝酒，多喝茶。这不，闲暇之际，工作之余，总不忘泡上一壶茶，看那片片嫩芽在水中缓缓地舒展，上下沉浮，呷上一口，唇齿生香，回味无穷。

作者简介：

周军，安徽郎溪人，1976年出生，宣城市十佳创业之星，安徽省第九届青年五四奖章获得者，安徽省优秀教师。安徽省书法家协会会员，安徽省作家协会会员，郎溪县作家协会主席。

山 云 河

周明助

村曰"松木岭",村内有条河叫"山云河",经霞水村、宁国市注入水阳江。

山云河从松木岭村头东部的山云岭发源,至松木岭村尾处一分为二,经水口古庙处又合二为一,形成了松木岭村"双溪绩月"的特有景色。清末著名方志谱牒专家周赟曾写有《双溪绩月》诗:"溪流如绩得名稀,石照山前向绩溪。一水自分还自合,赚他明月印东西。"在编《松岭周氏宗谱》时仍以此为题并用前韵再作诗一首:"绩溪名县漫言稀,此水当名小绩溪。明月照时圆似镜,不分南北与东西。"诗情画意跃然纸上。

山云河水沿着东高西低的山势,流经七八里地,第一站便到达松木岭村。河水从村东潺潺流入,沿着半月形村庄的南边外弦朝着村西奔流而去。山云河其实是一条小溪,河面宽的地方不过十多米,窄的地方不过四五米。春夏季节,水流哗哗,清澈见底,干净甜美,枯水季节,深不及尺。

山云河因为小,水流不大,故每隔一段距离就有一条"石碣",用以间断蓄水浇灌两岸的农田,春碓磨麦。河内石头遍布,有的巨大无比,由于地势落差大,居高临下,常年水流冲击,巨石下往往形成一个个深深的水潭。水质清冽,无一丝污泥,无一根水草,全是干净的清水砂石,河水幽幽,清澈照人。河底、水潭里有清晰可见的石斑鱼,石缝间常有蛙声一片,两岸梯田层叠,鸟语花香。

为了生活用水方便,村人顺势从河边引了一条暗渠,引水入村,流经村中央,形成了一条长约一千米的水圳网。这条完整的活水系,清冽干净，并设三个水池，上水露头、中水露头、下水露头，分别用来吃水、洗衣、刷马桶。满足了村里人日常生活和农耕用水，可谓是松木岭村的母亲河。

小河平时温柔婉约，清清河水缓缓而流，可以让孩子们欢快嬉水，让女人们尽情浣衣，让男人们惬意沐浴，但一旦发起脾气来，那便是山洪暴发，河水夹带河石，像脱缰的野马，咆哮而下，发出轰鸣声，掀起巨大的黑色浪花，惊心动魄。1991年7月2日，松木岭村遭遇百年一遇的大洪水，因山云岭建设荆州公路，水土严重破坏，洪水裹挟着大大小小石头咆哮而来，顷刻间将松木岭河边十余幢房子卷走。每说起山洪暴发的山云河，村人始终保持着敬畏之心。

每次回到老家，站在山云河大桥上，第一个念头就是"到家了"。因为又见到了河中那些形态各异的石头，又听到了河中熟悉的泉水叮咚声，见到了河边翠竹掩映中的老屋、柳树、炊烟。可是，如今每次站在山云河上，总有一种莫名的惆怅。

是啊，家乡门前的山云河，尽管水还是那么清、那么美，可惜已物是人非，再也没有了孩子们欢快嬉水，女人们尽情浣衣，男人们惬意沐浴的动人场景。

可我知道，现实如同山云河水一样不可阻拦，奔流而去。这好比，当你得到一些东西时，同时也会失去另一些东西；当你失去一些东西时，同时也会得到另一些东西。在时间的长河里，我们仅有属于自己的那一缕月光，稍不珍惜，就会去日苦多，万事成蹉跎。

作者简介：

周明助，绩溪县家朋乡松木岭村人，现供职绩溪县生态环境分局。1995年开始写作，先后在《人民日报》《光明日报》《中国教育报》《故事会》等报刊发表小小说、散文、故事、新闻纪实通讯等作品2000余篇，其中60多篇文章被中国知网收录。

乘风

自行车上的时光

周筱青

风雨之夕,看到骑车接孩子的场景,不由得想到年轻时的自己。

儿子上幼儿园时,多半我接送。那时只有一辆自行车,伴我穿梭县城与市区的大街小巷。我工作单位在县城,家住长江西村,骑行的路线有点长,差不多一小时。即便隆冬,赶到单位也是满脸绯红,身上冒汗。

20世纪90年代初期,基本都是骑车接送孩子。车后座绑一个座椅,由藤条和竹子编织而成,街上有卖;也有少见的钢筋焊接的座椅,多半是家里大人在工厂上班;还有的直接在自行车前大梁上,绑一块屁股形的小板子;更有个别家长省事,索性把孩子放在自行车大梁上,屁股遭罪,但可双臂趴在龙头上,手捏铃铛,别提多欢喜了。

巴望着天天晴好,方便出行。可万物需要阳光,也需要雨露。遇到下雨天,尤其梅雨季,淋得心都快发霉了。有时雨大得睁不开眼,仍使劲往前冲,不能迟到啊。等到了单位,两眼红得跟桃似的。最害怕雨天骑车过马路,雨披帽檐的遮挡,实在不方便看后面有无车辆。为了安全,我基本推车过马路,到达后,全身湿漉漉的,分不清汗水雨水。

晴天总比雨天多,快乐总比烦恼多。自行车上的时光,更多的是快乐和美好。和几个要好的同事,一同骑行上班,穿梭在油菜花间,追逐着看谁骑得快。有时为了多说会话,推着车边走边聊;有时把车往铁道边一靠,晒太阳,或牵手在狭窄的轨道上歪歪扭扭地走,嬉笑不止。

到幼儿园接儿子放学，是娘俩最欢快的时光。一边往家冲，一边听小喇叭播报，特带劲。儿子每天见到我，如鸟儿叽叽喳喳个没完，将幼儿园一天发生的事一股脑儿跟我分享。我不断夸儿子厉害，记忆超棒，并问他是否结识了新朋友，建议他主动和其他同学交往。

长江路见证了儿子的一点点长大，儿子就像道路两旁的绿植，一天天葱茏。我们聊天的话题渐多，他绘声绘色跟我描述课堂上的表现，说午间休息时老师请他给同学们讲故事，讲贺老师邀请他去家里练歌，告诉我他和某某同学成了好朋友……我们有着说不完的话，有时他说了开头，我便知道结果，他会惊奇地问我怎么知道的。那时的我，在儿子眼前，就是女神，无所不能。他唱的歌我也会，我们就一起放声高歌，弄得行人一个个回头张望。我回头冲儿子说："我们是不是有点……"不等我说完，儿子接口说："有点小疯狂，让他们羡慕去吧。"然后咯咯笑开了，那笑声宛如鸟儿在歌唱。

而今，人们生活条件越来越好，交通工具不是电动车，就是小轿车，上班上学舒适方便。可是，我还是常常想起自行车上的时光，那时光如一盏茶，茶香氤氲，漫进心底……

作者简介：

周筱青，作品散见《中国工人报》《中国工人时报》《中国审计报》《安徽青年报》《新安晚报》等报纸杂志及网络平台。

铜草花

朱永宽

在铜陵，有一种小草，春天不起眼，到了秋天，它们就齐刷刷地绽放出紫红色的绚丽花朵，它的名字叫作铜草花。

"牙刷草，花紫红，哪里有它，哪里就有铜。"在铜陵铜官山古铜矿遗址，大片紫红色、酷似牙刷形状的铜草花正值盛放期。由于花开似牙刷，铜草花又被俗称为"牙刷花"或者"牙刷草"。这种名为铜草花的植物有一种特性——"喜铜"。铜草花，学名海州香薷，与铜相伴而生，是一种能比较准确地显示铜矿藏地的特色植物。在探矿技术还不够发达的古代，铜草花成为人们寻矿的天然"路标"。铜草花开紫花，哪里有铜哪里就有它。古人发现有铜草花的地方，周围基本都会有铜矿。

铜陵有三千五百多年的青铜采冶历史，以铜立市，以铜兴市。2019年9月，铜陵市政府决定在主城区东南侧毗邻大铜官山和凤凰山景区修建铜草花主题公园。消息传来，几代矿山人的心情都很激动。矿工与铜草花朝夕相伴几十年，没想到这个"养在深闺人未识"的小天使，竟然能登上大雅之堂，得到来自天南地北各路游客的青睐，成了远近闻名的网红。铜草花主题公园，已经成为古铜都乃至全中国一道独特的亮丽风景。

凤凰山矿区兴建的铜草花公园，原是一座废弃的铜矿尾砂库。干旱时狂风吹来，尾砂弥漫，污染大气；遇暴雨尾砂横流，污染庄稼，成为一害。近年来，通过实施植被护沙，生态得以修复，围绕尾砂库进行铜草花主题公园建设，实现"矿区变景区"的绿色转身，也是铜陵市乡土园林植物与铜文化完美结合的有效载体。沿着凤凰山景点"尾砂坝"的一百八十一级台阶拾级而上，登顶后放眼便是一片铜草花紫色花海。

我在铜陵有色凤凰山铜矿工作生活了几十年，与铜草花有着不解之缘。四十多年前，我在矿山宣传部门工作，有一天下午，我陪同安徽省文化和旅游部门的专家来到凤凰山东侧的万迎山，考察评估矿山大爆破造成的损失。同时考察了在万迎山下千年风雨飘摇中残存的古采矿遗址，和我们祖先冶炼铜矿时留下的矿渣层、几块薄薄的印纹陶，以及20世纪70年代夺铜大战大爆破留下的巨大坑口。此时，那瑟瑟秋风中遍地开放的紫红色小花吸引我们驻足良久。只见它密密匝匝地匍匐在厚厚的矿渣层上，摇曳在早已封闭的矿井边，高不过五寸，山风吹拂着它们倒卧在荒凉的小丘上，把根紧紧地扎进矿石的隙缝里，向我们展示那紫红色的喜滋滋的微笑。

这不是铜草花吗？同行的人中有当时在矿山安全部门工作的考古爱好者朱益华先生，他说这是一种特殊的野草，能从土里吸收铜，花能提炼铜，人称"铜草花"。我情不自禁地蹲下身子，摘了一株仔细地端详，不由深深惭愧。在矿山工作多年，到现在才目睹了它的样子。

铜草花是小城最具铜文化韵味的植物，以前遍布铜官山、笔架山和凤凰山的万迎山、药园山等矿山。现在已经不多见了。

我站在万迎山上，鸟瞰山下一排排框架结构的房子，这里居住着我们的矿工和他们的家属，他们深深懂得，只有靠自己勤劳的双手才能缔造幸福的生活，他们夜以继日地奋战在地球深处，像铜草那样恋着矿山。

作者简介：

朱永宽，在《安徽日报》《安徽工人报》发表杂文、散文、小小说几十篇，网络平台发表小说、评论数十篇。

诗歌

—— 安徽省作协 2023 年新入会会员作品选

夜 半

蔡之瑞

我曾在九万里银河下窃听郎情妾意的私语，
也曾放下打更的暖意钟情于夜半的沉思。
岁月匆匆静好，
追着他飞奔而来。
与伏羲对话，
与孔孟同乡。
十面埋伏后见到江东父老，
原来游园惊梦，黄粱一梦，南柯一梦，
都是梦里的尘世过往。
镜花水月。
尝了杜牧的杏花村佳酿，
醉倒在异乡。
沐浴了李白的那捧月光，
游在幻境成仙的湖面上。
千秋大梦夜半醒，
一帘星月悬小窗。

作者简介：

　　蔡之瑞，男，安徽蚌埠人，有诗文发表在《当代作家》《诗歌周刊》等文学期刊，多次获奖。受到中央电视台《致富经》专访，创业故事被中共中央组织部编入全国党员干部现代远程教育网络教材。

青海，你不在我梦里

曹中遂

雪山倒映在湖面，冬藏得很浅很浅
青海，你不在我的梦里，却暴露了整个秋天

霞光，落日，隐没了久远，余晖洞穿湖底
马帮的蹄声已经长成芨芨草
时光隐去了裸石、河流的背影，花海望不到边
我的来路上，岗什卡山落满乡愁的雪

我们饮下奶水，朝露，青稞酒
仰望水草肥美，养育着马匹、羊群的天空
七月的门源，人间天堂，苍鹰盘旋
天池的鱼和神说话去了，羊群领着白云飞

红房子，金色的油菜花，蓝色的汽车
移动着风景。草丛中羊儿抬头
消失的皇城在史书里，丰盈和威严还在草原
远方，雪山立起人间对神的高度，我走在起伏的大道上
一颗红尘的心瞬间被羊群染白

作者简介：

曹中遂，笔名清风悠然，安徽太湖人。获"诗意歌海"文昌清澜国际诗歌大赛二等奖，"共建共治共享平安"全国征文大赛一等奖，"黄姚诗会"征文三等奖，第四届仓央嘉措诗歌大赛三等奖。

它们或他们构成一种秩序

曹忠胜

日落时分，我还在山中，高过头顶的，有枞树、杉木……
脚下，莫名的杂草，一条小径
总比我更先抵达顶峰
四周静寂，我、外来者、求索者——
最终，顺从了这种秩序

我渴望的松鼠没有出现
那个不染红尘的人，也没有来，回望山下
没有我的山下，还是那个山下的世界
——灯火次第亮起来
辉煌中，一定有灯红酒绿
也一定有一扇窗户
一盏炽光灯灼烈
女人在洗碗筷，男人埋头抽烟
他们神色忧郁……

我该下山了
我终归要回到人群中去
朦胧中，这山径
多么像一条生活阴暗的裂缝

作者简介：

曹忠胜，教师，中国诗歌学会会员。写作多年，作品刊于多种刊物与选本。现居安徽太湖，爱诗，写诗。

凌晨的雪

曹助林

凌晨的雪,下在凌晨的路面上
凌晨就我一个人,是雪的衍生物

如果雪下得不够大,落地即哭
我就当雪是雨的伪装、替身
冬天尚未进入新一轮挑战和冒险

如果雪下得足够赤诚,给黑夜以告白
我乐意在天亮之前,堆砌完一个雪人
把眼镜给它,把风衣给它,把失眠给它
让它替我把守内在的荒原和浑浊

寒冷的季节,没有雪是最大的失策
有了来自天堂的挣扎和逃亡,才有了
冬天的呼吸和血温,让夜晚放下仇恨

凌晨的雪,就像一个恋人
毫无节制地遮藏伤口、洗白情感
而我作为其中最膨胀的一朵——
一个天真的拾荒客、窃光者
正接受十万个婴儿至轻至柔的脚丫
集体踩踏和叩访

作者简介:

　　曹助林,笔名暮云平,安徽绩溪人,绩溪县作家协会副主席。写作三十余年,在《星星诗刊》《诗歌月刊》《诗神》《散文诗》《安徽日报》等发表作品若干。

热爱与荒芜

陈加正

阔别十年
你离开后我一直守着房子
春天说话　冬日寂寥
剩下的两个季节用来等待　死等
"认识你以后我脑海里一切图画都无影无踪
取而代之的是我俩在一起的欢乐时光"

早些年　门外常常有人列队走过
或锣鼓喧天　或哭声一片
现在只能看见他们的背影
以及影子后面人世依稀的容颜

我不是一定要你回来
昨晚我一个人偷偷哭了一场
窗外有大雨　室内有我喝剩的白粥
以及暗淡的悲伤

你真够粗枝大叶
将我在这里一丢就是十年
我不担心你想不想我
我只害怕有一天你突然站在我面前

说世事难料
我一下就慌张得变了模样

作者简介：
　　陈加正，安徽桐城人。迄今已在《人民日报》《星星诗刊》《诗歌月刊》《特区文学》等报刊发表诗歌四百余首，小说散文五十多篇。现供职于中石油长庆油田陇东某项目部。

蒲公英的爱情

陈丽君

站在枝头
只为迎接春风

爱是单色的
你拒绝缤纷
你相信爱的涌荡里
自有万紫千红

比桃花更寂寞
除了风声
除了汹涌而至的
命运潮汐

你一无所有
生命的伞撑开
就交给风吧
哪里落地
哪里生根

作者简介:
　　陈丽君,在报纸杂志等发表诗歌、散文、小说五百多篇,多次获奖。出版有散文集《会开花的石头》。

石 拱 桥

陈佩杰

弯弯的
陡陡的
少年时
我和妈妈一起
拉着架车走过

架车上
装载着
我的梦想
装载着
妈妈的希望

我在车的前头
勾着头
弯着腰
妈妈在车的后头
弓着腿
弯着腰
在上坡最艰难的
那一刻,我回过头
妈妈正望着我
我和妈妈,浑身的劲儿

一齐使
拉着架车
翻过了石拱桥

我说
妈妈的腰
弯弯的
是石拱桥
妈妈说
你的腰
弯弯的
是天上的虹

作者简介：

陈佩杰，网名大胖白鱼，安徽省淮南市人，诗人，记者，现供职于淮南广播电视台。在驻村扶贫一线创作了大量扶贫、乡愁诗歌，并结集成书《寻找诗意扶贫的乡愁韵脚》。

乡恋有声

陈泽亮

把那么多的生活扔在了那里
离开后
它们兀自生长

童年是种植在城门石缝里的小灌木
那些小桥上的灯
是一个个发光的焊点
焊接那些易逝的云烟

路是蔚蓝的
被秋风锁在墙边
没有人愿意交出泪水
因为她不愿遗忘

我听见生长的声音
在我的体内
在我体内的故乡之中
就像一条寂寞的蚕

作者简介：

陈泽亮，在报纸杂志发表诗歌、散文、小说、评论六百多篇。

乌云的嘱托

单永帅

乌云是否不愿离去?荒山
获赠的雨雪,是云的可能性
把自己留在此山中
同样得到无限可能

熟练爬到古树的顶端
用飞鸟的视野去看远山
更重要的是,打算猜透
乌云的心思

寒冬,想要靠近尘世的
少些云,依附侧柏,化身
一个挨着一个的雪人

接受雪人的易朽,如同
无法阻止适时的繁花开
日夜守着渐涨的溪水
——想要打听到
乌云关于尘世的嘱托

作者简介:

　　单永帅,90后,安徽怀远人,现居皖北。有诗作见于《天涯》《红豆》《诗歌月刊》《北京文学》《山东文学》等,有部分作品入选刊物。

场 景

高红艳

水位下降
显露出参差错落的河岸线
浅浅的一弯月牙儿
高悬于渐暗的天空
曲线显然比直线更具美感
坐在我对面
你的沉默也是曲折的
让我不知该从哪个波段切入
我的沉默，却有着
直线般的执拗
令我更加不敢开口
怕这直线变成刀剑
唯有等待着，我的沉默也
弯曲下来

作者简介：

高红艳，安徽宿州人，大学教师。有诗歌、散文作品发表于《诗刊》《芒种》《安徽文学》《诗歌月刊》《扬子江诗刊》《清明》《作家天地》等。出版诗集《虚空的脸》。曾获2019年—2020年安徽省政府社科奖（文学类）。

通往春天的路

高　明

我们还要感受一段时间寒冷，
但春天已然在路上了。
积雪消融，冬小麦更加青葱。
黄河有故道，
故道是亲人。
果树枝条上什么也没有，
那些正在被鼓励的蓓蕾，
祝贺你们。
也祝贺
顶着风雪回家的人，
都有一条通往春天的路。

作者简介：

　　高明，青年诗人。

在宽阔的故乡里醒来

云 友

唯有乡音未改
山顶有祥云
我躲进热闹的缝隙里
在清晨出走
脆鸣的叮当鸟是引路者
碧绿的蒲儿根是引路者
一条向下倾奔的小河
也是引路者
它们都已洗净自己
一年又一年
只有儿时的小径成谜
但它知道
城里的月光
曾漂白我贫瘠的额
冬雪也奖赏过我
而今我是归来的山菊芋
在宽阔的故乡里醒来
"被劈开的疼痛在大地弥漫"
而红日如轮
九十九座山峰静谧
将故土的春天还给了我

作者简介：

　　云友，女，本名柯云友，原林业系统工作者，自由撰稿人，诗人，现任逍遥文艺沙龙副会长。

浪淘沙·星

李婧慈

白浪渡长空,
搅乱飞鸿,
一剑一马一长弓。
三千里路惊骇浪,
何方英雄?

此去山千重,
人世匆匆,
几十载云与风。
待到一朝星辰复,
对饮苍穹。

作者简介:

　　李婧慈,笔名百里云声,现居安徽合肥。爱好小说、诗歌、散文。曾留学海外,后在香港、上海、合肥等地任职,现潜心写作。2023年出版长篇小说《九天星云传》。

犁 铧

李坤龙

父亲抚摸着犁铧
像是哀悼死去的亲人
铁锈之下，这犁铧
泛着无助的死气

这些年，它一直被扔在杂物间
与它为伍的，是废纸壳、空瓶子
多次，父亲也要把它卖掉
终究是怜它曾经养育我们
只是把它放入更深的地方

倘若它是正常死亡
如消耗在我们口里的粮食
父亲大概不会这么悲伤
偏偏是无尽的闲置
抽掉它最后一丝游气

大概它早亡几年
父亲也不会这么悲伤
偏偏在父亲拖着生锈的骨头
开始怀念那些老伙计时
它以铁锈的形式快速分解自己

作者简介：

　　李坤龙，90后，安徽宿州人，诗歌散见于《星星》《诗歌月刊》《绿风》《诗潮》《诗选刊》等。

雪花情缘

梁　锐

整个冬天
我迷失在旷野中

雪花比记忆还白
一朵朵，千万朵
每一朵都是
每一朵都不是
一阕歌里，你的背影
像白驹过隙的刀光

梅香落地
返回的鸟泅渡忘川
化作鱼、雪，或我不知道的物事
华华丽丽，纷纷扬扬

我在寻觅
百度找不到的情缘
即使不能相守
我也要化作雪花
陪你到白头

作者简介：
　　梁锐，现任《诗源桃花坞》文学总编，《海的眼睛》文学诗刊总编。

水里长出另一片天

刘 刚

一湾湖水养在村头
石嘴村人种菱角、种鱼、种虾
这是多年前的事了
种毛蟹是近些年流行的
夏放苗，秋捕捞
毛蟹腿长，青的盖子里窝着黄的油
味道不差
石嘴村数石老大的毛蟹好
他脑袋灵光，常常琢磨
村头的这片水
一头连着大瓦湖，一头连着淮河
活水，得天独厚。几年下来
他的活水活得有模有样
他弟弟的那汪活水租给了别人
养太阳
现在，那片水
铺满高高低低的光伏板
蓝幽幽的
长出了另一片天

作者简介：

　　刘刚，笔名洲来，安徽凤台人。诗歌作品散见《诗选刊》《诗歌月刊》等报刊，有作品收入不同文集。

三 月 赋

刘鹏礼

三月，适合在暖阳里
把窗子虚掩
看绿竹林疯长
适合闲下来
看小庭院里的墨兰
捧起跃动的金光
适合看池塘里
一小朵一小朵的荷叶
顺着流水，不动声色地
爱着村庄

三月，适合一个人
走在小径，看田园里
蚕豆、芫荽抽茎开花
适合听隔岸的鸟鸣，飘进
远处皇城的柳林

三月，适合换上春衫
去看雨中，半坡
梨花的芬芳

作者简介：

刘鹏礼，诗歌、散文先后在《散文诗》《时代作家》《中国矿业报》《作家天地》等杂志上发表，多次入选诗歌、散文年选。多次在全国诗歌大赛中获奖。

樱　花（外一首）

刘云花

一树樱花，满地喜悦
时光如风雨。残酷
撕碎的也不过是
小小的细节

每一次遇见
都是笑脸相迎
一层层剥开
内心的颤动
高过灵魂的交流

清明雨

每一场雨
都是鲜活的词语
大地慈悲。抚摸着，倾听
这跋涉千古的声音

清明时节，雨纷纷
擦拭墓碑，擦亮每一个
不在尘世喊号机中
叫响的名字

作者简介：
刘云花，安徽桐城人，作品刊发于各级报刊。

长律·自嘲

刘 政

半世无成半业商，退居安止好零章。
一联恬娱明心趣，半阕清词述令芳。
过眼春华许寤梦，奈何秋鬓带星霜。
人生苦短难如意，岁月蹉跎易惝恍。
放却浮虚陶自得，不关世俗顺祺祥。
写诗交得金兰友，品竹且沾谙吕光。
年少无才曲夙志，老之将至弄疏狂。
闲情纵意执焦笔，乐作江东山水郎。

作者简介：

　　刘政，原籍安徽凤阳，现居马鞍山，在《作家天地》《滇池》发表诗歌多篇，著有诗集《醉眼寻芳》。

有我在，你们放心

鲁　猛

一句话你们尽管重复说
我愿意听
一段路你们踏实慢慢行
我会相随
我的眼睛就是你们更远的风景
我的陪伴温暖尚有来处的感恩

我不害怕世界末日
只害怕没有你们
我不关心名利地位
只庆幸还有你们

冷暖寒热
衣食住行
有我在
你们放心……

作者简介：

　　鲁猛，1975年2月生，著有一千多首现代诗歌和歌词，出版诗歌集《燃烧的希望》，编剧、导演的舞台剧和微电影多次参加展演并获奖。

元　素（组诗）

鲁　颖

（一）火

关于祖母的一切，被一把火点燃
在泪水的供养中愈来愈烈
在晨起时分，匆匆赶来的故人和朝阳
以及一团相似的被燃起的云朵
而我夹在其间，无比懊悔
除外，竟找不到合适的辞藻
人的两侧落下两点
一点起笔在生，一点落归在死
这中间堆叠的，是骨血
和关于骨血的回忆

（二）树

杏树早已离去多时，当人们提起它的时候
旁处杏子正在丰收
而奶奶是最为痛惋的，当她面对这一切
她丢失的绝不是一棵果树
我看见她干枯的躯干
这是自然透露给我的天机
当然没有人可以躲避死亡
人和树有着相同的归属

一把火勾连且终结我的臆想
在故乡曾有一棵杏树，也只有一棵

（三）磨

我感受到了最入骨的痛苦，在奶奶弥留的时刻
她和死神在争夺磨盘的主导权
时而剧烈，时而平淡
一根绳子反复研磨着她脆弱的身躯
这多舛的一生，奶奶是胜利的
命运始终被她紧握
而最后，她选择挣断这束缚许久的绳子
身后空留下磨盘吱呀吱呀的哀鸣
时间再也无法对她做出催促，磨盘下
一圈一圈的，是泥泞而又温润的脚印

作者简介：

　　鲁颖，男，安徽合肥人。著有诗歌合集《十万个春天》。作品散见于《中国汉诗》《青年诗人》等刊物。曾获首届中国当代文艺"桃李芬芳"诗文大赛佳作奖、第二届"南边文艺杯"全国文艺作品征集提名奖、第四届在兰高校"毓苑杯"校园文学联合征文大赛诗歌组二等奖等荣誉。

春天,向母亲借菜园子

陆 翠

兰花落下最后一片叶子,我听见雪水融化
紧紧地抱住,吻别
和我名字一样的绿

瓷花盆垒在墙角,比我更期待春天
是呢,谁不想听听春天的心跳
去觅
在水之湄的读书郎

向母亲借菜园子
一方土地就能盛满春天
我会在开满鲜花的园子里
等

作者简介:

　　陆翠,笔名羽安,作品散见于《红豆》《作家天地》《安徽青年报》《安徽科技报》《蚌埠日报》等报刊。

立 春

汤 颖

用三百六十天的漂泊
换来五六天相聚

年轻人的出走,又掏空了村庄的瓜瓢
寂静,咣当咣当地响

倒挂在我家屋檐下的
那些黑色的蝙蝠
先我一步
飞进暮色里

作者简介:

　　汤颖,安徽颍上人,笔名月魅。作品发表于《作家天地》《妇女》《神州文学》等,有几十篇诗歌被多家年选收录。出版诗集《人间印象》《我爱你中国》等。

赤乌砖记

王 立

1

秦砖汉瓦,春风十里涟漪涌动
安吴故城旧址,茂林村
公元二〇二二年四月二十八日
吴姓子弟,偶得三国孙权年号赤乌十一年八月题款砖
以此佐证"汉家旧县,江左名邦"泾县之盛名,
风起于青萍之末,浪成于微澜之间
好饭不怕晚,忽闻悉,捉笔兴之成一绝

2

夕光薄岚之下,那只赤乌至千年不悔,御风行于齐云山
一如东吴重臣鲁子敬墓隐于茂林浦口桥之侧
一砖,一墓,一传奇
一千七百七十四年风风雨雨,铜钱纹砖饰历久弥新
祖郎、孙策之争久矣,已然泯灭于青山绿水之间
赤乌砖重现,风在呼啸,历史的回声纷至沓来

3

废墟之上,也有花朵绽放
百亩荷塘,托起千姿妖娆
我是从远古穿越至现代,着青衫、背书箧的落魄书生

亦嗔亦痴，一路高呼

赤乌，赤乌

自古狂狷多风流，人间从不负深情

万水千山那一次回眸，岁月的馈赠总会在下一个路口遇见

作者简介：

　　王立，笔名野马，1966年4月出生。20世纪90年代起开始习诗，在《银川晚报》《六盘山》文学刊物发表诗歌习作数首。已出版个人诗集《空镜子》。

晚云如血

王　庆

暮日缓缓敞开心扉
晚云如血
笼罩着湖湾
一叶孤舟渡着烦愁

满脸的疲惫任夕阳涂抹
渔网闪着金光
船舱里渗透着一天的心血

从朝霞到黄昏
在血色中流年
湖水里播下的心思
一天天高于船舱

渔网捞不起余晖
夕阳揽收着希望
与心事一起
也许明天的朝阳依旧闪亮

作者简介：

　　王庆，1963年出生，安徽天长人，现居天长。有作品发表于《中国新闻出版广电报》《凤凰资讯报》《三角洲》等报刊。

初 醒

王伟帆

月色羞赧
单薄的痕迹勾勒自己
心思皎然

屏住呼吸
等待破晓
河流及其支流尚未完全醒来
河床上的旧迹一万年如一日地醒着

一只鎏金的手镯
玉璞的光环
挂在枝枝丫丫的幻梦上

一步一步地挪着
像是背影
越走越远
却离我们越来越近

作者简介：

　　王伟帆，安徽合肥人，现居马鞍山。从2013年开始创作，出版诗集《雨过流年》。近年来多有新作在《绿风》《诗歌月刊》《天津文学》《作家天地》上发表。

光　阴

吴海龙

沉下来的黑
隐起时间规则和方向感
历经时空，不过是一次从来到去

光照见的破绽里
接地的身影，扶起一个人行走
狗跟移动的影子
是佐证，也是注解和依傍

光阴斑驳，尘世看见的通途
进退。起落。横竖
不过是一只脚到另一只脚的距离
一条牵扯人与狗的绳子

黑白互动，人间万物相伴
明暗有默契的规矩，彼此包容，清晰得模糊
一个蹒跚的孤寂，到一声
不忍惊动尘埃的犬吠，彼此相忘且相守

作者简介：

　　吴海龙，安徽望江人，《新诗高地》副主编。有诗歌被《诗刊》《诗选刊》《诗歌月刊》《诗林》《绿风》《散文诗》和中央人民广播电台等刊用。

渔 梁 坝

吴旭春

渔梁坝，千百年横跨练江
徽州的烟云，聚了散，散了聚
船夫的号子沉没在河底
只余一块块巨石筑成的坝
静静地躺在江中，从没改变

沉重的静默
渔梁坝总想拦住时间的流水
怎能不苍然老去

任他人在身躯上走过、踩踏
自有春水拂褪污秽
你在这山水中，又决然于红尘
千年前如此，此刻亦然

徽商的船只已经远去
轰鸣声
搅乱了河道
鱼儿也隐于水下
渔梁坝依旧躺在练江之上，不语

作者简介：

　　吴旭春，笔名阿春，鄂温克族，1977年6月出生，祖籍内蒙古呼伦贝尔，现定居安徽黄山。

春雨三章

武永军

农耕

天降甘露保土墒,
深翻细耙平田忙。
种罢玉米播早稻,
耘者披蓑追春光。

赏花

桃李樱杏竞流芳,
娇姿艳色争头榜。
香雨润成水墨画,
毫痕未干俱原创。

祭祀

清明淅沥湿野旷,
秉花上坟思断肠。
年年今时聚此地,
苍天有泪亦感伤。

作者简介:

　　武永军,汉族,致公党员,安徽皖中律师事务所执业律师。已出版诗文集《淮上青青草》,作品散见各类报刊。

熔 与 融

徐奇超

熔融物在地幔深处聚变涌动
你,火山喷发般的激情
你在亿万年前死去,在此刻重生
我用你的激情飞越喀喇昆仑雪峰
冰川正在消融

我要告诉你,你的呼喊
是划破荒寂的雷霆
你的呼喊,来自原始的丛林
你的呼喊,来自亘古的星空
我准备好了,发起又一轮冲锋

我要祝福你,炽烈的岩浆
正蓄势待发,它要冲破禁锢的地层
它喷出来了
它裹挟着火焰
大地在燃烧,在痉挛,在呻吟

熔融物在地幔深处趋于平静
一如疲惫的你,安然无声
海潮退去,天空依然朦胧
月光下那枚酣睡的小贝壳
是你今夜温柔的眼睛

作者简介:

徐奇超,笔名偌多,安徽固镇人。著有诗集《偌多的诗》等三部。

假如我是一棵小草

杨为红

假如我是一棵小草
在阳光下
就很知足
如果有人欣赏
叶儿尖尖
颜色青青
香味朴素
就很幸福

假如我是一棵小草
如果有一天
被野火烧尽
被北风肆虐
我也依然幸福
活着才有伤痛
活着才有新生

作者简介：

　　杨为红，笔名一木，蚌埠人。在《蚌埠日报》和国家级诗歌网络平台发表《树和藤》《攥住母亲的手》等作品。

茶 辞

袁劲松

百花丛中的一点绿
却独掌江南阳春的，山野和丘陵

明前的雨，滋长掐尖的纤指
将你辞树后的无奈，先曝晒再爆炒
然后，雪藏于瓮中

方知天下无谁理会你，绿化的心
世人都在觊觎你，浑身的碱

揭开茶道的面纱，无非是
将混沌的世态，鼓弄于唇舌间

只需半杯滚开的热水
便会让你，一生浮沉背后的苦涩
重新发酵

作者简介：
　　袁劲松，笔名犁风，合肥人。作品散见于《人民日报》《辽河》《鸭绿江》《奔流》等报刊以及网络平台。

远行断网

张智学

我抵达,六年前抵达过的
在四季任何时候都抵达过的
这次不一样:网络是断裂的山谷
"啪嗒""啪嗒"
我不习惯耳边安静的露声
要嘈杂要呐喊,要对着心里的夜空
挤出一句话:你的城市接收不到
特殊讯号。只等骑上一匹快马

断网后,我是一部和死亡没有区别的
手机,双眼望见乌黑的站台
保持沉默。许多土壤深处的种子
面对众人嘲笑时义无反顾发芽,成长
并非我本意——残缺躯体挣扎着
拒绝所有甜蜜。那是带毒的梦
在远行途中,断网后无手无脚的尴尬

作者简介:

张智学,任职于出版社,同济大学创意写作硕士,《趁青春年少》主编,作品散见于《中国研究生》《星火》《花开不败》《长江诗歌》《诗词》《天津诗人》等。

请补一片善念到春天里

张祝林

一棵草从土壤里扬起笔
它用平凡与卑微写下春天的名字
躺在它身边的石头
仍然风化着岁月的轮廓
红梅在细雨间摇晃凋零的影子
仿佛时光的钟摆

每片下落的花瓣
都有东风新踩的脚印
几十年的光景
就是这样跟随梅花一瓣一瓣落去
再轮回到春的梦里

回首间
尘世里多少花开花谢　多少落叶
哪片载有你的名字
如果找不到
请补上一片善念　写到
春天里

作者简介：

　　张祝林，男，1970年生人，在《安徽作家》《作家天地》《淮南文艺》《硖石诗词》等文学杂志上发表诗歌作品。

母亲的霞光

张 忠

月圆时刻
母亲的霞光
把我照亮。洁白的莲花
在空中开放
母亲光明磊落的语言
照彻大地
家家灯火通明
我的襁褓
被祥云包裹
温润的微笑多么甜蜜
和风托举小屋
呢喃燕语轻盈飞翔
母亲驾驭霞光,正在
把世界变成童话
森林宫殿,鸟语花香
湖畔城堡洞开,白马王子
踏浪而来。神马展开双翼
村落腾空而起
银装素裹的家园
融化了私心杂念
母爱之光,驱走人间一切烦恼
母亲的世界,让我宁静而安详

天明时分，金色和紫色
一齐奔来眼底
七彩霞光沐浴全身
抬起手臂
万丈霞帔在指间升华
母亲不只送我金钟罩
还有荆条
路在脚下，未来可期
打马向前
坦途和崎岖并驾
这一刻，我走进母亲的预言里

作者简介：

张忠，笔名老屋张忠，地方文史学者。从 1979 年至今，在全国 28 家城市的报刊发表约 120 万字的文章。

苏赵梨花

赵建华

在春天
你要回到苏赵庄
做一棵梨树
你要把一身的雪
都变成梨花
有人来
就结一个果
无人来
就结一个月亮

作者简介：

赵建华，安徽亳州人，有作品发表于《星星》《诗歌月刊》《中国汉诗》等。

淠河东岸

赵少刚

我在大地上行走
沿着淠河的东岸　蜿蜒的水道上薄冰
正在破裂
一棵落满积雪的苦楝树从岸边漂过
张网捕鱼的小船正穿过水汊　向着远方
我们错过了鸟鸣　也丢失了乡音
在熟悉的　被称作"母亲河"的岸边
有落雪正在融化

作者简介：

赵少刚，安徽寿县人，抵达诗社副社长，出版《抵达诗选2008—2019》（与他人合著），诗集《手提微光》《秋叶集》。

N